JN167131

新版　リスクは金なり

黒木 亮

角川文庫
19559

目次

第二章 世界で仕事をするということ 65

第四章　ロンドン金融街の小路から 239

第五章　海外から見た日本 317

〈はじめに〉

「(おらの村には) 喫茶もねえ」
そう歌ったのは青森県の歌手、吉幾三《よしいくぞう》である。わたしが一八歳まで暮らした北海道の秩父別《ちっぷべつ》という人口約三〇〇〇人の町にも喫茶店はなく、あるのは農協の食堂とホルモン焼き屋と見渡す限りの水田だった。わたしは大学入学のために東京に出て、関西系の都市銀行に就職し、二七歳でエジプトに留学し、三〇歳でロンドン支店に赴任した。それ以来二八年ロンドンに住んでいる。

今、ロンドンを拠点にしているのは、たまたま永住権がとれたからだ。都銀のロンドン支店に赴任してからは、毎年、労働ビザの更新をしていた。支店の総務係のマネージャーのフランキーという英国人のおばさんが書類一式を用意してくれるので、駐在員たちは中身を見もしないでサインしていた。赴任して三年半が過ぎたとき、フランキーがまた書類を持ってきたので、例によって「はいはい」と、読まずにサインした。しばらくして戻ってきたパスポートと書類を見ると、永住権がとれたことになっていたので驚いた。

当時、労働ビザで四年間働くと、永住権を申請できる決まりで、フランキーは、それに該当する駐在員には、全員永住権の申請をさせていたのだ。そうすれば、彼女も毎年労働ビザの更新手続きをしなくて済む。ほとんどの駐在員は永住権がとれても、帰国の辞令が出るとそれに従い、二年後には永住権を失っていた。しかし、わたしは英国に残ろうと決めた。ずっとロンドンで国際金融の仕事をやりたかったこと、将来物書きになりたいと思っていたこと、英国の気候や住環境が生まれ育った北海道に似ていることが主な理由である。

何かを書きたいという気持ちは二〇代のころから持っていて、それが漠然と人生の目標のような気がしていた。昔の友人に会うと「Kさん（わたしの本名）は昔から何かを書き残したいといっていましたよね」とよくいわれる。銀行に就職し、お金を右から左へ動かす仕事をしていたが、結局何も残らず、手のひらから砂がこぼれ落ちていくような空しい日々だった。最初に勤務した津田沼《つだぬま》支店では窓口係や融資の事務、横浜支店では中小企業向け融資、日本橋支店では自転車に乗って外回りをやった。面白い仕事とは思わなかったが、一生懸命やった。そうしたなかで、自分が生きた証《あかし》をこの世に残したいと切実に思うようになった。しかし銀行の業務は多忙で、朝から晩まで働かなくてはならず、海外勤務をしたくて続けていた外国語の勉強以外は、ほとんど何もできなかった。

状況が変わったのは、銀行のロンドン支店に赴任した三〇歳のときだ。鞄《かばん》一つで中近東やアフリカを飛び回り、さまざまな国の人々を相手に国際融資の案件を取りまとめる仕事をするようになった。リスクの匂いを嗅《か》ぎ分け、そのままでは取れないリスクを取れるリスクに仕立てる（to make unbankables bankable）仕事である。普通の日本人は知らない出会いや丁々発止の交渉があり、葛藤《かっとう》、歓喜、失意などが交錯し、口と手だけで巨額のマネーを動かす国際金融の世界の真っただなかで過ごす毎日。そうしたなかで、何かを書いてみたいという長らく忘れていた野心が頭をもたげてきた。

当時、国際金融に関する難しい解説書の類《たぐい》はあっても、現場で日々起きている生々しい出来事をわかりやすく書いた本はほとんどなかった。わたしは自分の体験を書けば売れ、かつ、世の人々に国際金融の真の姿を伝えられるのではないかと思った。

それから毎日の出来事を少しずつノートに書きため、四〇〇字詰め原稿用紙で三〇〇枚ほどになったとき、いくつかの出版社に持ち込んだ。平凡社やサイマル出版会など、名の知れたところはダメだったが、学生社という小さな出版社がエッセイ集として本にしてくれた。初版一五〇〇部でたいして売れなかったが、自分が書いたものが初めて活字になったのは感激だった。ゲラを受け取った直後、休暇でスペインのセビリアに旅行したが、「アルフォンソ一三世」という古いホテルの一室で、家内と二人で活字のゲラを何度も眺めた。ロンドンに来て五年目で、わたしは三五歳になっていた。

それから小説を書き始めた。小説という表現方法を選んだのは、現役の会社員としてノンフィクションを書くのはいろいろと差しさわりがあるからだった。その後の約四年間、短編や長編を書いていくつかの新人賞に応募した。しかし、一次選考をかすりもしなかった。下読みをする文芸編集者やフリーランスの人たちは経済に馴染《なじ》みがない人種で、経済用語が出てきた時点で、わたしの原稿をゴミ箱行きにしていたらしい。仕方がないので、エッセイ集を出してくれた学生社に持ち込んだら、面白いといってくれて、一〇〇枚ほどの短編三つをまとめて一冊の本にしてくれた。しかしこれも初版二〇〇〇部で、たいして売れなかった。

一九九六年の夏から、縁あって日本の証券会社の駐在員事務所長としてベトナムのハノイに二年間弱駐在した。「ドイ・モイ」と呼ばれる対外開放政策が本格的に進み始めたかの地では、伝統的な社会と新しいものがまじりあってものすごいエネルギーを発しながら、町の佇《たたず》まいすら一ヵ月ごとに変化していた。そこでの体験は、すべてが新鮮な驚きの連続で、これを書かずにいられるかという気持ちにさせられた。

ベトナムからロンドンに戻ってから一年間かけて五〇〇枚ほどの小説を書いた。もし誰も出版してくれなかったら、自費で出そうと考えていた。一〇社ほどの出版社にいきなり電話して編集部に繋《つな》いでもらい話をしたが、大半が原稿を受け取ってもくれない門前払いか、原稿を受け取ったうえでの丁重な辞退だった。そんななかで興味を示してくれたのが、業界準大手の祥伝社《しょうでんしゃ》と双葉社《ふたばしゃ》だった。祥伝社の山田という若い男性編集者が「あなたの作品はすごく面白い。しかし、あなたは無名だし、ベトナムがテーマでは読者数も限られている」というので、「では何を書いたらデビューさせてくれるのか？」

と訊《き》いたところ、「あなたは国際金融マンだから、国際金融のことを書いてください。面白いものを書いてくれたら、うちは大きくデビューさせます」という。今思うと彼もかなりの法螺《ほら》をふいていた気もするが、自分としてはそれに賭《か》けるしかなかった。

そこから一年かけて『トップ・レフト』を書いた。原稿を読んだ山田氏が「すごく面白い！」と興奮ぎみに電話をかけてきた。そのころは他人の作品の推薦をほとんどしていなかった高杉良氏が「喉《のど》の渇きを覚えながら一気に読了した。この高揚感は、経済小説の先駆者・城山三郎氏、清水一行《しみずいっこう》氏の小説に出会ったときと共通している」という推薦文を書いてくれて、本格的なデビューを果たすことができた。わたしは四三歳になっていた。

ちなみに黒木亮《くろきりょう》というペンネームはこのときにつけた。わたしは本名でいきたかったのだが、祥伝社の編集長に「かっこいい名前、考えて下さいよ」といわれ、「俺の本名はかっこ悪いのか」と少しがっかりした。以前読んだ山口洋子さん（銀座の「クラブ姫」の元オーナーで、作詞家・小説家）のエッセイで、五木ひろしと中条きよしの芸名を彼女が考えたとき、①誰でも読める名前、②他の人が使っていない名前、③将来大物になって帝劇に看板が出たときに映える名前、の三つを基準にしたとあった（例を挙げると「辛酸《しんさん》なめ子」は①と②についてはよいが、③で駄目）。それを参考に、二ヵ月くらいかけて候補を三つ考えた。担当の山田氏に見せたら「黒木という苗字《みょうじ》が鋭い感じがしていいですね」といい、「下は一文字がいいでしょう」と、別の名前の下につけていた「亮」を取り、二つをくっつけて黒木亮にした。こちらが二ヵ月かけて考えたわりには、ずいぶんあっさりした決め方だった。よく「黒木さんは宮崎の方ですか？」と訊かれるが、宮崎県とは何の関係もない。

最初に書いたベトナムの小説は、香港、インドネシア、パキスタンなどの部分を加筆して原稿用紙約一〇八〇枚に膨らませ、『アジアの隼《はやぶさ》』という題名で二作目として発表した。今読み返してみると、いろいろな時期に書いたので文体が不揃いで粗削りだが、アジアの熱気と、どうしてもこれを書きたいという自分の已《や》むに已まれぬ気持ちが渦巻いている作品で、ああいう物は二度と書けないと思う。

話が前後するが、作家になりたいと意識して銀行の駐在員を辞め、証券会社のロンドン現地法人に転職したのは、三六歳のときだった。米国には日本人の物書きは何人かいるが、英国にはほとんどいないので、自分がここに住めば他人が書けない独自のものを書けるのではないかと考えた。その読みはだいたい当たっていたように思う。英国には日本と違った情報や人脈が豊富にあり、地理的に、欧州、中近東、アフリカ、米州に近く、取材にも簡単に行くことができる。Eメール、電話、クーリエ便などの発達で、日本とは、東京と埼玉県くらいの距離感しかない。日本への国際電話は、一分間二〜三ペンス（四〜五円）。JSTV（日本の衛星放送）で日本のテレビニュースもリアルタイムで観ることができる。下らない付き合いや銀座の夜の誘惑もなく、静かな住環境の中で缶詰状態で執筆できる。

作家業こそ自分が骨を埋《うず》める場所だと確信し、専業作家になったのは、四六歳のときである。人生の目標を定めるまで、ずいぶんと時間がかかった。しかし、あの松本清張ですらデビューは四一歳のときである。人生に遅すぎることはないはずだ。

わたしにとってロンドンに居を構え、作家活動をすることは、日本と欧州という二つの文化圏に住み、独自の作品を作り出すということだ。このエッセイ集は、北海道、東京、エジプト（留学）、トルコ（通算滞在約一年半）、ベトナム、英国というういくつかの文化圏に住み、長距離ランナー、国際金融マン、作家という異なった世界で生きてきたわたしの足跡である。読者にとって何かの参考になれば幸いである。

（なお、この手のエッセイ集は、最初から順に読むより、興味のある項目から拾い読みしていくほうがすんなり頭に入ると思います。一度お試し下さい）

第一章　リスクな世界の美酒

キルギス・コニャック

中央アジアのキルギス共和国に仕事で通っていたのは、三七歳くらいのころだった。当時、わたしは証券会社のロンドン現地法人のアドバイザリー部門に所属し、国営のキルギス航空が、新しい航空機が欲しいといっていたので、GE（ゼネラル・エレクトリック社）傘下のアイルランドのリース会社から飛行機を借りさせようとしていた。

キルギスは、北をカザフスタン、南東を中国の新疆《しんきょう》ウイグル自治区、南西をタジキスタン、西をウズベキスタンに囲まれた内陸国である。面積は日本の約半分で、国土の三分の一強が標高三〇〇〇メートル以上という山岳国だ。人口は約五四〇万人で、一九九一年八月に旧ソ連から独立した。

首都のビシュケクは、ポプラ、樫《かし》、楡《にれ》、藤木、スズカケの木、白樺《しらかば》、柳、栃《とち》、松など鬱蒼《うっそう》とした緑に覆われた街である。碁盤の目のように走る道路は片側二〜三車線と広く、だだっ広く感じる。全人口の三分の二を占めるキルギス人のほか、ロシア人、ウズベク人、ウクライナ人、ウイグル人、ドイツ人など、さまざまな民族が通りを行き交う人種の坩堝《るつぼ》である。

初めて訪れたのは一九九四年だった。英語がまったく通じず、ロシア語ができないと移動もできないのには参った。

キルギス人と食事をすると、いつも不思議な光景を目にした。テーブルの端に、誰も座っていない席が必ず一つ設けられ、一人分の食器と料理が置かれているのだ。不意の来客があっても、きちんともてなせるようにという気持ちを表す習慣だという。

キルギス人はトルコ系民族でイスラム教徒だが、酒は普通に飲む。国内でブドウが栽培されており、宴席では、キルギス産のブランデーで乾杯することが多い。癖がなくて飲みやすい味だ。素朴な五〇〇ccの瓶のくすんだ金色のラベルには、黒いキリル文字で「Кыргыз Коньягы（キルギス・コニャック）」と書かれている。コニャックという名称は、本来フランス西部コニャック地方産のブランデーにしか許されないが、ご愛嬌《あいきょう》である（以前、ベトナムで飲んだカンボジア産の『メコン』というウィスキーのラベルには「カンボジア製スコッチウィスキー」ととんでもないことが書かれており、味もとんでもなくて、一、二杯飲んで吐き気をもよおした）。

「ソ連製シャンペン（サヴェツカエ・シャンパンスコエ）」という発泡ブドウ酒もあった。やや甘めだが、本場のシャンペンに比べても遜色《そんしょく》がない味で、一本約七〇〇円だった。

キルギスで出会ったもう一つの珍しい飲み物は「クムズ」と呼ばれる馬乳酒である。首都ビシュケクから車で五時間ほど東に行った場所にあるイシククル湖（面積は琵琶湖《びわこ》の約九倍）を訪れたとき、途中の道端に羊の皮で作った「ポズユイ」という円筒形の遊牧民の移動式住居があり、表に「KУMЫЗ（クムズ）」と看板が出ていた。

中に入ると、浅黒い顔の中年キルギス人女性がおり、入口近くの木桶《きおけ》にクムズが入っていた。蓋《ふた》を開け、柄杓《ひしゃく》で中をかき混ぜて、白い液体を湯呑《ゆの》み茶碗《ぢゃわん》に注ぐ。低脂肪乳のようにさらりとしており、匂いは甘酒に似ている。飲んでみると、夏蜜柑《なつみかん》のように酸っぱい。アルコール分は一～三パーセントで、どことなく土臭い感じの酒だった。代金を訊くと、中年女性は、これっぽちでお金なぞ要らないといい、ここでも客人をもてなす心に接した。「写真を撮らせて下さい」とカメラを取り出すと、「恥ずかしい」と逃げて行ってしまった。

航空機リースのほうは、キルギスの運輸大臣が虎視眈々《こしたんたん》と賄賂《わいろ》を狙っていたり、航空会社の現場サイドが西側の飛行機など要らないといい出したり（旧ソ連製飛行機よりも少ない人数で運航・整備ができるので、彼らはリストラを恐れていた）、合意した契約書の内容を勝手に変えられたりと、散々な目に遭った。

それから約一〇年後、旧ソ連崩壊後の混沌《こんとん》とした社会と、そこでのビジネス経験は書き残す価値があると思ったので、『シルクロードの滑走路』という小説にした。

「ZAITEN」二〇〇九年一月号

エリスカお婆さんの疾走

「一期一会」という言葉があるが、作家業をしていてこれを感じるのは、通訳者との関係である。取材で訪れた各国で通訳兼ガイドを雇うことが多いが、皆、知的水準が高く、国や社会に関するさまざまな話を聞かせてくれる。また、仕事に対するモラルが高く、はっとさせられることがある。

チェコ共和国第二の都市ブルノを訪れたのは、四〇代後半のときだった。『シルクロードの滑走路』の登場人物の一人を、チェコ東部のモラヴィア地方の出身者という設定にしていたためだ。

ホテルのロビーで待っていると、高齢の女性が現れたので、げっ、この人が通訳⁉と心配になった。高齢者の場合、頑固で融通が利かないケースがあるからだ。フットワークも良くない。

赤いセーターにベージュのスカートの小柄な女性は、エリスカ・ドヴリチェロヴァという名で、六九歳。英語とチェコ語の通訳だった。

ブルノは石畳の道を、路面電車が走る古い街である。一八世紀の終わりごろから重工業を中心に発展した工業都市で、市の南西部には、農業機械や計測器などを製造する工場や高い煙突が見える。

ホテルを出て、エリスカお婆さんと二人で近くのバス停に向かって歩いていると、バスが追い抜いていった。

「ちょっと待ってくれるよう、頼んできますから」

といって、わたしは走り出した。

ふと後ろを見ると、わたしと同じ速度でお婆さんが走ってくるではないか！　驚いて、

「いや、大丈夫です！　僕がバスを待たせておきますから！」と制止したが、エリスカお婆さんはそのまま走り続けた。どうしてそんなに体力があるのか訊《き》くと、週二回スポーツジムで運動しているのだという。

小説の中でチェコ人の家を描かなくてはならなかったので、彼女の友人の家を訪問させてもらった。市内の団地の高層階に住む六〇代後半の一人暮らしの女性だった。広い居間には、明るい秋の陽射しが差し込んでいた。結婚後一年くらいでご主人がバイク事故で亡くなり、それからずっと働き続け、一〇年くらい前にリタイアして年金生活に入ったという。

昼間だったが、小さなグラスに入った透明なお酒をふるまわれた。「スリボヴィッツェ」というプラムの蒸留酒だった。東欧諸国で生産されており、チェコでは特にモラヴィア地方の人々が愛飲している。アルコール度数は四〇～五〇度で、プラムの香りがする甘いウォッカのような酒だった。「シュクヴァルキー」という、豚の脂身をカリカリ

に揚げたモラヴィア地方のつまみがよく合った。

その日は、朝九時から夕方五時まで、急な坂道を含め、歩きどおしだったが、エリスカお婆さんはほとんど疲れた様子を見せなかった。

翌日は、チェコの英雄「人間機関車」エミール・ザトペック（一九五二年のヘルシンキ五輪で、五〇〇〇メートル、一万メートル、マラソンの三種目で金メダル）の記念館を観るため、スロバキアとの国境に近いコプシブニッツェという町まで、タクシーで片道二時間かけて行った。「行けるなら行きたい」程度の要望を伝えてあっただけだったが、エリスカお婆さんは、事前にザトペック記念館に連絡し、道順を確かめてくれていた。記念館から送られてきた手紙を手に、運転手に道順を伝えるお婆さんを見ながら、「ああ、仕事っていうのは、こうやってやるもんだなあ」と、心が洗われるようだった。

通訳料金は二日間で二〇〇〇クローナ（約八六〇〇円）という激安だった。

ＥＵに東欧諸国が加盟して東欧からの労働者が流入し、ロンドンにも、東欧の食料品を売る店が増えた。「スリボヴィッツェ」や「シュクヴァルキー」を見るたびに、ブルノでの取材を思い出す。あれ以来訪れる機会はないが、エリスカお婆さんとは、クリスマスカードの交換だけは続けている。

「ＺＡＩＴＥＮ」二〇〇九年二月号

スコッチの神髄に触れる

銀座のバーでウィスキーのボトルキープをしようとしても、置いてあるのはたいてい、サントリーやニッカのほか、シーバスとかオールド・パー、マッカランなどである。悪くはないが、長年飲んできたので、ちょっと飽きた。

日本経済新聞の記者と、ロンドンのバーで飲んだとき、彼が「スコッチといえば、アイラ（Islay）だよ。ほかのウィスキーは飲めないね」というので、「なにキザなことといってんだ」と思ったのは、一〇年くらい前のことだ。

その後、『巨大投資銀行』の取材のためにアイラ島を訪れた。物語の中で、デリバティブのセールスマンを長年やってきた藤崎という男が、島の蒸留所への投資を検討するシーンを書こうと思ったのだ。

アイラ島は、スコットランドのグラスゴーからプロペラ機で西へ二〇分ほど飛んだ場所にある小さな島である。主要な産業は、ウィスキー造りと観光である。ここには世界各地から、ウィスキー愛好家が「巡礼」に訪れる。

空港は、ピート（泥炭）の原野のど真ん中に建っていた。バスは何時間かに一本しか来ず、タクシーも停まっていないので、ほとほと参った。仕方がないので、空港の公衆電話から、島に数台しかないタクシーの運転手に電話して、来てもらった。

　人口約三〇〇〇人の小島だが、世界的な銘柄の蒸留所が七つある。すべて波打ち際に建ち、打ち寄せる潮のしぶきを白壁に浴びている。こうすることで、樽《たる》の中で熟成中のウィスキーが潮と海藻の匂いをたっぷり吸い込み、独特の香りを醸《かも》し出す。

　夕方、島で一番大きなボウモアの町の波打ち際に建つホテルのレストランに出かけた。ボウモアは、サントリーが買収したスコッチの銘柄「ボウモア」の蒸留所があるところで、「ザ・ハーバー・イン」という名のホテルは、白壁の洒落《しゃれ》た三階建てだった。

　海側の壁が全面ガラス張りになったラウンジの籐《とう》椅子に腰を下ろすと、緑色がかった藍色《あいいろ》の海は白い波を立て、その先の入り江の対岸は、モスグリーンの林と牧草地だった。背後には、とげのあるヒースが生い茂る丘と茶色い荒涼とした低い山々が連なっている。

　風がゴーッ、ゴーッと吹きつけ、波が岸に打ち寄せる。時おり、窓がミシミシと軋《きし》む。

「スコッチを」と、ウェイトレスに頼むと、「どのスコッチ？」と訊かれ、「ボウモア」と答えると、「どのボウモア？」と訊かれた。結局、ボウモアの一七年物を注文した。

　まもなく、口の広がったランプの火屋《ほや》のような形のグラスで、ダブルが運ばれてきた。テーブルの上に置かれただけで、スモーキーな（煙臭い）香りが立ち昇ってくる。

　アイラ島のスコッチの特徴は、スモーキーな香りである。なかでも個性の強い「ラガヴーリン」を初めて嗅《か》いだ人は、「ヨードチンキ臭い」とか「正露丸に似ている」といったりする。これは、島にふんだんにあるピートを乾燥して燃やし、原料となる麦芽をいぶして、煙の匂いをつけるためだ。また、麦芽を発酵させる発酵槽に注ぎ込む水も、ピートが溶け込んで茶色く澄んだ川の水をそのまま使う。

「ザ・ハーバー・イン」のラウンジで、スコットランドの荒涼とした風景を眺め、風と波の音に包まれながら飲んだボウモアは、スモーキーだったが、一七年間熟成された末に、さまざまなものが落ち、ピュアでもあった。口に含むと、まず舌先に甘みがあり、次にぴりっときて潮と海藻の香りが広がり、歳月が醸し出したコクが舌の上を滑っていく。ボウモアの一二年物も試してみたが、こちらは、煙臭さが強く、刺激に富んだ味だった。このときからアイラのスコッチを愛飲するようになった。

その日は、ラウンジで飲んだあと、夕食の前菜に生牡蠣《なまがき》をとり、アイラのスコッチをたらしてみた。ある本に、アイラ島に行ったら、やってみると良いと書かれていたからだ。牡蠣の匂いがついたスコッチは、フグのひれ酒のようだった。しかし牡蠣自体は、レモンでも搾《しぼ》って食べたほうがよほど美味《うま》いというのが、偽らざる感想である。

この島の蒸留所の歴史は一八世紀後半にまで遡《さかのぼ》るが、常に時代の荒波にさらされてきた。二〇世紀に入ってからも、米国の禁酒法（一九二〇～三三年）、二度の世界大戦、七〇～八〇年代の英国の不景気などの影響を受け、ポート・エレンやモルト・ミルなど複数の蒸留所が姿を消した。生き残った蒸留所も、ボウモアが九三年にサントリーに買収され、ラフロイグはペルノ・リカール（仏）に、カリラはディアジオ（英）の傘下に入り、アードベッグも二〇〇五年になってモエヘネシー・ルイヴィトン（仏）の手に渡った。ちなみに、アードベッグ売却のアドバイザーは投資銀行のNMロスチャイルドだった。

また、M&Aだけでなく、今、日本でも存在感を増しつつある企業再生ファンドによって甦《よみがえ》った蒸留所もある。これは長らく操業を停止していたブルイックラディで、ロンドンのワイン商が組成したファンドに買収され、ボウモアで工場長を務めていた人物を生産部門の長に招いて二〇〇一年五月に生産を再開した。フルーツのような独特の清涼感のあるウィスキーである。

そうした企業ドラマとは裏腹に、アイラのウィスキー造りは、島の男たちが黙々とシャベルで大麦のモルトを鋤《す》き返す、素朴で原始的な作業である。さて今夜も白いカモメが舞っていたあの海を思い出しながら、一人グラスを傾けるとしよう。

「ZAITEN」二〇〇九年三月号

箱根駅伝とビール

わたしが走り始めたのは、中学一年生の終わりのことだった。短距離走は遅く、球技も駄目、体操も苦手で、唯一まともだったのが長距離走だった。夜、暗い北海道道二八二号沿いを、雑草の露でシューズを濡《ぬ》らしながら一人で走った。中学三年のときには、北海道中学選手権の二〇〇〇メートルで優勝し、高校一年で三重《みえ》インターハイの五〇〇〇メートルに出場した（結果は予選落ち）。

しかし高一の冬に、疲労の蓄積で左足のくるぶし付近の骨端線《こったんせん》を傷めてしまい、高二、高三と一度も試合に出られないまま卒業した。人生で一番辛《つら》かった時期で、毎日布団をかぶって泣いて暮らした。

一般入試で早稲田大学法学部に入学してからも、走ることは諦《あきら》められなかった。円《つぶ》谷幸吉《やこうきち》選手が手術を受けた第三北品川病院を訪ね、一年間かけて怪我を治し、二年生になる直前に、東伏見《ひがしふしみ》にあった早大競走部の門を叩《たた》いた。草の匂いがする、暖かい春の日だった。

合宿所は火を点《つ》ければ五分で燃えてしまいそうなおんぼろの木造平屋建てだった。林康宏《やすひろ》さんという今度四年生になる主将に入部を申し出ると、奥から灰色熊のような大柄な老人が出てきて、値踏みするような目でわたしを見た。老人は、「おまえは、一年間は準部員で、頭を坊主にしてくること。それでいいか？」といった。それが中村清《なかむらきよし》監督だった。当時、六三歳である。歯に衣着《きぬ》せぬ言動が災いして、一一年間追放されていた陸上競技の世界に、ようやく復帰したところだった。早稲田が昭和二九年の箱根駅伝で最後の優勝を遂げたとき、伴走車で采配《さいはい》をふるったのは中村監督で、まさに執念の復活である。

二〇人の長距離部員の中には、四日市《よっかいち》工業高校出身のスーパー・スター、瀬古利彦《せことしひこ》がいた。前年の箱根駅伝で早稲田は予選会落ちし、この年は一三位と低迷していた時期だった。

入学したころは夢想だにしていなかった箱根駅伝を目指しての練習が始まった。練習場所は東伏見の早大グラウンドのほか、神宮外苑の絵画館の周回コースや赤坂の迎賓館周囲の起伏の多い周回コースだった。

長距離の選手たちはよく中村監督の自宅に招かれ、監督が自腹で買った特大のステーキをご馳走《ちそう》になった。飲み物はビールである。食事をしている最中も、「おまえはなっとらん！」と頭から罵声《ばせい》を浴びせられたりしたが、振り返ってみると、「おまえたちを強くするため、厳しく接しているが、わしはおまえたちに愛情を持っているんだよ」という想いがこもっていたように思う。

あのころは、練習のあと、ビールを飲む選手が多かった。夏の暑い日などは、ビールに氷を入れたりしていた。とりわけビール好きだったのが瀬古利彦である。体重が一キロ多いと二〇キロのレースでタイムが約一分悪くなるので、瀬古は体重を減らすため、よく銭湯で浴槽の縁に腰かけ、汗を流していた。わたしたちも見習って、同じようにしたが、後年、「瀬古はビールを美味《おい》しく飲みたいから、あれをやっていただけ」と元日体大《にったい》の中村孝生《たかお》から聞かされ、愕然《がくぜん》となった。

幸いわたしは三年、四年と二度、箱根駅伝を走らせてもらった。三年のときは三区で、二区の瀬古から首位のタスキをもらった。走り始めると、目の前に報道車があり、大きなカメラのレンズが、大砲の列のようにずらりと並んで、わたしを狙っていた。箱根駅伝で首位を走るのは、こういう光景を見ることなのかと衝撃を受け、いつかこれを書いてみたいと思った。

三〇年来の思いが叶《かな》って、『冬の喝采《かっさい》』を上梓《じょうし》したのは、昨年のことである。走ることを通じて数多くの出会いと別離、別離と再会を描いた。これまで多くの本を出してきたが、代表作を尋ねられたら、必ず『冬の喝采』と答えている。これは生涯変わらないと思う。ときどき本を開き、ビールを飲みながら、ランナーだったころのことを思い出す。

「ZAITEN」二〇〇九年四月号

「ラク」を飲んで主幹事を獲る

トルコと聞いて具体的なイメージがわく日本人は、意外と少ないのではないだろうか。縁とは不思議なもので、三〇歳で邦銀ロンドン支店の国際金融課に転勤したとき、担当国の一つになり、これまで通算で九〇回くらい訪れた。

当時は、インフレ率が五〇～一〇〇パーセントで、対外債務も多い国だった。東京の国際審査部は否定的だったが、とにかく短期（一年以内）の融資でいいからやらせてくれと半年くらいかけて説得し、リスクが低い輸出前貸しのシンジケーション（国際協調融資）から手がけ始めた。

それまでわたしは国内支店を三ヵ店やっただけで、国際業務の経験がゼロだったので、最初は、過去の契約書やテレックスなどを参考に、見よう見まねだった。「融資団の組成が不可能になったとき、費用は借入人の負担とする」という一文を入れ忘れ、立ち往生したこともある。そのときは、イスタンブールのヒルトン・ホテルに一週間くらい泊まりこんで、相手方と交渉した。

トルコ国民の大多数はイスラム教徒だが、近代トルコ建国の父ケマル・アタチュルク（一八八一～一九三八年）が徹底した政教分離を行ったので、酒は普通に飲める。

トルコ人が好んで飲む酒はラクである。ブドウから造られ、セリ科の茴香《ういきょう》によって味と香りをつけられている。アルコール度数四五~五〇度の透明な蒸留酒で、水を入れると白濁する。隣国のギリシャではウゾと呼ばれる。プラスチックが燃えたときのような独特の香りがするので、最初はとっつきにくい。肉料理によく合うが、トルコ人は、魚を食べるときでもラクを飲む。

トルコは美しい国である。四季があり、夏は暑いが湿度は低く、冬は(南部の地中海沿岸を除いて)雪が降る。以前、冬の夕方に、首都のアンカラ市街から空港までタクシーで行く途中大雪になって、視界が五メートルくらいしかきかなくなり、遭難するかと思ったこともある。

最大の都市イスタンブールは、四世紀から一五世紀まで東ローマ帝国の首都コンスタンティノープルだった街で、一四五三年にオスマン帝国によって征服された。ボスポラス海峡を挟んで、アジアとヨーロッパが出会う東西交渉の十字路だ。巨大なモスクを背景に、真っ青な海峡の上をカモメが舞い、多くの貨物船やタンカーが黒海と地中海の間を行き来している。

国際金融マン人生の半分はトルコが舞台で、この国の人々に、仕事や人生について多くのことを教えてもらった。全部で二〇以上の国際協調融資の主幹事になり、市場の状況やトルコの信用力などを見極めて融資条件を決め、世界じゅうに参加招聘《しょうへい》のテレックスを打ち込み、融資団を組成した。

最も記憶に残るのはチェース・マンハッタン銀行と激突したトルコ実業銀行向けの一億五〇〇〇万ドルの融資である。国際審査部が二五〇〇万ドルの引き受けしか認めてくれなかったので、ナショナル・ウェストミンスター（独）、ラボ（蘭）、ウェストLB（独）など五行に声をかけて引受グループを作り、イスタンブールに交渉に赴いた。驚いたことに、イェトキンという名の財務部の課長が、チェース、バンカース・トラスト、住友銀行などからのオファー（融資の提案書）をすべて見せてくれた。主幹事獲得の最右翼は、単独・全額引き受けのチェースだったが、米銀流の強引な交渉術に、トルコ実業銀行側は不快感を覚えているようだった。

その晩、先方のジェウヘリオール副頭取に海峡沿いのレストランでの夕食に招かれた。酒はもちろんラクである。和やかに食事をしながら、相手からの期待をひしひしと感じた。彼らはわたしを勝たせたがっていた。

翌日、アンカラの本店を訪れて最後の交渉と条件改定を行い、主幹事を獲得した。ガルフ・インターナショナル銀行（バーレーン）とウェストLBの引受コミットが間に合わなかったので、本部に無断で五〇〇〇万ドルを余分に引き受けた。彼らのコミットが来るまでの数日間は生きた心地がしなかった。

融資団には二九の銀行が参加し、調印式は華やかだった。

国際金融マン人生の一つのハイライトとして、ときどき思い出すビッグ・ディールである。

「ZAITEN」二〇〇九年五月号

わがダイキリはフロリディータ、わがモヒートはボデギータ

これまで八〇くらいの国々を訪れたが、最も美しかった街の一つが、キューバの首都ハバナである。風景が一幅の絵画のようで、澄んだ水が心の中に一滴一滴満ちてくるようだった。

キューバに一週間の旅をしたのは、一九九七年八月のことだった。五九年のキューバ革命を契機として、六一年以来国交が断絶している米国から飛行機の便はない。しかし欧州各国から、たくさんのフライトが出ており、スペイン、ドイツ、イタリアなどから、年間約二四〇万人の観光客が訪れている。

首都のハバナは、スペイン植民地時代の面影を色濃く留《とど》めている。石畳の通りに、バロック様式の大聖堂など、古い石造りの建物が並び、一九二〇~五〇年代に製造された米国のクラシックカーが走っている。家々の窓からは、赤、青、黄、ピンクなど色鮮やかな原色の洗濯物が下がり、褐色の肌の中年女性や老人が景色を静かに眺めている。青い湾に面した旧市街は、ユネスコの世界遺産である。

かつてキューバは米国の裏庭で、米国人観光客が大挙して押し寄せた。この地を愛した米国人の中で最も有名な人物は、文豪のアーネスト・ヘミングウェイだ。彼は、一九

四〇年から六〇年まで、四〇代と五〇代の円熟期をハバナで過ごした。その間、五二年に『老人と海』を上梓し、翌年ピューリッツアー賞、五四年にノーベル文学賞を受賞した。

今も残る文豪の住居は、ハバナの東一四キロメートルの小高い丘の上に建つ白亜の邸宅である。緑に囲まれた邸内には、タイプライターや本、酒瓶、デッキシューズ、自ら射止めたカモシカなどの剝製《はくせい》、昼寝用の長椅子などが、当時のまま保存されている。ここで夜明けから正午まで執筆し、その後、プールで泳いだり、闘鶏や射撃に興じ、愛船ピラール号でカジキマグロを釣り、夜は旧市街のバーに出かけていたそうだ。

ヘミングウェイがキューバで愛した飲み物は、ダイキリとモヒートである。ダイキリは、三年物のラム「ハバナ・クラブ」とレモンを合わせ、氷を加えてミキサーでシャーベット状にしたカクテル。モヒートは、「ハバナ・クラブ」にミントの葉、砂糖、レモン、ミネラルウォーターを加えたものだ。文豪はそれぞれを「フロリディータ」、「ボデギータ」というバーで飲むのを好み、「わがダイキリはフロリディータ、わがモヒートはボデギータ」といっていたそうだ。

わたしは家内と一緒に旧市街にある「ラ・フロリディータ」を訪れてみた。古い石畳の通りの一角にあるバーで、開店は一八一七年。キューバ革命前は上流階級の溜《た》まり場で、一九四六年には、雑誌「エスクァイア」で、パリの「リッツ・バー」、ニューヨークの「The 21 Club」などと並んで、世界のバーのベスト7に選ばれたこともある。

磨き上げられた木製のカウンターの内側で、燃えるような深紅のジャケットに深紅の蝶《ちょう》ネクタイの初老のバーテンダーたちが働き、天井では、プロペラ型扇風機がゆっくりと回転していた。

ヘミングウェイは、ラム酒をダブルにし、砂糖を抜いた特注のダイキリ「パパ・ヘミングウェイ」を、かなり酩酊《めいてい》するまで飲んだという。わたしたちが行った当時は、一杯七ドルだった。

カウンターの一番左端の席は、ロープが張られ、ヘミングウェイの専用席になっていた。今でもここでヘミングウェイの魂が、「パパ・ヘミングウェイ」を楽しんでいるのかもしれない。

そういえば、同じように釣りや狩猟と酒を愛した日本の文豪・開高健《かいこうたけし》が行きつけだった赤坂見附《みつけ》の「木家下《こかげ》」というバーのカウンター席の一つにも、開高健の席というプレートが貼られている。

はたして黒木亮が文豪となって、専用席が作られる日はくるだろうか？

「ＺＡＩＴＥＮ」二〇〇九年六月号

11の国のワイン

一九九一年に、旧ソ連から独立したアルメニア共和国は、人口約三〇〇万人。北をグルジア、東をアゼルバイジャン、南をイラン、西をトルコに囲まれた内陸国である。宗教は、東方キリスト教会の一派であるアルメニア正教で、紀元三〇一年に、世界で最初にキリスト教を国教とした。

アルメニア人は勤勉で優秀であるといわれる。米国には約三九万人がおり、さまざまな分野で成功を収めている。ニューヨークの街を歩いていると、「ホヴァギミアン商会」とか「ハゴピアン法律事務所」といった看板を見かける。名前の最後に「〜家の人」を意味する「アン」とか「ヤン」がつくのが特徴だ。有名な人物は、女優のシェール（本名シェリリン・サルキシアン）、作家のウィリアム・サローヤン、投資家のカーク・カーコリアン、作曲家のハチャトリアン、テニスのアンドレ・アガシ、歌手のシャルル・アズナブールなど。

アルメニアまではモスクワから飛行機で二時間強、ウィーンからは三時間ほどである。九州の三分の二くらいの小国だが、アルメニア正教の総本山エチミアジン大聖堂など世界遺産が三つある。首都のエレバンで、清水建設がごみ処分場からメタンガスを回収し、発電する排出権プロジェクトを計画中だったので、『排出権商人』の取材を兼ねて二〇〇九年四月に初訪問した。

エレバンは、世界最古の都市の一つで、トルコとの国境付近に位置し、海抜約一〇〇〇メートル。建物の多くが淡い紅色の火山岩で造られており、上空から見るとバラ色に見える。人口は約一一八万人である。

トルコ側に聳《そび》える雪を頂いたアララト山（五一六五メートル）の大きく優美な姿は、麓《ふもと》に広がるエレバンの街を見守っているかのようで、俗世を超越した神々しさをたたえている。

アルメニアで有名な飲み物は、ブランデーとワインである。

ブランデーは一般に「アルメニア・コニャック」と称されている。コニャックはフランスのコニャック地方産にしか使えないはずだが、旧ソ連圏では、ブランデーのことをコニャックと総称する。

有名な銘柄は「アララト」で、アルメニアだけでなく、モスクワの免税店などにもずらりと並んでいる。感動するほど美味《うま》いというわけではないが、遥《はる》かなコーカサスの小国に想いを馳《は》せながら飲むのは楽しい。

エレバンでは、好きな赤ワインを何本か試してみた。初日に飲んだのは「Areni」という銘柄で、レストランで一本二五〇〇ドラム（約六六〇円）だった。

素焼き風の湯呑《ゆの》みのようなカップに注ぐと、色は濃く、血のように赤い。見た目から一癖ありそうで、どんな味なのだろうと好奇心をそそられる。飲むと、渋みは少なく、ポルトガルの若いワイン「ビーニョ・ヴェルデ」のように、さっぱりした口当たりだった。舌触りはどぶろくのようにざらっとしていて、田舎っぽい。

次の晩は、かなり高めの「Areni of Malishka 2000」という八年か九年物を試してみた。高いといっても、物価が日本の数分の一なので、円換算で約一八〇〇円にすぎない。色はやはり黒々としており、飲んでみると、口当たりが柔らかく、ブーケの香りが豊かだった。一言でいうと、優しい大人の女性のようなワインである。

一説によると、アルメニアのワインが濃厚なのは、ブランデー用のブドウの品種や畑を使っているからだという。ソ連時代には、連邦を構成する地域ごとに産業を分業し、各国が独立できないように統治され、アルメニアに割り当てられていたのはブランデーで、ワインの担当国はグルジアだった。

狡猾《こうかつ》なほどしたたかなアルメニア商人にしてやられた日本人は「Jew（ユダヤ人、発音はジュー）より上手《うわて》の11だ！」と嘆いて、ワインを呷《あお》るという。

「ZAITEN」二〇〇九年七月号

中国の火薬庫でワインを飲む

中国の新疆《しんきょう》ウイグル自治区は、国の六分の一の面積を占め、日本の四・四倍という広大な自治区だ。人口は一九六三万人で、そのうち四五パーセントがウイグル族、四一パーセントが漢族で、その他、カザフ族、回族、キルギス族など多数の民族が共存している。

井上靖《やすし》氏が『敦煌《とんこう》』『楼蘭《ろうらん》』といった小説で西域を描き、画家の平山郁夫氏も数多くの作品にしている。昭和五〇年代にはNHKの大型番組「シルクロード」が放映され、喜多郎《きたろう》によるテーマ曲とともに一大ブームが起こった。

夢とロマンをかき立てる土地であるが、ウイグル族による根強い分離独立運動があり、テロや暴動が絶えない「火薬庫」でもある。

自治区の首府があるウルムチまでは、北京《ペキン》から四時間弱のフライトである。途中、茶色い砂漠や荒々しい山岳地帯が、眼下に展開する。イスラム教徒であるウイグル人の乗客が多いので、機内食の蓋《ふた》には、イスラムの教義に則《のっと》った料理であることを示す「清真」の文字がある。

ウルムチは海抜六八〇～九二〇メートルの高地にあり、人口は約一八五万人。土漠の中に高層ビル群が忽然《こつぜん》と現れる。最も高いビルは、マンハッタンのクライスラービルに似た五二階建ての地元の建設会社のビルで、街の中心部を歩いていると、香港かシンガポールにでもいるような錯覚に陥る。しかしよく見ると、欧米風、中国風、イスラム風の建物が混在し、看板は、漢字とアラビア文字のウイグル語で書かれ、中央アジアとの交易の玄関口でもあるため、ロシア語の看板も少なくない。

同自治区は、一帯が山々に囲まれており、偏西風が一年じゅう吹いている。地球温暖化対策を定めた京都議定書の中で、発展途上国で二酸化炭素を発生させない風力発電などを行って、既存の火力発電に代替させると、その分、排出権がもらえるので、東京電力など世界じゅうの企業が集まってきて、風力発電事業を行っている。わたしがこの地を訪れたのも、『排出権商人』という小説の取材のためだった。

日照が豊富な新疆ウイグル自治区は、「果物のふるさと」と呼ばれる。トルファンのブドウは六三〇種類くらいあるといわれ、コルラの梨、カシュガルのイチジク、ヤルカンドのクルミ、ホータンのザクロ、ハミのハミ瓜《うり》など、果物好きにはたまらない土地である。

ウルムチ市内の「国際バザール」で、鮮やかな紅色をしたザクロ・ジュース（一杯一五元＝約七五円）を飲んでみた。濃厚で、甘酸っぱさが絶妙で、太陽の恵みがいっぱいに詰まっているようだった。

煉瓦《れんが》造りで四階建てのバザールの中では、香辛料、革製品、楽器、家具など西域の特産品が商われていた。一番多いのは干しブドウで、白、透きとおった若草色、薄茶色、茶色、濃い紫色などさまざまな色と種類と大きさのものがあった。

この地の酒は、なんといっても豊富なブドウで造られているワインである。

わたしは「新天干白葡萄酒《しろぶどうしゅ》」という白ワインを試してみた。ラベルには、たわわに実るブドウ棚の下で、美女からワインの器を受け取っているウイグルの王族らしき人物が、赤を基調とした鮮やかな色彩で描かれている。ラベルの文字は、漢字、ウイグル文字、英語の三種類である。飲んでみると、黄色に透きとおったワインは、シャルドネのように、フルーティですっきりした味わいだった。

これ以外にも「西域紅」や「楼蘭」など数多くの銘柄のワインが造られており、北京・ウルムチ間の飛行機の背凭《せもた》れには、中仏合弁会社のデザートワインの宣伝が付いており、毎年、ワイン・フェスティバルが開催されている。

暮れなずむウルムチの街を眺めながら、地元特産のワインを一人傾けていると、シルクロードの悠久の時の流れが、目と舌から沁《し》みこんでくるようである。

「ZAITEN」二〇〇九年九月号

文壇バー

作家になって文壇バーに行くと、「先生、先生」とママさんやホステスにちやほやされるのではないかという期待がなきにしもあらずだった。

昭和の記事やエッセイを読むと、銀座には作家が集まる「文壇バー」がいくつもあって、三島由紀夫、川端康成、吉行淳之介《じゅんのすけ》、遠藤周作らが酒を飲み、カウンターで梶山《かじやま》季之《としゆき》がバーテンダーと談笑し、五木寛之《ひろゆき》が編集者とひそひそ話をし、酔っ払った野坂昭如《のさかあきゆき》が闖入《ちんにゅう》してくるといったような場面が出てくる。

作家になるとそういう華やかな場所に行けるのかと思っていたが、期待は見事に裏切られた。そもそも文壇バーというものが、もはや存在していないのである。

今あるのは、作家が個人の好みや縁でたまに顔を見せるバーやクラブだ。クラブ「数寄屋橋《すきやばし》」のように小説関係のパーティの二次会で使われるような店もある。しかし、毎晩のように有名作家たちが集まっているわけではない。

以前、いろいろな出版社の人に、「ここが文壇バーです」と、何度か連れていかれたことがある。それは銀座のカウンターバーであったり、カラオケのある小さな店だったり、座って五万円の超高級クラブだったりした。しかし、ほかの作家がいるのを見かけたことは一度しかない（銀座六丁目のクラブで、北方謙三《きたかたけんぞう》氏を見かけた）。

その一方で、銀座には自称「文壇バー」というのがちらほらあって、読書好きのママさんやホステスがいたりする。しかし、彼女たちが読んでいるのは、たいてい恋愛小説や推理小説で、経済小説のファンはいない。「こちらは作家の黒木亮さんです」と編集者が紹介すると、「すいません。不勉強で存じません」とか「えー、どんな小説書いてるんですかー？」という答えが返ってくる。（なぜ金を払って不愉快な思いをしなくてはいけないのか⁉）

文壇バーがなくなったのには、いくつか理由が考えられる。①かつては文壇バーが「サロン」として文化の担い手になり、そこに来ている作家たちが、メディアに登場してさまざまな発言をしていた。しかし、制作者側が、有名作家の代わりに、手軽な評論家などを使って番組を作るようになり、作家のほうも世論に対して発言しなくなった。そのため、バーやクラブにサロン機能が求められなくなった。②情報通信技術の発達で、作家が東京にいる必要がなくなった（わたしなどは海外在住である）。③中年以上の男性作家の地位が相対的に低下し、女性や若いライトノベル系作家が台頭してきたが、彼（彼女）らはそもそも銀座のバーなどへは行かない。

それでも編集者と打ち合わせをしたり、経済誌の記者と情報交換をしたり、友人と会ったりするのは、銀座の店が多い。

かつて太宰治《だざいおさむ》、織田作之助《おださくのすけ》、坂口安吾《あんご》などの行きつけだった銀座五丁目の老舗《しにせ》バー

「ルパン」は、もはや文壇バーではないが、古き良き時代の雰囲気を留《とど》めている。銀座七丁目の「ロックフィッシュ」は、値段が安くてつまみが美味《うま》く、マスコミ関係者がよく利用している。梶山季之ゆかりの女性が経営する銀座八丁目の「魔里《まり》」はかつて清水一行が贔屓《ひいき》にし、今も作家や編集者が訪れる。新宿五丁目の「風花《かざはな》」では、年輩のママさんが酔っぱらった純文学系の作家や評論家を優しく相手している。

わたしは日本に行くと夕食はだいたい作品のための取材で、大手町近辺や、虎ノ門、赤坂見附といった場所などで食事をしながら話を聴く。相手は初対面のことが多く、せいぜい三時間という限られた時間内で、できるだけ多くの話を聞きださなくてはならない。取材が終わって店の前で相手を見送ったときは、メモをとる右手は痛く、頭も身体もくたくたである。

忘れないうちに取材メモを整理したあとは、銀座のカウンターバーにふらりと行って、ほっと一息ついたりする。「先生、先生」とちやほやされることはないが、何度か行くうちに、著書を店内に飾ってくれることもある。店に飾ってある自著を見るのは面映ゆいが、嬉《うれ》しいもので、もっといい作品を書かなくてはという気持ちにさせられる。

ちなみに以前、ある出版社に、すわっただけで一人四万円以上する銀座のクラブに連れて行ってもらったとき、ホステスに「僕、作家になったけど、モテないいんですよ」といったら、「だって、あんた店に来ないいじゃん！」と怒られた。

「ZAITEN」二〇〇九年一〇月号

ここは地の果てアルジェリア

大学を卒業して都市銀行に就職したが、希望の国際部門にはなかなか行かせてもらえなかった。三年目に、半年間、東京でアラビア語の研修生をやらせてもらったが、研修後は横浜支店で中小企業向けの融資を担当させられた。

そのころ、海外プロジェクトのアドミ通訳に応募しようかとときどき考えていた。アドミ通訳というのは、プロジェクトの現場で総務事務をやったり、現地労働者との橋渡しをする仕事である。要は、語学ができる使い走りだ。わたしが研修で通っていたアジア・アフリカ語学院という民間の学校は、外語大に入れなかった若者たちなどが学んでいて、卒業するとアドミ通訳として海外に出ていく者が多かった。月給は五〇万円くらいといわれ、当時のわたしの銀行での給料の倍くらいだった。

その頃、中近東や北アフリカの産油国で、日本企業がたくさんの大型プロジェクトを請け負っていた。石油の炎が赤々と燃える灼熱《しゃくねつ》の砂漠地帯で、コンテナのような宿舎に寝泊まりし、巨大プロジェクトの建設現場に立ち会う仕事は、ロマンをかき立てるものがあった。ちなみに、アルジェリアのプロジェクトの現場を舞台に、アドミ通訳の仕事を描いた小説に藤田宜永《ふじたよしなが》氏の『還《かえ》らざるサハラ』がある。リアルで面白い作品である。

結局、アドミ通訳には応募せず、運良く銀行の研修生としてエジプトに二年間留学させてもらった。帰国後、日本橋支店で自転車に乗って外回りをさせられたので、また辞めようかと思ったが、三〇歳でロンドン支店に転勤になり、ようやく夢見た中近東とアフリカを担当するようになった。

アルジェリアを初めて訪れたのは、三一歳のときだった。リスクの高いアフリカでなんとかやれそうだったのが、アルジェリアのLCコンファームとリファイナンスだった。これは、アルジェリアが外国から物を輸入する際に、代金の支払いを保証するためにアルジェリアの銀行が発行した輸入信用状（LC）に、わたしが勤務していた銀行がコンファーム（保証）を付け、さらに一年間の支払い猶予を与えるために、アルジェリアの銀行にLC決済資金をリファイナンス（融資）するという取引だ。手数料と金利を合わせ、年率四パーセントくらいのハイリスク・ハイリターンの商売だった。

「ここは地の果てアルジェリア……」と歌われたアルジェリアの首都アルジェの街は、山の斜面からアルジェ港に向かって広がっている。一九六二年まで宗主国だったフランスの影響で、パリのアパルトマンのような洒落《しゃれ》た建物が多く、白い家々と紺碧《こんぺき》の空と地中海のコントラストが美しい。ジャン・ギャバン主演の映画『ペペルモコ（望郷）』の舞台となったカスバ（旧市街）は、街の北西よりにある汚れたアラブ風の一角だ。

アラビア語が公用語で、イスラムを国教とする国だが、酒は普通に飲める。宿泊したホテル「エル・ジャザーイル」は、アルジェ港を見下ろす丘の中腹にある由緒あるホテルで、ロビーや客室のオスマントルコ風装飾タイルが見事である。アルジェリアとフランスの両方の料理を出すレストランがあり、そこでワインを飲んだ。日射量が多く、糖度の高いワインは、独立戦争で流された約一五〇万人のアルジェリア人の血のように赤黒い色をしていた。ドライで強くて濃く、北アフリカの太陽を思わせる味である。

滞在中、仕事が終わってホテルの部屋に戻ると、なぜか部屋の浴室に女性用の大きなブラジャーが干してあった。まったく理由がわからず、不気味なので、フロントに連絡して片付けてもらった。翌日、日本大使館の人に事の次第を話すと、「それは、掃除のおばさんの誘いですよ」と笑っていた。大使館からホテルに帰って掃除のおばさんを見ると、恐ろしく太った中年女性だった。

「ZAITEN」二〇〇九年一一月号

サウジ・シャンペン

中近東というと酒が飲めないというイメージがあるが、アルコールの扱いは国によってまちまちである。サウジアラビアやクウェートでは酒を持っているだけで逮捕されるが、バーレーン、アラブ首長国連邦、エジプトなどでは酒が飲める。

三菱商事のサウジアラビア駐在員が中近東地区の社内会議に出席するためにバーレーンに出張し、ホテルの部屋にサービスのジョニ赤が置いてあったので、別の出席者に渡そうと思って鞄《かばん》の中に入れたけれども、それを忘れてサウジに戻り、空港で見つかって刑務所にぶち込まれたことがある。また、空港でウィスキーのポケットボトルを持っているのを発見された欧米人が、「これなら文句ねえだろ」と、その場で飲んで入国したという逸話を聞いたこともある。

三〇歳で邦銀のロンドン支店の国際金融課に配属されたわたしが、最初に手がけた国際協調融資は、サウジアラビア航空向けの八九五〇万ドルの案件だった。貨物用のジャンボ機（ボーイング747）を購入するためのファイナンスである。

航空機ファイナンスというと、何か複雑で高尚なもののように聞こえるが、簡単にいえば「空飛ぶ住宅ローン」みたいなもので、減価償却や市場の変動をもとに飛行機の将来価格を予測し、担保を取って融資を実行・管理する。

担保権を確実にするために、たいていオフショアのSPC（特別目的会社）を作って航空機を所有させ、SPCの株式や航空機に付保された保険に質権を設定し、機体に「この飛行機はこれこれしかじかのSPCが所有し、銀行団の担保になっております」という金属製のプレートを付ける。

ややこしかったのは、サウジアラビアが厳格なイスラム教国で、その国を代表する航空会社が、イスラムで禁じられている金利を払うのは世間体が悪いから、なんとかしてくれと頼まれたことだった。

そこで、SPCをジャンボ機の所有者にし、サウジアラビア航空はSPCからジャンボ機をリースし、金利ではなくリース料を払うようにした。ただし、リース料はLIBOR《ライボー》（ロンドン銀行間取引金利）ベースの六ヵ月ごとの変動制で、実態は金利そのものだった。

さらに、リースといえど、ファイナンスを組成するというのは聞こえが悪いから、中近東の銀行は参加招聘《しょうへい》してくれるなという条件を付けられた。まあ、マーケットに初登場のサウジアラビア航空だし、一〇〇パーセント国営だから、組成できるだろうと踏んで市場でローンチ（組成開始）した。

ところが、マージン（LIBORプラス〇・三七五パーセント）が低いのと、サウジアラビア航空の財務内容が悪いのとで、さっぱり参加銀行が集まらない。二週間ほど苦しんで売り歩き、サウジアラビア航空に乗って錐揉《きりも》み状態で墜落していく夢まで見た。どうしようもなくなって、これでは組成ができませんと先方に訴え、中近東の銀行にアプローチする許可をもらい、なんとか融資団を組成した。

また、最初一億一〇〇〇万ドルを目標に参加行を募っていたら、富士銀行から「747‐200の値段にしては高すぎる」と指摘され、調べてみると、ボーイングからもらうリベート分もちゃっかり含めた額を借りようとしていたのが発覚し、総額を八九五〇万ドルに減額するというみっともない一幕もあった。

案件が調印されたのは、昭和天皇が崩御してまもなくのことで、出席者たちから「コンドーレンス・トゥ・ユア・エンペラー（天皇陛下のお悔やみを申し上げます）」といわれた。国際協調融資の調印式では普通シャンペンで乾杯するが、サウジアラビア航空からの出席者たちは、オレンジジュースで乾杯した。

ちなみにサウジでレストランに行くと、客たちが「サウジ・シャンペンをくれ」と注文しているのをよく耳にする。最初、えっ、サウジにシャンペンがあるの⁉　と期待したが、これは発泡性の白ブドウジュースのことだった。

「ZAITEN」二〇〇九年一二月号

毒入りオールド?

銀行に入って三年目、二五歳のときに横浜支店に配属された。社費でミシガン大学の法科大学院に留学した東大卒の先輩と融資課の窓口に並んで座り、中小企業向け融資、住宅ローン、カードローンなど、ありとあらゆる小口融資を取り扱った。

担当した中小企業は五〇社くらいで、水道工事屋、捺染《なっせん》会社、紙パックメーカー、魚の輸入業者、ボート屋、学習塾などさまざまだった。毎日午後三時まで二階にある融資課の窓口で新規の案件を受け付けたり、席で稟議書《りんぎしょ》を書いたりしていた。よく会社の役員や経理部長が借入手形の書き換えがてら窓口にやってきて、業況報告や雑談や顔繋《かおつな》ぎのために一五分くらい話していった。

恐ろしかったのは鶴見《つるみ》のほうにあった中小建設会社で、資金繰りが常にぎりぎりの綱渡りで、仕事を受注するたびに「金を貸してくれ!」と駆け込んでくる。預金も置いてくれていたので無下にも断れず、さりとて稟議を上げると何度も上から突き返され、ほとほと参った。作業服姿の中年経理部長が突如エスカレーターで二階に姿を現すたびに、まるで悪魔が出現したようで、脂汗が流れ、胃がきりきりと痛んだ。

午後三時に支店が閉まると、コンピューターが動いている間に稟議書作成に必要な顧客データをとったりし、午後五時くらいから本格的に稟議書を書き始めた。

当時、支店を出るのはだいたい午後九時くらいで、決算資金やボーナス資金用の借り入れ申し込みが目白押しになる時期は、大きな紙の手提げ袋二つに稟議書のファイルをいっぱい入れて持ち帰り、深夜まで独身寮で稟議書を書いていた。

お客さんから飲みに誘われることもよくあった。横浜には中華街があるので、そこで夕食をとってからスナックでカラオケというパターンが多かった。そのころの酒といえば黒い「ダルマ」、サントリーオールドである。当時、輸入ウィスキーは為替《かわせ》レートや税金のせいで馬鹿高く、今では一三〇〇円くらいになったジョニ赤でも、ボトルキープすると一万～二万円もとられる時代だった。

あるベニヤ会社に四五歳くらいの経理部長がいて、融資課の若い者二、三人をよく飲みに連れていってくれた。ときどき、愛人らしい同年輩の女性を連れてくることもあった。特に美人でもなく、こんなおばさんのどこがいいのだろうと思った。さらに不思議なことに、彼はほとんど毎晩のように飲み歩いていた。愛人と一緒でないときは、女性がいる高級クラブに行ったりしていた。また、よく熱海《あたみ》に釣り旅行に行き、「大きなヒラマサが釣れてねえ」などと話していた。「ずいぶんお金がある人なんだなあ」と無邪気に考えていたが、数年後、銀行のロンドン支店に勤務していたころ、彼が会社の金を横領していたことが発覚し、クビになったと知らされた。

お客に無理やり預金を頼んだり、融資を押し付けたりする憎まれ役の取引先係（外回り）と違って、融資課員は中小企業から大事にされ、お中元やお歳暮の時期になるといろいろな届け物が自宅に送られてきた（今だとコンプライアンス違反である）。精肉卸業の専務から「夜七時ごろ、支店の前で待っていてくれ」といわれ、その通りにすると白いバンが近づいてきて、窓から霜降り肉を二キロくらい渡されたこともある。

中華街のある有名な中華料理店からお歳暮として、木箱に入ったサントリーオールド半ダースが融資課あてに送られてきたこともあった。その料理店は経営不振の問題先で、黒縁眼鏡の融資課長（東大卒）が自ら担当し、しょっちゅう「今月分もちゃんと返済してくださいよ！　わかっとんでしょうな⁉」と電話でがなりまくっていた。木箱の中からサントリーオールドを取り出した課長は、「これ、毒が入っとるんちゃうか？」と苦笑いしていた。

「ＺＡＩＴＥＮ」二〇一〇年一月号

ジンバブエの「ザンベジ」

邦銀のロンドン支店でアフリカ向け融資の開拓を始めたとき、まず目を付けたのがジンバブエだった。当時、アフリカで対外債務の返済繰り延べ《リスケジューリング》をしていない国は、アルジェリア、ケニア、エチオピア、ジンバブエの四ヵ国しかなかった。

未知の国だったが、過去の融資案件の参加銀行を見ると、バークレイズ、ナショナル・ウェストミンスター（以上、英）、バンカース・トラスト、マニュファクチャラーズ・ハノーバー（以上、米）、インドスエズ銀行、クレディ・リヨネ（以上、仏）など錚々《そうそう》たる顔ぶれで、信用力の高さをうかがわせた。

地図で見ると、南アフリカのすぐ上にあり、左右をボツワナとモザンビークに挟まれた内陸国である。一九八〇年に英国の植民地（旧南ローデシア）から独立した議会制民主主義国家で、人口は約八九〇万人。主要産業は農業と鉱業で、タバコ、コーヒー、トウモロコシ、牛肉、鉄鉱石、ニッケルなどが主要産品だ。

ちょうど農作物輸出公社向け・政府保証付きの期間一年の輸出前貸し案件（シンジケート・ローン形式）がANZ（オーストラリア・ニュージーランド銀行）主幹事でマーケットに出てきていたので、参加の稟議書を書いて出した。最初は、上司や国際審査から、頭がおかしくなったのではないかと思われたが、内容を説明すると、意外と筋のよさそうな案件ではないか、ついては一度現地に行って国の状況を視察せよということになった。

ロンドンから首都のハラーレまでは飛行機で一〇時間半である。英国航空の夜行便の機内で目覚め、窓から地上を見下ろすと、あちらこちらに森や灌木《かんぼく》帯のある、赤茶けた大地が広がっていて、「ついにアフリカに来たんだなあ」と感慨がわいた。地平線上に噴き上がっている巨大な水滴雲は、ザンビアとの国境にある世界三大瀑布《ばくふ》の一つ、ヴィクトリアの滝だった。

空港から約一二キロメートルのハラーレ市街は、「鄙《ひな》びたニューヨーク」という風情の街だった。広さは約三キロメートル四方で、二〇階を超える高層ビルが五つ六つ、一〇階建ての中層ビルは数多くあり、一応首都の威厳を備えている。道は碁盤の目のように整備され、街なかの表示はすべて英語。タクシーやバスはおんぼろで、乾燥した空気に、汗と埃《ほこり》の匂いが漂っていた。

現地で三日間、視察や聴き取りをし、報告書を真夜中のホテルから東京の国際審査部にファックスした。書き上げた報告書を持ってフロントに降りて行くと、ファックス機のダイヤルにがっちり錠がかけられていて、「朝マネージャーが来るまで使えない」といわれ愕然《がくぜん》としたが、機械本体に小さな押しボタンが付いているのに気づき、試しに押したら国際電話回線に繋《つな》がった。融資参加の稟議書はめでたく承認になり、同国との取引が始まった。

ジンバブエの観光の目玉はヴィクトリアの滝である。朝七時一五分に国内線でハラーレを発《た》つと、約一時間でヴィクトリア・フォールズ空港に到着する。約三〇〇〇円の一日ツアーに参加し、滝やワニ園の見物、ザンベジ川の遊覧などをし、夕方の便でハラーレに戻り、夜の便でロンドンに戻るというスケジュールが組める。

ザンベジ川は、ザイール（現コンゴ民主共和国）とザンビアの国境付近に源を発し、アンゴラやジンバブエなど四ヵ国を経てインド洋に注ぐ全長二七〇〇キロメートルの大河である。白いペンキ塗りの遊覧船に乗り込み、テーブル席につくと、まずビールを注文する。緑色のボトルに入った「ザンベジ」は、ホップが効いた香ばしいラガー・タイプのビールである。それを飲みながら、のんびり川くだりをしていると、水面に五、六頭の野生のカバが浮かんであくびをしたり、岸辺で象が木の葉を食べたりしているのが見える。

同国との付き合いは八年間にわたった。九月ごろになると薄紫色のジャカランダの花が咲き、人々は穏やかで、平和な国だった。しかし、九二年ごろから旱魃《かんばつ》やIMFの経済構造調整計画の急激な実施で国が疲弊し、今は見る影もない混沌《こんとん》とした状態にあるのは残念だ。

「ZAITEN」二〇一〇年二月号

飛行機酒

国際協調融資の調印式ではたいていシャンペンで乾杯する。シャンペンの代金や引き出物（モンブランの万年筆が多い）の購入費は普通ボロワー（借入人）持ちである。これは、マンデート（融資団組成委任）をもらうとき、「ゼネラル・エクスペンス（一般経費）」としていくらまで使って良いと事前に承諾を受ける。

あるときトルコのボロワーに経費を思いっきり値切られ、シャンペンを買うと赤字が出そうだったので、スパークリングワインで代用したことがある。乾杯の音頭で一口飲んだ瞬間、「うっ、シャンペンと全然味が違う」と思った。「シャンペンなんて普段飲まないのに、どうして自分は味の違いがわかるのかなあ？」と考え、思い当たったのが飛行機の酒である。当時、英国航空のビジネスクラスで頻繁に海外出張しており、席に座るといつも客室乗務員が持ってきてくれるシャンペンを飲んでいた。

英国航空には、シャンペン以外にもポートワインの美味《おい》しさも教育された。ビジネスクラスで食事のあと「ポートワインを飲みますか？」と勧められるので、何度か試しているうちに好きになった。つまみのチーズの皿には枝付きの干しブドウなどが添えられていて、これがポートワインによく合う。

飛行機の中の酒は、今も昔も楽しみだ。特に、ロンドン・日本間のような長距離のフライトは、食事をして酒を飲み、酔っ払って一眠りして起きると、目的地の近くまで来ている。

食事が美味しいのは、やはりエールフランスではないだろうか。先日、ロンドン・日本間を往復したときパリ乗り換えでビジネスクラスを利用したが、鴨のフォアグラで始まる食事も、ワインやシャンペンも、他の航空会社より一段上だった。最近はオーストリア航空がビジネスクラスに白い司厨《しちゅう》衣姿の専任シェフを搭乗させ、エールフランスをしのぐ料理を出すようになった。全日空の機内で出される「勝山《かつやま》」という宮城県産の酒には、日本酒の美味《うま》さに開眼させられた。

飛行機の酒で忘れもしないのは、一九九二年六月二五日にニューヨークからロンドンまで乗った超音速旅客機コンコルドである。当時、邦銀のロンドン支店に勤務していたが、前年に旧ソ連が崩壊し、旧ソ連向け融資債権の市場価格が額面の半値以下になった。これ以上抱えていてもますます損が出るだけだったので、米国の機関投資家や金融機関に少しでも高く売ろうと、ニューヨークに出張した。ちょうどロンドンのガトウィック空港発着便の利用客が少なかったので、同空港からニューヨークまでのビジネスクラス往復航空券を買うと、片道をコンコルドにしてくれるというキャンペーンを英国航空がやっていた。

現地で仕事を終え、ロンドンに戻る前の晩、マンハッタン・ミッドタウンのオムニバークシャープレイス（ホテル）のレストランで一人で夕食をしていると、別件で出張に来ていたロンドン支店のディーリング・ルームの先輩日本人行員にばったり遭った。「おまえ、いつ帰るの？」と訊《き》かれ「明日の朝九時半発です」と答えると、「むむっ、それはコンコルドじゃないか。先輩に譲る気はないのか？」といわれた。わたしは「ありません」と答えた。

ＪＦＫ空港発のコンコルドの機内は、潜水艦のような円筒形で、通路を挟んで左右に立派な革張りのシートが二つずつ並んでいた。客室前方の壁に速度計があり、デジタルの数字がみるみる上がっていき、マッハ二を突破した。ワインは赤白ともにフランスワインだったと記憶しているが、味は無論良かった。

当時はセキュリティもうるさくなく、乗客が操縦室に入ることができ、機長のサイン入りの搭乗証明書をもらえた。わたしも計器だらけの操縦室の片隅で写真を撮ってもらった。その後、コンコルドは二〇〇三年一〇月に運航が停止され、民間人が航空路線で超音速を体験することはもはや不可能になった。今となっては貴重な経験である。

「ＺＡＩＴＥＮ」二〇一〇年三月号

［追記］

コンコルドには乗れなくなったが、先日、ルフトハンザのエアバスＡ３８０で日本まで往復した。巨大な翼を風の中で何度もしならせながら離陸する様子を窓から見ていると、「怪鳥」に乗って飛び立つようでワクワクした。機内で飲んだリースリング種の白ワインはフルーティで、ドイツワインも悪くないと再認識させられた。

アイス・バーと幻の「蘭」

最近ロンドンのピカデリー・サーカス近くに壁もカウンターも氷でできた「アイス・バー」ができた。客はフード付きマントを借り、氷のグラスで酒を飲む。これはスウェーデンの北極圏内の村ユッカスヤルビの雪と氷でできた「アイス・ホテル」内のバーを模したものだ。

本家の「アイス・バー」にも行ったことがあるが、室内はマイナス一〇度以下で、あまりの寒さに、いくら酒を飲んでも酔いが回ってこなかった。オーロラが見えるホテルは、春になると解けて流れる幻のようなホテルだ。

トルコには、わたしがよく行く幻想的なバーがある。イスタンブールの旧市街のビルの屋上にあるテラス・バーだ。夜、テラス席に座ると、目の前にボスポラス海峡が黒い帯となって闇の中に沈み、対岸のアジア側の灯火が銀色やオレンジ色に瞬《またた》いている。上空では煙るような雲の中を白く輝く月が渡っていく。背後を振り返ると、ブルーモスクとアヤソフィアの巨大なドームと尖塔《せんとう》が暗い夜空にライトアップされ、周囲の空間は時の流れが止まったかのよう。今にもオスマントルコ軍の蹄《ひづめ》の音が聞こえてきそうな妖《あや》しい雰囲気が漂っている。海峡からの風に吹かれながらこのテラスでビールを飲んでいると、時の経《た》つのも忘れる。

しかし、わたしが最も好きな幻のバーはベトナムのホーチミン市のバーである。市内中心部、グエン・フエ通りに建つサイゴン・プリンス・ホテル（現ダクストン・ホテル・サイゴン）脇にあるカウンターバーで、店名は「蘭」。細長いカウンターの内側に真っ白なアオザイ姿の二〇代前半のスリムなベトナム人女性が五人くらいいる。会話はほとんどないが、静かな心休まる空間だ。彼女たちは客のことをこと細かに覚えていて、常連でもないわたしが半年ぶりに訪れても、「連れの人はこの間一緒に来た人と違いますね」といったりする。残念なことに「蘭」は数年前に閉店し、本当に幻のバーになってしまった。

二月中旬、アジア初のアイス・バーが東京・西麻布にオープンした。

ビジネスマンがゆっくり羽を休められるあの「蘭」のような店がいつかどこかにできないかと思っている。

「日刊ゲンダイ」二〇〇六年三月四日

第二章　世界で仕事をするということ

「サバイバル交渉術」世界標準八ヵ条

五〇円、一〇〇円のタクシー代から数千億円のプロジェクト・ファイナンスの交渉まで、過去一六年間、海外の現場でさまざまな交渉をしてきました。しかしわたしは交渉術の勉強をしたことはありません。

以下に述べることは、泳げない人間が水中で必死にもがいて泳ぎを身につけるように、経験から摑《つか》み取った「サバイバル交渉術」です。また、これらは隠し技でも何でもなく、海外では常識というべきものです。

1　交渉の八割を決するもの

交渉の八割がたは、自分にほかの選択肢があるかどうかで勝敗が分かれます。交渉が決裂しても自分にはほかに選択肢があるとわかっていれば大胆に戦えるが、そうでなければこれしかないという追い詰められた状態で、ずるずると相手のいい分を吞《の》まされる。ましてや、こちらがほかに選択肢を持っていないのを相手に読まれた場合、交渉はその瞬間に負けです。

交渉に臨む前に、決裂した場合にはほかにどんな選択肢があるかよく整理しておくこと。それだけでなく、事前に（そして交渉中も）積極的に動いて選択肢を増やしておくことが肝要です。たとえば、資金調達の交渉であれば、ほかの金融機関に当たって提案書をいくつかもらっておく、物の買い付けであればほかに代替できる物がないか調べておくことです。戦いは交渉のテーブルにつく前から始まっているのです。中国には「貨比三家《フォビーサンジャー》」といって物品を購入するときには必ず三軒の店に声をかけて競わせよ、という諺《ことわざ》があります。日本では「天秤《てんびん》にかける」というと否定的な響きがありますが、世界では四つや五つの天秤を駆使するのは常識です。

逆にまた、相手がどんな選択肢を持っているかを熟知していなければ交渉はできません。相手の選択肢を徹底的に研究し、相手はどんな条件なら呑めるのか、どこまで呑ませられるのかを見極めておくことです。そして交渉中も相手の反応や言葉の端々を絶えず観察・分析して、それに応じて戦法を変えなくてはいけません。

わたしはベトナムで証券会社の駐在員事務所開設の仕事をしたとき、事務所が入居するオフィス・ビルの候補を三つ探し、どれに入居しても良いという事前の了解を本社から取り付けたうえで、一番良いビルから順に交渉しました。選択肢が複数あったので「交渉決裂カード」を好きなときに切れる強気の交渉ができ、入居後一年半で店子《たなご》は賃借契約を解除できるという異例の特約まで大家に認めてもらいました。その後のアジア通貨危機で事務所を閉鎖することになり、特約が効力を発揮したときは複雑な心境でしたが。

2　「板張りの壁」を探せ

堅固な城でもどこか一ヵ所ボロの板で塞《ふさ》いだ場所があれば、そこを突くとあっけなく崩れます。そしてこの「板張りの壁」は往々にして組織内の人間関係です。

わたしはかつてトルコのある企業と融資の交渉をしたことがあります（わたしが融資をする側）。交渉相手は四〇代半ばのベテラン国際部長。市場を知り尽くしている、優れた交渉者《ネゴシエーター》でした。話していても、まったく隙がありません。

（あーあ、こりゃ主幹事が獲《と》れても、ものすごくプライスが低い案件になるだろうなあ）

ぶ厚い城塞《じょうさい》を前になすすべもなく佇《たたず》む心境でした。しかし、途中から相手の上司の取締役が交渉に加わってきました。最近政府機関からスカウトされた人物で、金融市場の知識や交渉経験はほとんどなく、その一方で早く実績を挙げようと野心満々でした。わたしはその様子を見て、チャンスあり、と直感しました。

しばらく押したり引いたりして、互いにじりじりと焦りが出てきたころ、取締役が「そうですか、どうしても今日決断しなくてはいけないとなると、我々としても非常に難しい決断をしなくてはいけないのですが……」と交渉決裂を匂わせる口調でいいました。わたしは一瞬どきりとしましたが、本能的に「今がチャンスだ！」と感じ、「わかりました。ではこの点についてはそちらのいい分をお受けします。ただしプライスは……」と乾坤一擲《けんこんいってき》を放ちました。プライスは国際部長が受ける水準をかなり上回るこちらに有利なものでした。

「オーケー、それでいきましょう」

取締役は間髪容《い》れず提案を受け入れました。彼も内心追い詰められていたのです。初めての交渉をまとめて社長に報告できるとほっとした表情の取締役の隣で憮然《ぶぜん》とした顔の国際部長を眺めながら、二人のぎくしゃくした人間関係（事前に交渉に関する入念な打ち合わせをしていなかった）と取締役の功名心が、「板張りの壁」であったと感じました。

一般的にいって、外国（特に米系）の組織の場合、トップから現場まで相手を蹂躙《じゅうりん》してでも組織の利益を極大化するという共通の目標に全員が一枚岩で結束しているのに対し、日本の組織では現場を知らない幹部や、組織の利益を勝ち取るより保身やごますり、あるいはミスをしないことを優先する人間が数多くいて、皆がバラバラの方向を向いています。つまり「板張りの壁」だらけです。

3　「空爆」「側面攻撃」に注意

交渉は単に会議室での話し合いだけで決するものではありません。戦線はあらゆる場所に延びているのです。

わたしが以前、チェース・マンハッタン銀行（現JPモルガン・チェース銀行）と交渉したときのことですが、チェースの東京支店の幹部にこちらの経営幹部を籠絡《ろうらく》されてしまいました。

「とにかく取引をチェースとまとめるように」

との命令が下り、周囲も、

「Kさん（わたしの本名）、なんとかうまくまとめてね。そうしないと社内で波風が立つから」

となりました。

「空爆」です。

いきなり「交渉決裂カード」を取り上げられ、愕然《がくぜん》とすると同時に経営幹部に自分の交渉戦略を周知徹底していなかったことを悔やみました。

しかし、実際の交渉では「交渉決裂カード」を持っていないことはおくびにも出さず、チェースの香港支店の女性幹部（マネージング・ディレクター）と激しく渡り合いました。相手はアングロサクソン系の女性幹部らしく譲歩する気配がまったくありません。二、三日話しあっても埒《らち》が明かないので、今度はこちらが「側面攻撃」に出ることにし、同行の東京支店で交渉を担当していた同年輩の男に電話しました。

「同じ日本人同士としてあなたにだけはいいますが、正直いってうちにはほかの選択肢もあります。お宅の銀行とはもうやる気がないので、明日の朝一番で交渉決裂のメールを送らせてもらいます」

と一発かましたところ、気の小さい彼は大慌《おおあわ》てで行内各所にメールを打ち、その晩遅く件《くだん》の女性幹部から、

「この点とこの点については譲歩する用意がある」

と連絡してきました。

投資銀行出身のアメリカの財務長官に電話されて、保身第一の幹部がへなへなとなる日本の財務省の交渉を見ていると、ほとんどがこの「空爆」と「側面攻撃」でやられているように思います。

4　内部を固める

先に述べたことと重複しますが、日本の組織の場合、交渉に勝つか負けるかは、相手との戦いより、どれだけ自分の側を固められるかで決まるケースが多いように思います。

かつて目の当たりにした、ある日本の大企業の海外買収では、交渉担当者が相手に対してひたすら平身低頭し、相手のいい分を唯々諾々《いいだくだく》と呑んでいました。

「どうしてそんなに弱腰なんですか？」

想いあまってわたしは訊《き》きました。

「うちの部長が『この買収は今期の目玉です』と社長に見得を切ってしまったんです」

相手は切なそうにいった。「だから、どんなことがあってもこの買収はまとめなけりゃならないんです」

交渉相手は日本側が最初から抜き差しならない状態に陥っているのを見抜いていました。これでは最初から勝ち目はありません。戦う前から内部崩壊している典型的な例です。

組織の幹部は意味のない事前のコミットを内外にすべきではありません。また、そういう能力の低い幹部の下で働く者は、一刻も早く交渉戦略について周知徹底し、交渉に不利益な材料が発生する可能性を排除しなくてはなりません。このことは先に述べた「空爆」や「側面攻撃」に対する防御にもなります。

米系コンサルティング会社に勤務する友人は「米国企業を訪問すると上の地位に行けば行くほど優秀な人間が出てくるが、日本企業では上に行けば行くほど能力のない人間が出てくる」といいます。残念ながら、これが多くの日本企業の現実であり、その点からも交渉前に十分に内部固めをしておくことが必要です。

5　相手は大きく出てくるもの

交渉に際して相手はまず大きく出てくるものです。ある品物を五の値段で取引したいと思えば、買い手はまず二といい、売り手は七といって交渉は始まります。両社の開きの差が最大なのは土産物屋の店頭、最小が国際金融市場です。日本人はこれが頭で理解できても、いざ現実になると相手のはったりに引っ張られてしまいます。

先に述べた日本企業による海外買収プロジェクトでは、被買収企業の簿価（総資産から負債を引いた純資産）をベースに買収価格の交渉をしていました。相手はいきなり「簿価の三倍で買ってほしい」とふっかけてきました。しかし、将来の予想キャッシュフローなどを分析する限り、企業価値はせいぜい簿価の一・二〜一・三倍がいいところでした。

「簿価で買いたいとカウンター（逆提案）したらどうですか？」

わたしは日本企業の交渉担当者にアドバイスしました。

彼は、とんでもない、と目を剝《む》きました。

「簿価の三倍といってる相手に簿価なんていったら、相手が激怒するじゃないですか！」

「そんなことはありません。向こうだって馬鹿じゃないんです。自分の会社がどれくらいの価値があるか知らないはずはありません。外国人は最初は大きく出てくるものなんです。計算根拠をきちんと示してやれば、怒るどころか反論さえできないはずですよ」

「しかし……」

結局、担当者はわたしのアドバイスを聞き入れず、三倍といった相手に対して「二倍」と提案しました。相手は満面に笑みを浮かべ「では、間を取って二・五倍でいかがでしょう?」といい、日本企業はそれで手を打ちました。今思い出しても、情けなくて涙も出ません。

相手がどんな態度であろうと、正当な要求をするときは絶対に遠慮をしてはいけません。遠慮をしたとき、あなたは負けるのです。

この点、素晴らしい交渉の見本があります。『祖国へ、熱き心を』(高杉良著)の中で、主人公のフレッド・和田勇氏が日系人高齢者の居住用施設として、ユダヤ人から不動産を買い取る場面です。ユダヤ人が「六〇〇万ドル」といってきたのに対し、和田氏は「冗談じゃない。我々の買値は一〇〇万ドルです」と応じます。

一年間かけてユダヤ人は二〇〇万ドルまで譲歩してきましたが、和田氏は一歩も譲りませんでした。強気の理由は、ほかに買い手がいないという「相手にほかの選択肢がない」ことを和田氏が読み切っていたからです。結局、和田氏はその不動産を一〇〇万ドルで手に入れました。これが「普通の」交渉なのです。

6 リスクは早めに分散

以前、ＥＢＲＤ（欧州復興開発銀行）の年次総会のホテル予約の件で、英国のイベント会社と激しくやり合ったことがあります。その会社はＥＢＲＤの下請けとして参加者のホテルの手配を取り仕切っていました。

わたしは総会の三ヵ月前に、秘書を通じてそのイベント会社に五人分のホテルの部屋の予約申し込みをしましたが、何の連絡もないので、仕方なく別ルートで部屋を確保しました。ところが開催の一〇日前（五月七日でした）になって突然その会社から「部屋が取れた」といってきたのです。「もう部屋はいらない」というと、約五〇〇〇ドルのキャンセル料を払えという。

「そんな馬鹿な！　今ごろになって予約をコンファーム（確認）されても、こちらには何の意味もない」というと、相手は「ホテル予約の申込書には四月三〇日までにキャンセルしなかったときは、最低三泊分のキャンセル料を請求すると書いてあり、あなたの秘書がサインしている」といいます。

申込書のコピーを読むと確かにそうなっていました。しかし「キャンセル」というのは、予約申し込みのキャンセルなのか、それとも確認された予約のキャンセルなのか判然としません。こういうときはとりあえず一歩も引かない態度でいくだけです。

「だいたい政府の要人や、会社のトップが参加する国際会議のホテルの予約を、開催一〇日前になってコンファームしてくるなどというのはentirely outside the normal business practice!（まったくもってビジネスの常識外だ！）」

結局その日は予想通り物別れに終わりました。相手の英国人女性マネージャーは恐ろしく強気で、譲歩する雰囲気は微塵《みじん》もありませんでした。一方で、わたしの上司も秘書も、

「サインしたんだから、もう五〇〇〇ドル払うしかない」

と口を揃えていいます。わたしは交渉方法の妙案が浮かばず途方に暮れ、藁《わら》にもすがる気持ちで社内の法務部のドアをノックしました。

「向こうは四月三〇日までに予約をコンファームしてきてないんでしょ？」

申込用紙を読んだ社内弁護士はいいました。

「それでキャンセル料払えなんて非常識じゃない。自分たちがやるべきこともやらずにさ」

「やっぱりそう思いますか？」

「そらそうだよ。ほらほら、早くアクション取って。絶対に払わんと文書で出しなさい」

誰かが味方についてくれるだけで、気分はぐっと楽になりました。しかも、交渉失敗の責任を一人でかぶる必要もありません。

翌日、EBRDの日本政府代表部に電話してみると、そちらでもホテルの予約の確認をもらえずに困っているといいます。

わたしはEBRDの年次総会担当者（すなわち英国のイベント会社の雇い主）のメール・アドレスを聞きだし、以後その会社との交渉のメールをすべてその担当者に落としました。「側面攻撃」です。総会の参加者とトラブルを起こせば、翌年の総会の仕事を獲得する上でマイナスになります。

最後にそのイベント会社の女性役員と電話で交渉し、キャンセル料はいっさい払わなくて良いことになりました。

それ以来、交渉に当たってはなるべく社外の人たちから広くアドバイスを受け、同時にリスク分散を図っています。

7　女性幹部の戦い方

いろいろな国の女性幹部と交渉しましたが、彼女たちにはだいたい一つの行動パターンがあります。「攻撃が直線的かつ非常に粘り強い」のです。特にアングロサクソン系の女性幹部との交渉は、アメリカン・フットボールのプロテクターをつけて何度も激突するような激しさがあります。

そういう意味で彼女たちは男性以上に男性的です。

先に述べたホテル予約の件で最後に交渉したのは英国人の女性取締役でした。

「ミスターK（わたしの本名）とお話ししたい」

受話器から流れてきた太く、堂々とした声を聞いた瞬間、（しんどい戦いになるな）とげんなりすると同時に、頭の中で交渉方法を決めました。この手の女性幹部は交渉相手に情けはいっさいかけないので、情に訴える必要はなく、その分手間は省《はぶ》けます。組み伏せるか、組み伏せられるか。そしてもし相手の弱点が見つかれば、そこを思い切り突くのです。

電話で話し始めると、予想通り執拗《しつよう》に食い下がってきました。こちらの落ち度をなんとか認めさせよう、言質《げんち》を取ろうと、さまざまに話題を変え質問や尋問の矢を放ってきます。下手に話に付き合っていると術中に陥るので、こちらは最小限の言葉でゆっくりと答え、相手の攻撃のリズムを殺《そ》ぎにかかります。言質さえ与えなければ、この場は十分です。

長い電話を終えた後、わたしは彼女の雇い主であるEBRDにコピーを落としながら、思い切り強い言葉で相手の落ち度を批判するメール攻撃の矢を放ち始めました。

翌日、彼女から再び電話があり、こちらのメール攻撃でかなり弱っているはずなのに、それはおくびにも出さず、「サインしたのに払わないのか!?」と再び激しく迫ってきました。しばらく話したあと、わたしが「とにかくキャンセル料など払う気はいっさいない！」と宣言すると「それがあなたの最終的な立場なんだな？」と凄《すご》みを利かせて訊《き》きます。（訴えでもする気か？）と一抹の不安を感じましたが、もう疲れて先を考える気力もなかったので「そうだ。これが俺の最終的な立場だ」といい放ちました。「よーし、わかった。We will take it from there（わたしたちはそれを前提に対応を考える）」と啖呵《たんか》をきって相手は電話を切りました。

（やれやれ……）

ため息をついた瞬間、彼女からメールが入ってきました。受話器を置いて二〇秒も経っていません。「キャンセル料はお払いいただかなくて結構です」。コピーがＥＢＲＤの年次総会担当者に落ちていました。

彼女はこのメールを用意したうえで、最後の交渉に臨んでいたのです。敗北を悟りながらも、決して望みを捨てず、最後の一瞬まで戦い抜く、敵ながらあっぱれな闘志です。

このようにタフな女性幹部と交渉するときは、やはり「側面攻撃」が有効です。その一方で彼女たちが「側面攻撃」に出てくることはあまりありません。思うに彼女たちは猛烈なファイトで男性社会をのし上がってはきたものの、同じ組織内の男性幹部を動かす術に長《た》けていないのではないでしょうか。

逆にいえば、女性幹部は自分の力だけに頼らず、組織の力を利用すれば上手な交渉ができるはずです。

8　交渉決裂の上手なやり方

あとで考え直して「こんな条件、受けるんじゃなかった」と後悔するような条件をうっかり受けてしまったときはどうするか？

そのときは「もう一度考えてみたが、これはやはり受けられない」と開き直るしかありません。相手は愕然《がくぜん》とし、青くなって怒るかもしれません。それでも経験的にいって、契約書にサインでもしていない限り、半分以上は再交渉に応じてくれます。特に、こちらが受けてしまった条件が相手に不当に有利な場合はその可能性が高いものです。

ただしこれをやると、相手の信頼を一挙に失い、その場で交渉が決裂する可能性も十分あります（特にアングロサクソン系が相手の場合）。

それでも「そんな条件を受けるくらいなら決裂したほうがマシ」と考えるときは「やっぱり嫌だ」「すいません、勘弁してください」「実はその後状況の変化がありまして」等々、いい方は状況次第ですが、開き直るしかありません。

わたし自身はこの究極の手は使いたくないのですが、数年に一度、自分の愚かさゆえ使わざるをえなくなり、そのたびに自己嫌悪に陥っています。

逆にアジアや旧共産圏諸国では、相手にほとんど毎回これをやられて閉口しました。「開き直り」は、ある種の国際常識です。なお、開き直りに遠慮は禁物です。開き直るときは相手がこちらの恥知らずぶりに、怒りを通り越して唖然《あぜん》とするほど思い切り開き直らなくては効果はありません。

八の力で一〇の相手と戦うには

以上述べたこと以外にも、交渉に際して留意すべき点は数多くあります。

相手に対する敬意と礼儀を失わない。精神的には一歩引いて、常に醒《さ》めた気持ちで臨む。相手のいい分を注意深く聞き、こちらの利益を損なわない要求は極力受け入れる。相手に対して自分は何ができるか、どう汗を流せるのかを常に自問する。裏をかこうとせず、正々堂々と戦う。何かあったとき組織内の各部署の助けを得られるよう、日頃から意思疎通を図っておく。交渉能力を疑われないよう、日頃からきちんと仕事をし、組織内の信頼を確立しておく。

交渉術とは魔術でも奇術でもありません。相手の望みをよく理解し、自分の希望をきちんと伝え、互いに納得できる結論を導き出すという真摯《しんし》な共同作業を行うための技術です。それはまた、「八の力しかない者が一〇の力の者と戦う技術であり、一〇の力のある者が三の力しかない者に負けないための技術」です。たとえていえば、ボクシングの基礎のようなものだと思います。

「プレジデント」二〇〇二年七月二九日号

土日語学力　～留学の必要なし、大声を出せ、週末を使いこなせ

わたしは二七歳になるまで旅行を含め一度も海外に行ったことがない。しかし、そのころでも英語で仕事ができたし、日常会話であればドイツ語とアラビア語もできた。語学をマスターするのに外国に行く必要はまったくないと思う。

日本では中学校から英語を習うので、誰でも基礎はあるはずだ。わたしは大学（法学部）時代は箱根駅伝の選手（二回出場）だったので、自由な時間がかなり限られていた。それでも将来のためになることを何か身につけたくて、いつでもどこでも勉強できる英語を始めた。

教材は「リンガフォン」という当時三万円ぐらいの自宅学習用セットで、毎日必ず三〇分勉強した。遠征や合宿にも携行し、疲れてどうしようもないときは布団の上で横になってやった。大学三年からはＮＨＫのラジオ英会話も併用し、箱根駅伝を走った日も勉強した。

大学を出て都市銀行に就職したが、入行一年目の英語の試験で「海外駐在ができるレベル」と判定された。英語はもういいから、別の語学の夜間学校に通わせてやるといわれ、ドイツ語を選んだ。

ドイツ語は大学の第二外国語だったので、ある程度の基礎はあった。仕事が終わった後、半年間、週に二回代々木と御茶ノ水にあったドイツ語学院ハイデルベルクに通った。しかし、語学学校はしょせん「触媒」的なものにすぎない。力を付けるのはあくまで自分の学習だ。

よく「一日一分！」とか「三日で憶《おぼ》える」といった謳《うた》い文句の語学の本を見かけるが、わたしには冗談としか思えない。外国語の習得はスポーツみたいなものだ。黙々とグラウンドやトラックで反復練習に汗を流す時間が実力を付けるのである。語学学校の授業はそうしたトレーニングの合間にコーチにフォームを矯正《きようせい》してもらう程度のものにすぎない。

わたしはドイツ語でも「リンガフォン」を使った。朝晩の通勤時はカセット・テープを聴きながら歩いた。これだけでヒヤリングの訓練はほぼ十分だった。ただし漫然と聞き流しては効果がない。よく「聞き流すだけで」という謳い文句の語学教材があるが、ああいうものはまったく信じられない。全神経を集中して意味や文法を考えながら聴いて初めて身につくものだと思う。

「リンガフォン」には発声練習や声を出してやるドリルがある。独身寮は二人一部屋だったので、夜などは同室の人に「すいません、これから三〇分間、声を出してやりますので」と断って、大きな声でやっていた。ときどき他の寮生が部屋に入ってきて、わたしの様子を見て唖然としていたが、そんなことをいちいち気にしていては何もできない。

平日は仕事で忙しくてなかなか時間が取れないが、週末は勉強のかき入れどきである。『サラリーマンの勝負は週末にあり』（河村幹夫著）という本は何度も読み返したが、週末をどう使うかで人生は相当変わると思う。当時、銀行は土曜日は半ドンだったので、わたしは土曜日の夕方から独身寮の図書室にこもり、途中、何度か睡眠や休憩を挟んで日曜日の夕方まで勉強を続けた。麻雀《マージャン》やゴルフをして週末を過ごすことも可能だったが、貴重な自由時間は、自分の将来のために使いたかった。一年くらいしてドイツ語の日常会話に不自由はなくなった。

この間、財務や税務といった銀行業務に関する行内の研修や通信教育があり、これらも勉強しなくてはならなかった。ただ、あまり熱心には勉強しなかった。理由は単純で、面白くなかったからだ。専門書など三ページ読んだら飽きて眠くなった。銀行の本部でやる財務の集合研修の宿題をやらず、講師の公認会計士から怒られたこともある。

その代わり、仕事で必要なことは会社の中で堂々と勉強することにした。二ヵ店目の横浜支店にいたころのことだ。書きかけの融資の稟議《りんぎ》書を開き、その横で通信教育の財務分析の章を読んでいても誰も文句はいわない。むしろ勉強熱心な奴と評価される。わたしはさらに一歩進んで、いろいろな財務分析手法を実際に取引先の分析に使ってみた。無味乾燥な専門書でも実際に使うとなれば苦痛なく読め、頭に入る。しかも勉強時間の節約になる。それを始めて一ヵ月くらいしたある日、融資の課長が「この稟議書、きみが書いたのか？」と驚いた顔をした。その日からわたしを見る課長の目が変わった。一石三鳥である。それ以降、勉強法として「会社の仕事にまぜる」というやり方を常に心がけた。半年後には、企業合併による債権債務の継承なども一人で契約書を作ってやるようになった。そして、会社を一歩出たら、時間は極力自分の好きなことに使った。

この頃は、仕事で英語を使うことはほとんどなかった。ごくたまに支店にアメリカ人老夫婦やベネズエラ人のおばさんが来ることがあり、そういう人たちを相手に話す程度だった。それでも言葉が通じたという喜びは大きく、励みになった。

アラビア語は入行三年目に半年間仕事を離れ、昼間の語学学校に通わせてもらった。アラビア語を選んだのは競争相手が少ないこともあったが、何よりも、あのみみずがのたくったような奇妙な文字が読めたら素晴らしいだろうなあと思ったからだ。東京・三鷹にある「アジア・アフリカ語学院」の授業は午前中だけだったので、午後と夜は予習復習のほか「リンガフォン」をやって基礎体力強化に励んだ。

エジプトのカイロに二年間留学させてもらったのは入行五年目である。当時カイロには企業派遣の留学生が七〇人くらいいた。彼らの多くが「将来のビジネスのため」と熱心にゴルフに励んでいた。朝から晩までアラビア語を勉強していたわたしは「変わった奴」だった。わたしは通常二年かかるアラビア語上級コースを一年で修了し、二年目は大学院に進み、通常二年の修士課程を一年で終えた。企業派遣留学生で大学院まで出たのは後にも先にもわたしだけである。
エジプトから帰国し、今度は東京都内の支店の外回りになった。バブル最盛期で、朝から晩までスーツを汗だくにして自転車で駆けずり回らなくてはならず、あまりの疲労感から、勉強といえば、通勤のとき、かろうじて語学のテープを聴く程度だった。汗が染み込んだスーツが饐《す》えた臭いを発し、ズボンの股《また》のところが自転車のサドルで擦れて、半年に一度破れるような生活だった。

三〇歳のとき、銀行のロンドン支店に転勤になった。主な仕事は国際協調融資で、そのほかに貿易金融や航空機ファイナンスなど。それまでそういう仕事をしたことがなかったので、ギリシャ政府の私募債の幹事団会議に初めて出席したときは、話の内容がさっぱりわからなかった。専門書もいくつか読んだが、本はカバーしている範囲がごく限られているので、結局は実務をやりながら覚えるしかなかった。主な教材は過去の稟議書、融資団への参加招聘《しょうへい》テレックス、インフォメーション・メモランダム、「International Financing Review」などの国際金融誌である。これら以外には担当地域の政治経済情勢に常に目を光らせていなくてはならないので、トルコの英字新聞を購読して、トルコ・中東地域の情報は常に把握した。赴任当初、イギリス人の話す英語がなかなか聞き取れなかったが、三ヵ月くらいで慣れた。英語は仕事で使うので勉強する必要はなくなった。

その後、証券会社に転職し、三八歳のときにハノイ駐在員事務所長に任命されたので、その機会にベトナム人の家庭教師についてベトナム語を勉強した。

二年前から専業作家になったが、毎回山のような英文資料を読んで作品を書いている。英語に関していえば、これまで積み上げてきたものを、今最大限に生かしているところである。

現在は、執筆の傍ら週に一回夜間の語学学校でロシア語を勉強している。当初「趣味だから、勉強は一日三〇分だけにしよう」とやっていたら、ちっとも上達しないので「これではいかん」と自分にネジを巻いているところだ。やはり外国語は真剣に接している時間に比例して上達するというのが実感だ。

「プレジデント」二〇〇五年八月二九日号

飛行機の中は思索の空間

生まれて初めて日本の外に出たのは、エジプトに留学する二七歳のときだった。初めて降り立った外国の地バーレーンでは、興奮覚めやらず、深夜までホテルの近くを歩き回った。三〇歳でロンドンに赴任し、邦銀、証券会社、総合商社で国際金融の仕事に一五年半携わった（その間、ベトナムに二年間駐在）。その後、ロンドンに居を構えたまま作家専業となり六年が経つ。この間、月に一、二度、仕事や休暇で英国外に出かける生活を続けてきた。

国際金融の世界では、欧米流で仕事をする。日本のように、用事もなく出かけていき「こんちはー、いかがですかー？」などとやったりはしない。極力、電話やテレックス（今では電子メール）で意思疎通をし、取引を締結する。何年取引していても、声しか知らない相手のほうが多い。最近では、テレビ会議などという便利な設備まで登場した。

それでも出張をするのは、①案件発掘、②交渉の詰め、③関係者が集まって議論する必要があるなどの理由による。要は、相手の顔色や息づかいを直接見て、情況を判断したり、解決やビジネスの糸口を探したり、相手を説得したりする必要があるときだ。また、国際融資の仕事は、現地や借入人の情況を自分の目で見ないと、与信判断を誤る。

移動の飛行機の中は、今も昔も日常からぽっかり離れた思索の空間である。

金融マン時代、ロンドンのオフィスにいると、顧客から電話がかかってきたり、稟議書を書いたり、社内外の会議や打ち合わせがあったり、人から用事を頼まれたりと、かなり忙しい。時差が九時間（夏は八時間）先の東京の国際審査部と連絡をとったり、五時間遅れのニューヨークの金融機関に電話をしたりしなければならないので、早朝に出勤したり、深夜までオフィスで残業したりする。

しかし、いったん飛行機に乗ってしまうと、誰からも邪魔されることがない、完全な一人の空間になる。今も昔も飛行機に乗ると、まず、日常から離れて来し方行く末に想いを馳《は》せる。いわば仕事や人生の軌道修正の時間である。それから、地上にいる間に忙しくて読めなかった本や書類に目を通し、思いついたことをノートに書きつけたりする。

国際金融マン時代は、映画を観るのもほとんど飛行機の中だった。

デビュー作の緊急着陸シーンは実体験

若いころから本を書きたいと思っていたが、はからずも物書きへの一歩を踏み出したのが、駆け出し国際金融マンとして仕事を始めた三〇歳のころだった。中近東やアフリカの国々を担当していたので、出張は七時間とか一〇時間といった長距離のフライトが多く、飛行機の中で国際金融の世界で見聞きしたことを、ノートに書きつけるようになり、それが作品の糧になった。

たとえば、デビュー作の『トップ・レフト』の最後のほうにある、主人公が乗ったバーレーンからオマーンに向かう飛行機が緊急着陸するシーンは、一九八九年に実際に自分自身が体験したことである。

その日、バーレーン空港を夜離陸したガルフエアーのトライスター機には、一般の乗客のほかに、英国人の男たち二〇人くらいと、ペルシャ湾岸諸国でメイドとして働いているサリー姿のスリランカ人女性たち一〇〇人以上が乗っていた。英国人の男たちはバーレーンでラグビーの試合をしてオマーンに帰るところらしく、離陸前からビールを飲み始め、離陸後はゴミ用の紙袋を頭にかぶって肩を組んで、ラガーマン風の歌を歌っていた。

機は順調に飛行を続け、やがて「あと一〇分ほどで着陸します」というアナウンスが流れた。

しかしその後、着陸する気配が全然ないまま、真っ暗闇の中を三〇分以上飛び続けた。嫌な予感が徐々にしてくるなか、突然、ピンポーンと機内の呼び出し音が甲高く鳴り響き、アラブ人の男性パーサーらが操縦席に行き、五分ほどで戻ってきた。クルー全員がギャレーに集まり、重苦しい雰囲気で話し合いを始め、やがて大きめのプラスチック・ボトルに入ったミネラルウォーターを回し飲みし始めた。ヨーロッパ人の女性客室乗務員が一口飲んで、アラブ人の男性パーサーに渡し、アラブ人のパーサーが一口飲み、インド人の女性客室乗務員に渡す。ふと見ると、ヨーロッパ人の女性客室乗務員が天を仰ぎ、胸で十字を切っていた。その光景を見て、わたしは髪の毛が逆立った。

「機体のテクニカル・プロブレムのため、マスカット（オマーンの首都）へは行かず、アブダビ（アラブ首長国連邦の首都）に向かいます」

アナウンスが流れると、隣に座っていた英国人らしい若い男が、「シット！（なんてこった！）」と舌打ちした。

命拾いし、メモ帳に書きつける

クルーたちは、ガタガタと音を立てながら、機内食や免税品のキャビネットをいっせいに片付け始めた。わたしは非常口のそばに座っていたので、近くの外国人男性二人と、非常口を開ける係やシューターを確実に下ろす係などをやるように頼まれ、アラブ人パーサーから細かいやり方を教わった。

やがて機は降下を始め、何度か旋回しながら翼のジェット燃料をほぼ空にし、消火剤が撒《ま》かれて、赤いランプを点した消防車や救急車が何台も待機している滑走路に向けて着陸態勢に入った。

「ブレース・ダウン・ティル・ザ・プレイン・ストップス！（機が停止するまで緊急着陸姿勢！）ブレース・ダウン・ティル・ザ・プレイン・ストップス！」

目の前のジャンプシートに座ったアラブ人パーサーが真剣な表情で音頭をとり、クルーがいっせいに唱和を始めた。

(緊急着陸って、こんなふうにやるのか……)

両手を頭の後ろで組んで、かがんだ姿勢になりながら、映画でも観ているような気分だった。幸い、飛行機は揺れずに、まっすぐ飛んでいたので、大事故にはならないような予感がしていた。

クルーたちが叫ぶように唱和するなか、胴体の車輪が滑走路に触れる軽い衝撃があり、続いて、前輪も問題なく着地した。機は、徐々に速度を落とし、やがて客室内から拍手が沸き起こり、クルーたちは心底ほっとした顔を見合わせた。

「テクニカル・プロブレム」というのは、前輪が出ないことだったが、結局、コックピットのインジケーターの不具合かなにかだったのかもしれない。他の乗客たちと一緒にバスで空港ビルに向かう途中、点検のために赤い布が前輪に結びつけられているのが窓から見えた。

アブダビ空港で、別のオマーン行きの便を待つ間に飲んだビールは、ことのほか美味《うま》かった。ビールを飲みながら、いつかこのシーンを使うことがあるのではないだろうかと思って、体験したばかりの場面を、メモ帳に詳細に書き留めた。そのときは、物書きになれる目処《めど》すらなかったが、その場面は、一一年後のデビュー作に格別の臨場感を与えることになった。

取材ノートは必ず機内持ち込み

この話には後日談があり、半年くらい経って、ヨーロッパからペルシャ湾岸へ向かうガルフエアーに乗っていたとき、件《くだん》のアラブ人男性パーサーに再会した。一般にアラブ人は働かないといわれたりするが、緊急着陸時の彼のリーダーシップが見事だったので、印象に残っていた。

「あんた、僕のこと憶《おぼ》えてる？」

わたしが訊《き》くと、彼は怪訝《けげん》そうな顔をした。

「ほら、半年くらい前にアブダビで緊急着陸したとき、目の前に座っていた日本人だよ」

というと、

「おおーっ！　ナイス・トゥ・スィー・ユー・アゲーン！」

と、力一杯手を握ってきた。

出張に行くときは、特別な物は持っていかず、なるべく日常の延長で出かけるようにしている。特別な支度をすると、出発前も出発後も時間が取られるからだ。

二〇年くらい前から、持っていくべき物六〇品目くらいを予《あらかじ》めリストアップしたメモを見ながら、毎回、短時間で荷造りする。人と多少違う物といえば、泳ぐのが好きなので、暖かい国に行くときは、水泳用のパンツとゴーグルを持っていく。

最近では、星座盤を買った。世界じゅうのいろいろな場所で美しい星空を見ることが多いが、どれが何の星座かわからなくて、残念な思いをしてきたからだ（ただし、まだ十分に使いこなせていない）。作家になってからは、取材メモに方角を記さなくてはならないことが多いので磁石を、また、木の種類がわからないので、小型の木の図鑑を持ち歩くことが多い。文庫本は、今も昔も旅の友だ。

過去、スーツケースが行方不明になったことが数回あり（幸い、あとで全部出てきた）、失《な》くすと取り返しがつかない物は、すべて機内持ち込みにする。パスポートやお金は当然として、それ以外では、書類である。

作家となった現在、取材相手から聴き取ったり、現地で見たことを書き留めた取材メモは、命の次に大切である。取材に行くたびに、ノートやメモを愛《いと》しい宝物を抱きしめるような気持ちで、機内持ち込みの鞄《かばん》に入れ、帰りの飛行機に乗り込む。

「をちこち」No.31

カラ売り屋は証券市場の〝必殺仕置人〟

二〇〇六年一月、ライブドア（東証マザーズ上場）が東京地検特捜部の強制捜査を受けた。架空の買収話や株式分割で、株価をつり上げようとした嫌疑だという。米国のAMEX（アメリカン証券取引所）などもそうだが、上場基準の緩い取引所の新興企業の中には、株価操作に熱心な会社が少なくない。

こうした怪しげな企業を探し出して、操作のからくりを暴き、破綻《はたん》に追い込む「必殺仕置人」のような人々が米国にいる。「カラ売り屋（ショートセラー）」と呼ばれる人々（投資会社）だ。企業の財務諸表を徹底的に読み込んで、問題企業を探し出し、その会社の株を売って儲《もう》けるスタイルの投資家である。彼らは、自分が保有していない株券をブローカー経由で機関投資家などから借りて市場で売る。株の値段が下がったところで、市場から同じ銘柄を買い、借りた株を返す。たとえば、ある企業の株を一〇〇〇円で売り、その後、その会社の業績が下がったり、不祥事が発覚したりして、一年後に株価が仮に五〇〇円になったとする。カラ売り屋は、五〇〇円で株を市場から買い、借りていた株券を返す。当初、借りた株券を売って一〇〇〇円を受け取っているので、差し引き五〇〇円の儲けになる。（これ以外に年率〇・五～数パーセントの借株料を払わなくてはならない。）市場では少数派だが、高い知性、偏執狂的な集中力、旺盛《おうせい》な反骨精神を武器に、「人の行く裏に道あり花の山」を実践している。現在、米国に五〇社前後あるといわれている。

ウォール街にカラ売り屋が現れたのは一九八〇年代初頭といわれる。彼らによってボールドウィン・ユナイテッド社や欧州のユーロトンネルなど、数多くの企業が売り倒された。一方で多くのカラ売り屋が一九九〇年代の長期の上げ相場に耐えられず破綻した。企業の株価が下がらなければ、借りた株の手数料負担に耐えられなくなって、カラ売り屋は破綻するのである。日本にはカラ売りという手法は昔からあるが、自ら分析レポートを公表して企業と全面対決するカラ売り屋はまだいない。これは証券市場の成熟度の違いが理由だろう。

わたしが彼らの存在を知ったのはエンロン事件を取材していたときだった。同社の財務諸表を穴の開くほど読み返して、SPE（特別目的組合）などを使った粉飾決算を見破ったのが、ジェームズ・チェイノスというカラ売り屋だ。

チェイノスは一九五八年に、ミシガン湖に面したミルウォーキーで生まれ、一九八〇年にイェール大学を卒業し、ペイン・ウェバー系のブローカーなどでアナリストとして働いたあと、一九八五年以来「キニコス（Kynikos）・アソシエイツ」というカラ売り専業ヘッジファンドを運営している（Kynikos は「皮肉屋」の語源の古代ギリシャ語）。栗色の髪に縁なし眼鏡をかけた大学教授然とした風貌《ふうぼう》で、ソフトな語り口の端々に、企業の財務諸表を隅々まで読んでいることを窺《うかが》わせる。

当時エンロンは、売上高で全米七位の大企業で、それまでなかった様々なエネルギー・デリバティブを創り出し、石油、天然ガス、電力、排出権などをインターネット上で取引するエンロンオンラインも開設し、米国で最も革新的な企業と称《たた》えられていた。投資家説明会では、質問をする証券会社のアナリストを、CEOのジェフリー・スキリングが「そんなことも知らないのか⁉」と鼻息荒く一蹴《いっしゅう》していた。

市場参加者の誰もが賞賛し、疑問を呈する向きは皆無という状況の中で、唯一人チェイノスだけが、エンロンの財務諸表を丹念に読み込み、異常に低い総資本利益率、決算書の脚注にあるエンロンの上級幹部と同社の意味不明な取引、マーク・トゥ・マーケット会計を悪用したデリバティブ取引の収益かさ上げなどを見抜き、疑問の声を上げた。

チェイノスの意見は、徐々にプロの投資家たちの支持を集め、エンロンの株価はじりじりと下がり始めた。やがて強気で鳴らしたCEOのスキリングが二〇〇一年八月に突如辞任し、最後の望みをかけたダイナジー社との合併も破談になるというドラマチックな経過を辿《たど》った末に、同社は同年一二月に連邦破産法十一条の適用を申請して破綻。チェイノスがカラ売りを始めた時点で史上最高値に近い八〇ドルだった同社の株券は紙くずと化した。

この事件で、それまで胡散臭《うさんくさ》いと見られていたカラ売り屋が一躍脚光を浴び、優れた分析で市場の不正を見つけるヒーローとして、敬意を払われるようになった。

格付け業界の盟主と対決

そのチェイノスが、格付け会社のムーディーズに対して宣戦布告をしたのは、二〇〇七年のことだった。

日本でムーディーズ旋風が吹き荒れたのは、一九九〇年代後半から二〇〇〇年代初頭だった。一九九六年から九七年にかけ、日債銀、拓銀、山一證券などを投機的等級（ダブルB以下）に格下げして引導を渡したとして「非情の殺し屋」と呼ばれ、九八年にはトヨタのトリプルA格を剝奪《はくだつ》して、奥田碩《ひろし》社長（当時）の怒りを買った。二〇〇二年には、日本国債の格付けを二段階下げてA2とし、ボツワナよりも下にした。このときは、日本国内で喧々囂々《けんけんごうごう》たる議論が巻き起こり、ムーディーズの米国本社の格付け担当者が衆議院の金融委員会に参考人招致されたりした。

物議を醸してきたムーディーズだが、格付けビジネスの世界ではシェアの約四割を握る業界の盟主であり、絶対的な権威である。

チェイノスがムーディーズ株をカラ売りしていることを明らかにしたのは、二〇〇七年五月のことだ。ブルームバーグ（金融情報会社）とのインタビューに答えて、次のように述べた。

「ムーディーズは過去数年間で変わった。彼らはもはや中立な格付け会社ではなく、ストラクチャード・ファイナンス（証券化）の会社である。以前は審判員だったが、今はヤンキースのヘルメットをかぶってバットを振っている。ムーディーズがサブプライムローン（信用度の低い債務者に対する高金利の住宅ローン）を組み込んだ証券に与えている格付けは高すぎる。もしこれらの証券が債務不履行となって、投資家が損を蒙《こうむ》れば、ムーディーズは投資家に訴えられる可能性がある。また、いったん格付けが信用を失うと、格付けビジネスが減り、手数料引下げ競争も起きる」

ムーディーズの最大の株主は、米国第二位の富豪である著名投資家ウォーレン・バフェットの投資会社バークシャー・ハザウェイである。そのことを問われてチェイノスは「バフェットも誤りを犯す」と答えている。

チェイノスの見解に対してムーディーズは、「様々な意見が出されることは、株式市場の健全性と活性化に貢献するものと信じる。我々は率直な意見交換を歓迎する」として、あえて反論はしなかった。

ムーディーズが金儲けに走った理由

ムーディーズが変わった大きなきっかけは、二〇〇〇年九月に、親会社である企業情報会社ダン・アンド・ブラッドストリート社から分離され、ニューヨーク証券取引所に上場したことだといわれる。それまでは非公開会社だったが、単独の上場企業になったために株主と向き合わざるを得なくなり、収益を追求するようになった。それが中立性を求められる格付け業務と矛盾しているという指摘が、多くの人々からなされている。また、格付け手数料を発行体からもらうため、発行体の意向が格付けに影響を及ぼしているという指摘も以前からある。

ここ数年、ムーディーズをはじめとする格付け会社にとって大きな収益源になっているのが、証券化ビジネス（ストラクチャード・ファイナンス）だ。証券化商品に格付けを与えて、手数料をもらうというビジネスである。手数料の水準は、発行総額に対して〇・〇七から〇・一二パーセントといわれ、企業の社債の格付け（コーポレート・ファイナンス）の二～三倍である。また、一社あたり年に一、二件しか格付けがない企業案件に比べ、証券化商品は案件の数も多い。

ムーディーズの二〇〇六年一二月期の決算を見ると、総収入二〇億三七一〇万ドルのうち、ダントツの第一位が証券化ビジネスである（八億八六七〇万ドルで、全体の四四パーセント）。二番目は企業の社債格付けで、三億九六二〇万ドルで同一九パーセント、三番目が金融機関・政府案件で二億六六八〇万ドルで同一三パーセントとなっている。

また、過去六年間の収入の伸び率では、証券化ビジネスが三四五パーセント、企業の社債格付けが一四四パーセント、金融機関・政府案件が一三九パーセントで、やはり証券化ビジネスが群を抜いている。

こうした証券化ビジネスへの急傾斜は、格付け業界第二位のスタンダード&プアーズでも同様である。カラ売り屋チェイノスは「彼らは、もはや中立な第三者ではなく、ストラクチャード・ファイナンスの当事者になっているので、格下げに対して消極的だ」と指摘している。

カラ売りの結果はすぐに出ないことが多い。カラ売り屋の分析が間違っている場合もあるし、たとえ悪い企業であっても市場が囃《はや》し立てて投資家が株を買い続ければ、株価は下がらない。ところが今回は早々と決着がついた。二〇〇七年七月から起きたサブプライム問題に端を発する世界的な金融危機が原因だった。サブプライムローンを組み込んだ証券化商品に高い格付けを与えていた格付け会社に対する批判が高まり、SEC（米証券取引委員会）をはじめとする日米欧の金融当局が調査に乗り出す事態になった。

証券化ビジネスは急減し、ムーディーズの株価も急落した。チェイノスがカラ売りを始めたとき七二ドル五六セントだった株価は、実に一六ドルまで下がった。

オーストラリアの投資銀行を標的に

ムーディーズに勝利したチェイノスは、次の標的として、ワーナー・ミュージック・グループやWCIコミュニティーズ（住宅建設会社）などを挙げたが、いちおし《トップ・ピック》はマッコーリー（旧名・マッコーリー銀行）であるとした。日本で箱根ターンパイクを買収したり、羽田空港ビルを賃貸管理する日本空港ビルデング社の筆頭株主（一九・八九パーセント）に躍り出たりしたオーストラリア最大の投資銀行だ。インフラのファイナンスと商品取引に強みを持ち、民営化される日本政策投資銀行がお手本にしているともいわれる。

チェイノスは「マッコーリーは、世界中で空港や高速道路を買収しているが、高値摑《つか》みをしている。それら資産から生じるキャッシュフローで買収資金を賄《まかな》えていない」と指摘している。これに対してマッコーリーは「チェイノス氏の見解を受け入れない。我々は過去三〇年間にわたって、安定的な成長を実現してきた」と反論している。

チェイノスがカラ売りを宣言して以来、ワーナー・ミュージック・グループの株価は半値以下に、WCIコミュニティーズの株価は四分の一に下がった。

ムーディーズと異なり、チェイノスに対して徹底して反論する姿勢を貫いたマッコーリーだったが、株価は、チェイノスがカラ売り宣言する直前の八七豪ドル六七セントから、サブプライム危機の影響で、同年八月に六一豪ドル九〇セントまで下がった。さらに翌二〇〇八年九月にリーマン・ショックが起きたために、坂道を転げ落ちるように一七豪ドル台まで株価が下がり、チェイノスの軍門に降《くだ》った。

急成長の中国をカラ売り

そのチェイノスが、中国のカラ売りを推奨し始めたのは、二〇〇九年後半だった。

中国という国家そのものをカラ売りすることはできないので、中国経済の信用力が低下したときに価格が下がる株や債券を売るということだ。すなわち、香港やニューヨーク市場に上場している中国企業株のカラ売りや、中国向けの売り上げが大きな外国企業株のカラ売りの推奨である。

中国政府は過去、高い経済成長率を誇ってきた。しかしチェイノスは、国の指導者の発想がまず成長率ありきで、地方の党幹部らは、高い成長率を上げないと出世できないので、数字を誤魔化して報告していると指摘する。そしてエンロンの財務諸表を緻密《ちみつ》に分析したときと同様、国が発表した成長率を鵜呑《うの》みにせず、電力や石炭の消費量、素材価格動向などを見て、実際の成長率は政府発表の数字よりかなり低いと指摘した。

中国のリスクのうち最も大きなものとしてチェイノスが当初から述べているのが、過剰な不動産投資である。「中国の不動産がらみの投資は避けるべきだ。同国の不動産バブルは、時間の経過とともにますます膨らんでいる（getting bigger and bigger and bigger）」とする。

チェイノスは、中国の経済成長のうち半分が主として不動産への投資で、「地面にシャベルを突っ込みさえすれば、成長率の数字は出てくる。しかし、それは一時的に数字が出るだけの、アンサスティナブル（持続不可能）な投資だ」と指摘する。その証拠として挙げるのが「ゴースト・シティ」の存在だ。その代表格が、内モンゴル自治区のオルドス市だ。ここのカンバシ新区には、高層ビル、マンション、劇場、スポーツセンターなど無数の真新しいビルが建ち並ぶが、住人はほとんどいない。これら無人のビルを投資目的で購入しているのは、石炭関連のビジネスで儲《もう》けた地元企業や政府高官、実業家、中国各地の富裕層だ。しかし、住む者がほとんどいない町は、建設時に経済成長率に寄与するだけで、徐々に廃墟《はいきょ》と化し、投資した人々は金を失って騒ぎ立てることになる。こうしたゴースト・シティは杭州《こうしゅう》市（浙江《せっこう》省）、昆明《こんめい》市（雲南《うんなん》省）、鄭州《ていしゅう》市（河南《かなん》省）など中国各地に続々と現れており、潜在的に大きなリスクになっている。

もう一つの大きなリスクが「シャドー・バンキング（影の銀行業）」の膨張だ。中国の銀行が高利回りを謳《うた》って理財商品（金融商品）を販売し、その資金が地方政府傘下の投資会社、国営企業、不動産開発会社等を通じて、投機的な不動産開発や、収益を産まない橋や道路の建設に流れている。銀行側は、七パーセントや時には一二パーセントという滅茶苦茶な高金利を謳い、買うほうも、政府が保証していて、共産党が政権の座にある限り、元利金は払われると誤解している。

中国政府は、シャドー・バンキングの規模を名目ＧＤＰの約一六パーセントに相当する八兆二〇〇〇億元（約一三〇兆円）であると説明しているが、多くのアナリストはそんな程度では済まないと見ている。たとえばドイツ銀行は、ＧＤＰの約四〇パーセントに当る二一兆元であると推定する。シャドー・バンキングが破綻すると、地方政府、国営企業、不動産開発会社等も破綻し、理財商品を購入した投資家に金は返済されず、社会は大混乱に陥る。

チェイノスは「中国の不動産だけでなく、それに密接に関連している不動産開発業、鉄鋼業、セメント製造業、鉄鋼石関連業も要注意だ。我々はこれらのほか、中国の銀行や中国に対する売り上げが大きい商品取引会社などをカラ売りしている」と述べる。チェイノスの見解に対し、親中派の著名投資家ジム・ロジャーズらは「チェイノスは中国本土に行ったことすらない」と批判する。しかし、チェイノスは「わたしはエンロンで働いたことだってない」と一笑に付している。

チェイノスと見解を同じくする米国の投資家は少なくなく、カラ売りが増えているために、ニューヨークに上場している中国企業の株は借りづらくなっている。最近は、中国経済の減速や外国企業の中国向け輸出の不振も報じられるようになり、ゴールドマン・サックスは保有していた中国工商銀行株をすべて売却した。

わたし自身も、中国はまやかしの国だと思う。二〇〇八年の五輪開幕直前に訪れた北京は明るい青空が広がり、華やぎと緊張感に溢《あふ》れていたが、五年後に訪問してみると、街は灰色のスモッグに覆われて太陽は見えず、五輪期間中は目にすることがなかった民《みん》工《こう》（農村戸籍を持ちながら都市で働く労働者）や上半身裸の男たちの姿があった。訊《き》いてみると、五輪招致の際は、IOC視察団が通る道沿いの植木に緑色のスプレーをかけ、市内や近郊の工場の操業を全面停止して、青空を創り出していたのだという。

「日刊ゲンダイ」二〇〇六年一月二一日、「週刊朝日」二〇〇八年一月四／一一日号、
「中央公論」二〇一三年九月号

［追記］

最後の中国のカラ売りの部分を書いたのは二〇一三年八月だった。チェイノスは中国株がなかなか下がらずに苦戦し、傘下のファンドは二〇一二年から三年連続で赤字を出したが、二〇一五年八月に起きた中国株の大暴落で息を吹き返した。最近のインタビューでは「中国国内では融資（すなわち債務）が経済成長の二倍の速さで膨れ上がっており、借金中毒の経済になっている。破綻が差し迫っているとは思わないが、バブル崩壊直前の日本に似た道筋を辿《たど》っている」と述べている。ただし現在は中国株のカラ売りは手仕舞い、中国経済の減速で悪影響を受ける世界の資源・鉱山会社をターゲットにしているという。

上半身は喧嘩していても下半身はくっついているエネルギーの世界

証券会社のロンドン現法に勤務していたころ、レバノン人政商のアドバイザーを務めたことがあった。政商はケンブリッジ大学やフランスのINSEADで学び、ハーバードのMBAを持つインテリで、トルクメニスタンの油田の権益を持っているというふれこみだった。当時五〇代半ばで、砂色の頭髪をオールバックにし、細いフレームの眼鏡をかけた顔は、映画「ウォール街」のゴードン・ゲッコーを彷彿《ほうふつ》とさせたが、得体の知れない不気味さがあった。

彼はニューヨークとパリに家を持っていた。シャンゼリゼを見下ろす広いリビングの壁には世界地図が張ってあり、「この油田を開発し、ここからここまでパイプラインを引く」と地図を指して説明していた。彼いわく「世界の政治はすべてオイル（石油）だ」「たとえば、ロシアはなぜチェチェンを手放さないのか？　それはあそこを重要なパイプラインが通っているからだ」。

確かに、石油業界誌の地図などを見ると、ユーラシア大陸に石油やガスのパイプラインが網の目のように張り巡らされている。それを実感させられたのが、今回のロシアとウクライナのガス供給騒動だ（ロシアが自分たちになびかないウクライナに対して、ガスの供給を停止した)。その直後にロシアを寒波が襲った結果、ロシアは欧州向けガス供給も二割削減し、ガスの消費量の三五パーセントをロシアに依存しているドイツなどは大慌てでした。

「上半身(政治)は喧嘩《けんか》しても、下半身(エネルギー)はくっついている」のが世界の実態だ。

現在(二〇〇六年)サハリンで、三井物産と三菱商事が欧米の石油メジャーと一緒にガス田を開発中で、それを日本の電力会社が買うことが決まっている(ガスはLNG船で運ぶ)。今後日本はロシアと下半身がくっつくのだ。また、日本の原油供給は約九割を中東に依存しているので、中東ともすでにくっついている。今後日本経済は今以上に世界政治の影響を受けるようになるだろう。

さて、レバノンの政商の話だが、結局わたしたちはアドバイザーを降りた。書類を精査したら、なんと油田の権益が期限切れになっていたからだ。彼は「世界的証券会社も支援してくれているから」といって、トルクメニスタン政府と再交渉するダシに、わたしたちを使おうとしていたのだった。魑魅魍魎《ちみもうりょう》が跋扈《ばっこ》するエネルギーの世界は一筋縄ではいかない。あるアラブ人の元バンカーに、政商のアドバイザーを務めていたことを話したら「あいつは握手したあと、こっちの手の指がちゃんと五本ついているかどうか確認しなけりゃならんような奴だぞ」と呆《あき》れられた。

ただ、政商の言葉でいくつか印象深いものがあった。その一つは「自分がリッチになりたければ、まず他の人々（顧客）をリッチにすることだ」。なるほどと思わせられた。

「日刊ゲンダイ」二〇〇六年二月一八日

五〇兆円！「イスラム金融」の秘密

昨今、中近東に関する報道は自爆テロ一辺倒だが、実は目に見えないところで大きな地殻変動が起きている。それは経済、とりわけ金融のイスラム化である。イスラム教徒の多くはイスラムの教えに忠実に暮らしている。イスラム圏に行くと、一日五回の礼拝で額を床にこすりつけてできた「祈りダコ」と呼ばれる黒っぽい痣《あざ》がある人をよく見かける。また、豚肉やアルコールは決して口にせず、断食月（ラマダーン）になると、日中は水さえ飲まない。

最近、親イスラエル（すなわち反イスラム）とみなされているコカ・コーラに反発するイスラム教徒をターゲットに、フランスで「メッカ・コーラ」、英国で「キブラ・コーラ」が売り出され、成功を収めた（「キブラ」とはメッカのカーバ神殿の方角、すなわち礼拝の方角を意味する）。これはいわば、コーラという飲み物のイスラム化だ。ちなみに「メッカ・コーラ」は利益の一〇パーセントをパレスチナに寄付することを売り物にしている。

こうしたイスラム化の動きの中で最も顕著なものが金融におけるイスラム化だ。イスラム金融（イスラミック・ファイナンス）の特徴は、顧客が預けた資金をイスラム法

（シャリーア）に則《のっと》って運用する点である。

代表的なイスラム金融機関には、バーレーンに本拠地を置くダッラ・アル・バラカ・グループ、クウェート・ファイナンス・ハウス、ファイサル・イスラム銀行（エジプト）などがある。こうした金融機関が、二〇〇一年のニューヨークの同時多発テロ以降急激に資金量を増やし、世界的に存在感を高めている。

過去五年間のイスラム金融の市場成長率は年率二〇パーセント前後。この急成長市場に、欧米の金融機関が触手を伸ばしつつある。急進的イスラム教徒が敵視する米国資本主義の象徴のシティバンクや、ユダヤ系といわれるゴールドマン・サックス、アングロサクソン系のＨＳＢＣ（英国）などである。

日本勢では、総合商社各社が一九八〇年代からイスラム金融機関から資金を取り入れている（形態は後述する「ムラーバハ」）。取引はイスラム法に則って厳格に行わなくてはならないので、ある商社の担当者は「間違ったやり方をしてバレて、鞭打《むちう》ちの刑になんかなったらやばいよね」などと冗談をいっている。また、伊藤忠商事は一九九九年以来クウェートのイスラム系リース会社に出資している。

国際的なプロジェクト・ファイナンスでも、イスラム金融の利用が活発化している。数年前に、わたしの勤務する商社がサウジアラビアの電力会社に八〇〇億円の発電プラントを売ろうとしていたとき、客先から「できればサウジ・リヤル建てで、なるべく長期のファイナンスを提供してほしい」と要望されたことがある。しかし、リヤルの資金市場《マネー・マーケット》はサウジアラビアの銀行が出し手の小さな市場で、外国企業や金融機関は長くてもせいぜい三年の資金しか取れない。そこでやむなくドルで一二年のオファー（提案）をしていたら、突如サウジアラビア屈指のイスラム金融機関アル・ラジヒ金融投資会社（現アル・ラジヒ銀行）が登場し、リヤル建てで一六年というとんでもないオファーを出し、あっさりノックアウトされてしまった。

二〇〇五年に入ってからも、バーレーンの製油所向けの三億ドルの融資（二月）や同国のアルミニウム会社向け二億五〇〇〇万ドルの融資（四月）などがイスラム金融によって行われている。

またイスラム債権（スクーク）の発行は、二〇〇五年前半で三八件、総額七二億ドル（約七九二〇億円）に達した。この中には、四月に世界銀行がマレーシアの市場で発行した七億六〇〇〇万リンギット（約二二〇億円）のイスラム債も含まれている。これは世銀がイスラム金融を認知したことを意味する。

イスラム金融の最も顕著な特徴は、利子の禁止である。

コーランには「利息を喰《く》らう人々は復活の日すっと立ち上がることもできず、せいぜいシャイターン（悪魔）の一撃をくらって倒された者のような情けない立ち上がり方しかないであろう。（中略）アッラーは商売はお許しになった、だが利息取りは禁じ給《たも》うた」（『コーラン』第二章二七五節）という記述がある。当時（紀元七世紀ごろ）のアラビア半島では、キャラバン通商や帆船による遠洋航海での物資輸送といった事業が行われていた。富のある者は、こうした事業者に資金を提供し、パートナー契約を結んだ。預言者ムハンマドは、こうしたパートナー契約において資金を提供した者が事業の成否に関わりなく一定の利息を取るのは、労せずして利益を上げることであり、許されないと考えたのである。

利子の禁止以外に、酒、豚肉、タバコ、武器、賭《か》け事（カジノなど）、ポルノといった、イスラム教で禁止（ないしは好ましくないと）されているものに関わる取引にも資金を使うことはできない。

イスラム金融機関に資金を預けるのは、敬虔《けいけん》なイスラム教徒のほか、イスラム教関係機関（寺院、学校、財団、企業等）で、金融機関が資金をイスラム法に則って運用して利益を上げ、預金者はその一部を利益として受け取る。

資金の運用形態にはさまざまなものがあるが、主なものは以下の通りである。

【ムダーラバ】

預金者が必要資金を投資担当者（すなわちイスラム金融機関）に提供し、投資の利益を、あらかじめ合意した割合で受け取る。投資信託的な運用方法。

【ムラーバハ】

商取引のための前貸し。顧客（資金の借り手）がイスラム金融機関から資金提供を受けて商品を購入し、第三者に販売して資金を返済する。利子の支払いを回避するため、商品は販売するまでイスラム金融機関の所有物とされ、顧客はイスラム金融機関から所有権を買い戻して（このとき、当初の買い付け価格にイスラム金融機関の利幅を上乗せする）、商品を販売する。商品が加工されない点が次に述べる「イスティスナーア」と異なる。

【イスティスナーア】

生産・加工のための前貸し。顧客がイスラム金融機関から資金提供を受けて商品を生産・加工し、それを販売して資金を利幅とともにイスラム金融機関に返済する。利子の支払いを回避するため、原材料と商品は販売されるまでイスラム金融機関の所有物とされる。

【ムシャーラカ】

パートナーシップの形態をとって資金を出し合い、事前に合意した割合で利益を配分するが、損失が出た場合は出資額に応じて負担する。

【イジャーラ】

オペレーティング・リースと同じ。イスラム金融機関が設備を購入して顧客にリースし、リース料を受け取る。

【スクーク】

イスラム法に則った債権。一四種類あるが、最も多く利用されているのは「スクーク・アル・イジャーラ」で、債券発行で調達した資金をイジャーラ（リース）で運用する。

要は、融資によるリターン（利子）が認められない代わりに、実物資産の売買によるリターンは認められ、その原則に従ってこうしたファイナンス形態が創り出されたのである。

イスラム金融機関が最初に設立されたのはパキスタンである。一九五〇年代末に、イスラム教徒の地主たちから預金を集め、貧しい農民に農業改良資金を提供する無利子銀行が設立された。また一九六三年にはエジプトのナイル川流域デルタ地帯で、無利子金融を行うミトル・ガムス銀行が設立された。

一九七〇年代に入ると、第一次石油危機（一九七三〜七四年）と第二次石油危機（七九年）でオイルマネーが発生し、これを背景に中東産油国でイスラム金融機関が設立された。一九七五年にアラブ首長国連邦でドバイ・イスラム銀行、サウジアラビアでイスラム圏の世界銀行ともいうべきイスラム開発銀行が設立され、七七年にはクウェート・ファイナンス・ハウスやファイサル・イスラム銀行が設立された。

一九八〇年代になるとダール・アル・マール・アル・イスラーミー（DMI）のように本社を欧州（ジュネーブ）に置き、中近東や西アフリカだけでなく、欧州でも店舗展開するイスラム金融機関が現れ、マレーシアやブルネイ、フィリピンなどアジア諸国でもイスラム金融機関が設立された。

一九九〇年にイラクがクウェートに侵攻し、第一次湾岸紛争が始まると、米国に反発を感じたり、欧米の金融機関に預けてある資産が凍結されるのを怖れたイスラム教徒たちが、米国やその同盟国の金融機関から資金を引き揚げ、イスラム金融機関に移し始めた。その動きは、9・11テロに続く米軍のアフガニスタン侵攻やイラク攻撃で拍車がかかった。中東に行くと肌で感じられるが、アラブ人の欧米諸国（特に米国）に対する積年の恨みと憤りは相当なものがある。それはたとえば、一九八〇年代ごろまでは少なかった自爆テロが、最近は毎週のように行われていることでもわかる。こうした民族感情を背景にイスラム金融市場は拡大を続け、現在、全世界に約二七〇のイスラム金融機関があり、資金の規模は二〇〇〇億ドル（約二二兆円）とも五〇〇〇億ドル（約五五兆円）ともいわれる。

急拡大を続けるイスラム金融市場に対し、欧米の金融機関が積極的に参入を始めている。

欧州でのパイオニアは英国のマーチャント・バンク、クラインオート・ベンソン（現ドレスナー・クラインオート・ワッサースタイン）である。一九八〇年代から中東金融部に二人の担当者を置き、フェンドレイクという自社の商品取引会社を介し、各種プロジェクトや貿易取引にイスラム金融を使っている。ロンドンのキングズ・クロス駅近くの猥雑《わいざつ》な一角に「イスラム銀行・保険協会」があり、わたしもイスラム金融の勉強のためにカレーと人の体臭が入り混じった匂いがする古い建物に何度か足を運んだことがある。行くと、たいていクラインオート・ベンソンの英国人担当者がいて、色の浅黒いパキスタン人かバングラデシュ人風の協会幹部と親しげに話していた。

また、シティバンクや、中東とアフリカに支店網を持つANZグリンレイズ銀行も一九八〇年代からイスラム金融を手がけている。

イスラム金融市場が大きく変貌《へんぼう》し始めたのは、二〇〇一年の同時多発テロからだ。まず、商品が多様化した。一九九〇年代までイスラム金融機関はもっぱらプロジェクト・ファイナンスや貿易金融、リースに馴染《なじ》みやすい航空機ファイナンスなどに使われていた。しかし、増大する資金量と多様化する顧客ニーズを背景に、さまざまな商品が開発されるようになった。

たとえば、イスラム・エクイティ・ファンドの登場だ。イスラム法に則《のっと》って（最低限、イスラム法に反しない）事業を行っている会社に投資するイスラム・エクイティ・ファンドは現在全世界に一〇〇以上あり、運用総額は三三億ドルといわれる。一九九九年にはダウ・ジョーンズ社が「ダウ・ジョーンズ・イスラミック・マーケット・インデックス」を創設した。これは全世界のイスラム法に則って事業を行う会社の株式指数である。二〇〇四年一〇月には、米国で「シャリーア・エクイティ・オポチュニティ・ファンド」という、初のイスラム法に則ったヘッジファンドが登場した。

イスラム債券の利用も活発化してきた。中近東、パキスタン、マレーシア、シンガポールなどの発行体が積極的に活用しているほか、前述の世界銀行や、スイスの大手食品会社ネスレ（一億八四〇〇万ドル、二〇〇三年）、ドイツのサクソニー・アンハルト州（一億ユーロ、二〇〇四年）などが、イスラム教徒をターゲット販売先としてイスラム債を発行している。

さらに、クレジット・デリバティブ、金利スワップ、CDO（債権、融資債権、デフォルト・スワップなどを原資産とする証券）、デュアル・カレンシー預金といったデリバティブ商品も開発されている。金融知識を高めてきたイスラム系投資家が高い運用利回りやリスクヘッジ手段を求めるようになったためである。

こうした商品多様化の背景には、欧米系金融機関、特に投資銀行が市場に参入してきたこともある。

イスラム・エクイティ・ファンドの分野では、シティバンク、アクサ、ドイツ銀行、UBS、HSBC、イスラム債では、シティバンク、HSBC、スタンダード・チャータード、ABNアムロ、デリバティブでは、BNPパリバ、ドイツ銀行などが積極的だ。

イスラム金融を利用した貿易金融では老舗《しにせ》のドレスナー・クラインオート・ワッサースタインが年間六〇億ドルの案件を取り扱っている。また、CSFBは最近イスラム金融部門の責任者としてイスラミック・バンク・オブ・ブリテン（二〇〇四年に設立された英国初のイスラム銀行）から人材をスカウトし、ゴールドマン・サックスは二〇〇五年にイスラム金融部門を開設する計画であると報じられている。

最近のイスラム金融のいま一つの特徴として挙げられるのが、東南アジア地域での拡大である。最も積極的なのがマレーシアとシンガポールだ。

アジアのイスラム金融センターを目指し、国を挙げて取り組んでいるマレーシアでは、二〇〇四年末の国内全銀行資産のうち一〇パーセントを超える部分がイスラム金融資産だった。同国はこの比率を五年後に二〇パーセントにすることを目標に掲げ、サウジアラビアやカタールなどの外国金融機関にマレーシア国内で一〇〇パーセント出資の総合イスラム金融機関の設置を認可するなど、積極的な施策を展開している。同国でのイスラム金融の中心はイスラム債の発行で、不動産投資信託（REIT）への関心も高まりつつある。

一方、シンガポールは、中東資金のアジア還流の仲介を目指し、二〇〇四年からイスラム金融を奨励し、イスラム債券に対する配当課税の弾力化や中東外交を積極的に行っている。DBS（シンガポール開発銀行）の投資顧問会社は二〇〇二年にイスラム・エクイティ・ファンドを立ち上げ、良好な運用成績を上げている。また、同国の大手商業銀行である華僑銀行（OCBC）は、石油・天然ガス収入で潤《うるお》うブルネイに支店を開設し、法人向けイスラム金融サービスを行うと二〇〇五年七月に発表している。

こうしたイスラム金融の急成長に対し、米国政府はテロリストの資金洗浄に利用されるのではないかと警戒している。米国務省は二〇〇五年三月の報告書で、イスラム金融機関は政府当局の監督が商業銀行に比べて緩《ゆる》く、テロリストに利用される可能性があると述べている。一方で、米国財務省でイスラム金融に関する客員研究員を務めたライス大学（ヒューストン）のマハード・エル・ガマール教授は、二〇〇五年七月に上院の銀行・住宅・都市問題委員会で証言し、「イスラム金融機関が、他の金融機関に比し、テロリストに利用されやすいと結論付けるに足る理由はない」と述べている。

以上の通り、イスラム金融は資金の特徴として、イスラム法に則った形態にするため契約関係が煩雑である反面、次のような強みがある。

①コストが比較的安い（大雑把にいって、商業銀行の融資より年率で〇・一二五〜〇・二五パーセント安い）

②中近東やパキスタンにおいては、先進国の金融機関が取れないリスクでも取る

③（前述のサウジアラビア向け発電所のケースでも明らかなように）現地通貨を潤沢に持っており、当該通貨で長期ファイナンスを提供することができる

欧米、アジアでは、イスラム金融市場は今や無視できない存在となっている。本稿を書いている間にも、二〇〇五年六月にパキスタン・テレコム社への出資入札でチャイナ・テレコム社に競り勝ったアラブ首長国連邦のイッティサラート・インターナショナル社が、HSBCをアドバイザーに総額二一億ドルのムラーバハで資金調達するというニュースが入ってきた。日本企業、とりわけ銀行や証券会社にとって「イスラム金融はよくわからない」などと暢気《のんき》なことをいっている状況ではなくなっている。

（参考文献）
『現状イスラム経済』石田進、田中民之、武藤幸治（日本貿易振興会、一九八八年一一月）
「アジアのイスラム金融とオイルマネー」岩田佳也（野村證券金融経済研究所 Research Reports'二〇〇五年七月二七日）
「プレジデント」二〇〇五年一〇月一七日号

「世界のモノいう株主」が見た村上世彰逮捕

日本の代表的アクティビスト（物いう株主）村上世彰《むらかみよしあき》氏は、創業七年で逮捕され、業界から身を引くと表明した。一方欧米では、村上氏より遥《はる》かにキャリアが長く、かつ攻撃的なアクティビストたちが勢いを強めている。

代表格が、今年（二〇〇六年）七〇歳になったカール・アイカーンだ。一九八〇年代に航空会社ＴＷＡの支配権を手に入れ、テキサコ、フィリップス石油、ＵＳスティールなどで委任状争奪戦を演じ、一九九〇年代にはハイテク株をカラ売りして大儲《おおもう》けし、二〇〇五年もブロックバスター社に新任取締役として乗り込み、バイオ医療会社イムクローン社の株式を買い占め、大株主としてタイムワーナーの経営刷新を求め、現在は韓国最大のタバコ会社ＫＴ＆Ｇ社に対し、子会社の分離や三人の米国人役員の選任などを迫っている。個人資産は八七億ドル（約九八〇〇億円）で、「フォーブス」誌によると世界第五三位の富豪である。

ここ二、三年、欧米ではアクティビスト旋風が吹き荒れている。

最近の目立ったケースでは、二〇〇五年二月にボストンのヘッジファンド、ハイフィールズ・キャピタル・マネジメントが、米国の家電販売店大手のサーキット・シティ・

ストアーズ社に敵対的買収を仕掛け、三月から五月にかけ、英国のヘッジファンド、チルドレンズ・インベストメント・ファンド（手数料の〇・五パーセントを途上国の子供たちの慈善事業に寄付するのが名称の由来）が米国のアティカス・キャピタルなどと組んで、ドイツ証券取引所のロンドン証券取引所買収計画を撤回させ、同証取のザイフェルトCEOやブロイヤー監査役会会長（元ドイツ銀行頭取）のクビを飛ばした。

六月にはカッパー・アーチ・キャピタルなどがモルガン・スタンレーのパーセル会長を辞任させ、一一月には、元メリルリンチのエリック・ナイト氏のファンドがフランスの公益事業大手スエズSAに働きかけてベルギーのエネルギー会社エレクトラベル社を買収させた。

村上ファンド事件という「コップの中の嵐」の外側では、アクティビズムの世界的隆盛という大潮流が渦巻いているのである。

前述の人々のほかにも、ESLインベストメンツ、SACキャピタル、日本でもお馴《な》染《じ》みのスティール・パートナーズ、マクドナルドやウェンディーズに圧力をかけたパーシング・スクエア・キャピタル、ダイムラークライスラー株を公開買い付けして、自社株買いや配当金増額をさせたカーク・カーコリアンなど、群雄割拠の状態だ。

アクティビストの戦術は、経営改善のための投資先企業との話し合いという穏当なものから、増配・資産処分・自社株買いなどを求めるもの、さらには経営権奪取という激しいものまでさまざまである。また、同じアクティビストでも相手によって要求内容や程度を変えている。

たとえば、アイカーンはエネルギー・化学会社、カー・マギー社とは自社株買いの実行で手を打ち、医薬品メーカー、マイラン・ラボラトリーズ社とは役員選任方法を巡って会社を提訴し、別の薬品会社を買収する計画に反対し、株式の買い付けも提案している。この点は村上ファンドも同様で、角川ホールディングスとは経営改善に関する話し合いで満足する一方、東京スタイルとは委任状争奪戦や訴訟にもつれ込んだ。

シティグループは、二〇〇四年六月から翌二〇〇五年六月までの間に、アクティビストのターゲットにされた米国企業三一社について分析し、狙われる企業の六つの特徴を指摘している。すなわち、①同業他社比で低い時価総額、②過剰流動性（現預金）の保有、③借り入れ過多または過少、④株価や収益の低迷、⑤会社簿価に比して株価が低い、⑥保有資産に対し株価が低い。これらは村上ファンドが狙った日本企業の特徴とほぼ同じである。

欧米のアクティビストと比較すると、村上ファンドの敗因が浮かび上がってくる。

第一に、他のアクティビストや株主との連携がなかったこと。欧米のアクティビストは株式の五〜一〇パーセントを買い占めると、メディアを通じて対象会社の問題点を指摘し、他者の連携を誘う。

先述の韓国のタバコ会社KT&G社の件では、アイカーンはスティール・パートナーズなど複数の投資家とタッグを組んだ。オランダのメディア大手VNU NV社に、プライベート・エクイティ企業からのバイアウト提案を拒否するよう求めたエリック・ナイト氏は、フィデリティやテンプルトンからの支持を受けた。

ドイツ証券取引所との争いでは、チルドレンズ・インベストメント・ファンドはアティカス・キャピタル以外に、フィデリティ、メリルリンチ、キャピタル・インターナショナルなど多くの株主から支持を集めた。

同調者を得ることは、議決権を増やすだけでなく、資金負担が軽減される。また、株式が一社に集中しないので、ポイズンピル（毒薬条項＝特定の株主が全株式の二〇パーセントといった一定の水準を超える株式を買い占めた場合、既存の株主に新株を発行し、買収者の持ち株比率を希薄化させる買収防衛策）が発動しないという技術的メリットもある。

第二に、世論の支持という視点が欠落していたこと。二度の地元集会にベルギー国内の市長や議員六〇〇人を招いて地域へのメリットを訴え、地元の支持をテコに、スエズSA社にエレクトラベル社を買収させたエリック・ナイト氏とは対照的である。

第三に、ファンドを適正規模に保たなかったこと。ファンドの陣容にもよるが、あの手のアクティビスト・ファンドの適正規模は二〇〇億～三〇〇億円といわれる。しかも村上ファンドは、村上世彰氏が個別案件に毎回登場してアジるスタイルで、手がけられる案件数には自《おの》ずと限界がある。しかし、歯止めなく新規の顧客を受け入れたために、運用資金が四四〇〇億円を超えてしまった。

ファンド業界では、年率二〇パーセントのリターンが期待水準で、四四〇〇億円だと毎年八八〇億円の利益を出さなくてはならない。仕込んでからエグジット（出口＝利益実現）まで三年程度かかるアクティビスト型ファンドにとってはたいへんな金額だ。そのためには、企業に人を送り込み、バリューアップして売却するKKR（コールバーグ・クラビス・ロバーツ）のようなバイアウトファンドに変身しなくてはならないが、人材も経験もやる気もなかったので、ニッポン放送や阪神電鉄のような買い占めを始めた。

第四に、大きい会社を狙いすぎたこと。シティグループの分析では、アクティビストの標的となった三一社の平均時価総額は七億八二〇〇万ドル（約八八四億円）で、米国の株式指数S&P一五〇〇に採用されている銘柄の平均、二〇億七八〇〇万ドルの三分の一強である。ちなみにニッポン放送の時価総額は約二〇五〇億円、阪神電鉄は同三九〇〇億円。友人の元米系証券マンいわく「あんな馬鹿でかい買い占めをやると、エグジットの手段がない（株を簡単に処分できない）から、グリーンメーラーになるしかないよね」。

第五に社内管理体制の弱さ。わたしも証券会社にいたことがあるのでわかるが、証券マンたちはインサイダー取引の怖さには敏感だ。証券会社の株式部には「バイカン」（売買管理）という部署があり、社内の売買で変なものがないか、特に株価が動く情報が発表される一ヵ月程度前から発表直後までの取引に目を光らせている。村上世彰氏や共同創業者の滝沢建也氏（元警察庁）は役人出身で、丸木強氏は野村證券出身だが、資本市場部の引受担当だったためセカンダリー（流通市場）の経験がなく、インサイダーの怖さを本当に知らなかったのではないか。また、本当のプロであれば、際どい取引をするときは、やりとりを文書やEメールに残すライブドアのような素人は相手にしない。

最後に、土壌が十分に成熟していない日本に、いきなり過激な形でアクティビズムを持ち込んだこと。法律に反しなければ基本的に何でもありで、拝金主義にもある程度社会が寛容で、また、連携できるアクティビストも多数存在している米国と日本では、環境が大きく異なっている。

村上ファンドの頓挫《とんざ》で、日本におけるアクティビズムが後退するかといえば、答えは「ノー」である。委任状争奪戦を演じる過激なスタイルが続くかどうかは別として、「物いう株主」は今後も増えるはずだ。

欧米でアクティビズムが強まっている理由に、ヘッジファンドへの急速な資金流入が挙げられる。二〇〇〇年初に三二四〇億ドルだった世界のヘッジファンドの運用資産は、二〇〇五年には一兆ドルを超えたといわれている。

ヘッジファンドの運用方法は大別して、市場で価格の歪《ゆが》みを見出《みいだ》し、割安な物を買っ

て割高な物を売る「裁定取引」と、相場の上げ下げの方向性に賭《か》ける「ダイレクショ
ン・トレード」の二つがある。前者は、株式と転換社債、国債と社債、債券とスワップ
金利などの間における価格の歪みを利用するものだが、市場参加者の増加で歪みが少な
くなり、収益機会が減退した。後者については、ここ二、三年、世界的に株価が大きく
動くこともなく、やはり収益機会が少ない。

ファンドマネージャーたちは、なんとかして最低年率二割のリターンを上げなくてはならないという重圧にさらされ、アクティビズムに打って出た。村上ファンドの運用資産の八三パーセントが外国人投資家からの資金だったが、日本市場への海外マネーの流入で、アクティビズムの影響はますます強まるだろう。

ヘッジファンド以外にも、日本におけるアクティビズムの増加を予想させる要因がいくつかある。

第一に、最近多少上がってきてはいるが、依然として低金利で資金運用難であること。

第二に、日本企業の配当率が低く、改善の余地があること。配当総額を株主資本で割ったDOE（株主資本配当率）は、日本が二・〇パーセントであるのに対し、米国は五パーセント台、欧州は六パーセント台である。「短期的利益追求はけしからん。株式は長期保有すべき」という議論がよくなされるが、日本の株式は配当が少ないので、長期保有が難しい。だからお年寄りたちが、為替《かわせ》リスクがあるにもかかわらず毎月配当金の分配がある「グロソブ」（グローバル・ソブリン・オープン）を買うのである。

第三に、日本においては、株主価値が軽視され、株式持ち合い制度の下に経営者があぐらをかいて、保有資産などの経営資源が十分に活用されていないケースが少なくないこと。

こうした事情を背景に、ここ数年、企業年金連合や日本証券投資顧問業協会などが議決権行使のガイドラインを定め、投信各社や年金基金など多くの機関投資家が、会社側提案に事実上すべて賛成していた従来の姿勢を改めつつある。穏当な形でのアクティビズムが、着実に根を下ろしつつあるといえる。

村上ファンドの功罪について、さまざまな議論がなされているが、少なくとも時代の方向性を象徴する存在であったことは確かだろう。

（参考文献）
"Hedge Funds at the Gate",Citigroup Global Corporate Finance - Financial Strategy, 22 September 2005
「プレジデント」二〇〇六年七月一七日号

海外ビジネスと賄賂

海外を舞台にした経済小説を書いていると、自然と賄賂《わいろ》の話がストーリーの中に入って来る。デビュー作『トップ・レフト』には政治家に贈賄するトルコ人ブローカーが登場し、『アジアの隼』では外国企業にたかるベトナムの役所、『シルクロードの滑走路』では綿花輸出代金の五パーセントをかすめ取るキルギスの運輸大臣を描いた。これらはほとんど実話である。ここ一五年くらい世界的に法令順守が強調されている割には、海外ビジネスにおける賄賂の話は絶えない。

最近、旧イラク政権に対する贈賄に関し、国連の独立調査委員会の報告書が発表されたが、それを読んで、やっぱりなと思わせられた。ダイムラークライスラーやボルボなど二二〇〇社以上の企業が旧フセイン政権に賄賂を払っていたという。

報告書はイラク原油を国連の監視下で輸出し、それを人道支援関連物資の購入に充てる「石油と食料の交換プログラム」に関するものである。旧フセイン政権は、輸出する原油に一バレル当たり一〇~三〇セントのサヤを上乗せしたり、人道支援関連物資の輸出企業に「販売後サービス手数料」などの名目で契約額の一〇パーセント程度をキックバックさせていた。

ベトナムに駐在していた頃、「月給五〇ドルのベトナム人がなぜ二〇〇〇ドルのバイクを買えるのか？」といった議論をよくした。この疑問を解き明かしてくれたのは、同じホテルに長期滞在し、ベトナムの役所で水道コンサルタントとして働いていたTさんという日本人だった。彼はときどき役所の中で、全職員に分厚い現ナマが配られるのを目撃したという。資金の出どころはODA（政府開発援助）で、援助の中のローカル・コンテンツ（地元業者の請負分）などを操作し、援助総額の五パーセントが、ベトナムの役所に対する賄賂として落ちる仕組みになっているのだそうだ。

先日、日本でも年金資金を横領した「酒販組合」元事務局長が逮捕され、政治家に巨額のカネをばらまいていたことが報じられた。

「浜の真砂《まさご》は尽きるとも、世に贈賄の種は尽きまじ」（黒木五右衛門）

「日刊ゲンダイ」二〇〇五年一一月二九日

北朝鮮債券が密かな人気商品に？　～一〇年後を読む途上国債権市場

北朝鮮の債券が、国際金融市場で密《ひそ》かな人気を呼んでいる。しかも米国や日本の投資家が買っている。現在の取引価格は額面一ドルに対して二六セント。年初の価格が二一～二二セントだったので、この数ヵ月で二割ほど上昇したことになる。日本のニュースは拉致《らち》問題や六ヵ国協議一色だが、投資家たちはまったく別の論理で行動しているのだ。

この債券は一九九七年三月にフランスのBNP（Banque National de Paris、現BNPパリバ）が発行をアレンジしたものだ。発行額は七億七〇〇〇万ドイツマルク（約六五〇億円）。もともといろいろな銀行が保有していた北朝鮮向け融資債権を証券化したものだ。ドイツマルクとスイスフランの二つの通貨建てで、金利のないいわゆるゼロクーポン債である。

発行された九七年三月は、金日成《キムイルソン》前主席が一九九四年七月に死去した後の三年間の服喪期間中で、金正日《ジョンイル》総書記への権力の継承もなされていなかった。こうしたきわめて不安定な時期に、いかにしてこのような証券化商品を組成したのだろうか？

ロンドンの金融街シティの北東寄りにあるリバプール・ストリート駅周辺は、九〇年前後に開発された新しい一角である。UBSなど世界に名だたる金融機関がガラスと鉄骨を組み合わせた近代的ビルに入居している。

BNPで北朝鮮向け証券化商品をアレンジしたピーター・バートレット氏が九九年に設立したエマージングデット（途上国債権）専門のブティック型金融機関エキゾティックス社（Exotix Limited）も、ここにオフィスを構えている。ディーリング・ルームのようなオフィスに入ると、二〇人ほどの社員たちが数字やグラフを色とりどりに映し出しているスクリーンに目を凝らしながら、電話をしたり、打ち合わせをしたりしている。

バートレット氏は、コンチネンタル銀行、モルガン・グレンフェル（現ドイツ銀行）、インドスエズ銀行（現カリヨン銀行）、BNPなどで一貫して途上国債権ビジネスを手がけてきた英国人だ。九〇年代には多くの邦銀から途上国向け債権を買い付け、ここ数年では、日本企業が保有していた大型のイラク向け債権の処理（欧米の投資家への売却仲介）を手がけるなど、日本とも縁の深い人物である。

バートレット氏によると、同債券は北朝鮮に対して新たな資金を供給したものではなく、北朝鮮向け債権をバランスシートから外したい銀行と、高利回りが期待できる商品を求めていた投資家のニーズを結び付けた商品だそうである。また、北朝鮮の債権を外国投資家が握っていることで、同国に対する圧力を維持する効果もあるという。

北朝鮮はかつて日本を含む世界じゅうの銀行から融資を受けていたが、旧共産圏諸国の中では最初に債務不履行を引き起こし、現在、債権銀行が世界各地で債務返済を求めて訴訟中である。こうした既存の融資債権をいったんロイヤル・バンク・オブ・カナダが買い付け、それを元に証券を発行した。

ロイヤル・バンク・オブ・カナダによる買い付けは、債務者（北朝鮮）の同意を必要とせず、買い付け（債権譲渡）後も債務者に対しては元の融資銀行が法的な債権者として返済金の受領や回収交渉に当たり、その経済的得失を債務を譲り受けた者が受け入れる「サブ・パーティシペーション」形式である。

この商品の優れた点は、国際的な証券決済機関であるユーロクリアとクリアストリームで決済できる証券にしたことだ。これによって売買に不向きな融資債権が、容易に売買できる金融商品に変わった。同債券は現在、米国や英国へのヘッジファンドを中心に保有されており、日本の投資家も少量だが買ったそうである。

米国の投資家が北朝鮮向け債権を買えるようになったのは二〇〇〇年からだが、いまだに「買ってはいけない」と誤解している投資家が多いという。ちなみに、現在、米国の投資家が売買を禁じられているのは、イラン、キューバ、スーダン向けなどである。

ゼロクーポン債なので、投資家は値上がり益を期待して買っているわけだが、六ヵ国協議が停滞している現状では、短期的な値上がりはあまり期待できそうにない。しかし、「三〜一〇年といったスパンで見ると面白い投資ではないだろうか」とバートレット氏は語る。同債券は二〇一〇年三月が満期で、その時点で別の債券が発行されなければ、投資家は元の融資債権を譲り受けることになる。投資家の究極の期待は、南北朝鮮が統一され、債務が全額（ないしはそれに近い水準で）返済されることだ。

こうしたことには前例がある。〝ＩＮＧ東京支店伝説〟である。かつてＩＮＧ（オランダ国際銀行）東京支店がベトナム向け債権を額面一ドル当たり一〇〜二〇セントという超安値で買って大量に保有していたところ、一九九〇年代に入ってベトナムのドイ・モイ（経済開放）政策が本格化し、国の信用力が急激に向上した。ベトナム向け債権の価値はあれよあれよという間に上昇し、ついに額面で取り引きされるようになった。ＩＮＧの保有していた債権は宝の山となり、担当者たちは巨額のボーナスを得て、今は悠々自適の暮らしを送っている。

ベトナムに限らず、かつては大幅な額面割れで取り引きされていた債権が、額面（パー）を回復する例がこのところ多い。ブラジル、ロシア、ナイジェリア、モロッコなどだ。エマージング市場ができて間もない九三年ごろ、債権の種類によって異なるがおおよその価格水準（額面一ドル当たり）は、ブラジル三〇セント、ロシア一七セント、ナイジェリア二七セント、モロッコ四八セントといったところだった。それが、一次産品価格上昇の追い風（ブラジル、ロシア、ナイジェリア）や経済財政政策の成功（モロッコ）で額面を回復したのだ。

これらの国々がエマージング市場を卒業したため、現在の取引の中心は、北朝鮮、キューバ、スーダン、アイボリーコースト（コートジボワール）といった国々に移った。

エキゾティックス社では、いわゆる「ディストレスト」（額面割れ）物ではないが、ガーナ、イエメン、ナイジェリアなど、新たに（ないしは久々に）国際金融市場に登場する国々の債券発行などに注力しているという。

次の最有望投資先はキューバ？

こうした国々の中で、特に有望な投資先と考えられているのが、キューバである。現在重病といわれるカストロ首相が、死去ないし退陣すると、国が大きく変わる可能性があるからだ。エキゾティックス社は、二〇〇五年九月にキューバの国営銀行であるBanco Nacional de Cuba向けに、円、ユーロ、スイスフランの三つの通貨建ての債券発行をアレンジした。現在の発行総額は二億八〇〇〇万ユーロ（約四六〇億円）に達している。

同国が有望な理由として、次の四つが挙げられる。

①ニッケルの世界的産出国である
②世界遺産のハバナ旧市街など観光資源が豊富で、現在でもカナダや欧州から年間二一〇万人程度の観光客が訪れている。米国からの旅行禁止が解除されれば、解除初年度に五〇〇万人の米国人観光客が押し寄せるといわれている

③英BPが権益を保有しているメキシコ湾の大型海底油田「サンダー・ホース」はキューバの近くで、キューバ領海でも油田発見の可能性がある（キューバでは深海底探査技術を持つ米国の石油会社が活動できないため、いまだ探査活動が不十分）
④米国（主としてマイアミ周辺）在住のキューバ人から年間九億ドル程度の送金がある

現在、キューバ向け債権は（額面一ドルに対し）二六セント前後で取引されているが、米国の投資家が投資を禁じられている影響が大きく、これが解除されれば、価格は倍に跳ね上がるだろうと予想されている。

わたしは一九九七年に家内と一緒にキューバを旅したことがある。一九二〇年〜五〇年代に製造された米国製クラシックカーが走る石畳のハバナの街並みや、ヘミングウェイ行きつけのバー「ラ・フロリディータ」や「ボデギータ」、降り注ぐ太陽や青い海といった自然など、絵画のように美しい国だった。途上国債権市場の話を聞いて、改めてキューバという国を見つめ直し、第二のベトナムはキューバかもしれないとの感を強くした。

「日経ビジネスオンライン」二〇〇七年五月八日

核と石油で世界を揺さぶる「世界の孤児」イラン潜入記

イラン時間で真夜中の一時二三分、わたしが乗ったルフトハンザ機はテヘラン上空に差しかかった。

テヘランの街は、白とオレンジ色の輝きで瞬《またた》く広大な光の海である。ハイウェーが何本も交差し、オレンジ色の帯となって地上を走っている。この街の夜景の美しさは中近東屈指だ。

午前一時四二分、エアバスA３４０型機は、メヘラバード国際空港に着陸した。テヘランに来たのは一二年ぶりである。出発前は、家内や友人たちからずいぶん心配された。米国政府の内情暴露で定評のあるセイモア・ハーシュが雑誌「ニューヨーカー」に「米国はまもなくイランを核兵器で攻撃する」と書き、「住友商事によると、ブッシュは近々核基地ではなく、地対空、地対地戦術ミサイル発射基地に限定攻撃を加えるとの確度の高い情報がある由です」とメールをくれた友人もいた。

かつて延々二時間半も待たされた空港の入国審査は、数分で終了。昔は、目つきの鋭い革命委員会の男が待ち受けていた税関検査も、パスポートを見せただけであっさり通過。中近東式便器（金隠しがない和式便器）しかなかった空港のトイレに洋式便器があり、これには驚愕《きょうがく》した。

空港から市内までは車で二〇分ほど。宿泊先はラレ・インターナショナル・ホテルという地上一三階、地下一階の大型ホテルである。一九七九年のイスラム革命以前はインターコンチネンタル・ホテルだった。昔は薄暗く、殺伐とした雰囲気で、泊まっているだけで気が滅入《めい》った。

部屋は四〇三号室。薄紅色のカーペットや調度品は古いが、清掃は行き届いていた。ヨーロッパの四つ星程度まで向上した感じである。テレビをつけるとBBCやCNNが入った。これも昔は考えられなかった。

翌朝、一階のレストランで朝食。核開発問題で閑散としていると思いきや、約六〇あるテーブルは満席。半分は欧州やアジアからの旅行者、半分はビジネスマンといった感じである。この国の法律に従って、女性たちは外国人でも頭をスカーフで覆っている。ウズベキスタンから来たサッカーチームもおり、賑《にぎ》やかだ。

朝食を終え、あらかじめ手配しておいた車で街に出かける。

テヘランの推計人口は約一一〇〇万人。四〇〇〇メートル級の峰々が連なるエルブルズ山脈の麓《ふもと》に広がる高原都市だ。市街北部は標高一六〇〇〜一七〇〇メートル、南部はそれより二〇〇メートルほど低い。盆地であるため、車の排気ガスによる大気汚染がひどく、それが低地である市街地南部に集まるため、北部に富裕層、南部に貧困層が住んでいる。

街は人出が多く、賑わっていた。

魚屋はペルシャ湾で獲《と》れた鱒《ます》の生簀《いけす》に水を注ぎ、カバブ屋は店頭で焼き肉を削《そ》ぎ、レストランの小僧はアルミの器に入れた料理を出前し、商店では親父が商談し、若いカップルは並んで歩き、看板屋は看板を取り換え、ノーネクタイのビジネスマンは鞄《かばん》と新聞を持って歩き、黒いチャドルで全身を覆った女性が買い物し、警官は手を後ろに組んで交差点を眺め、ファーストフード店の赤いペルシャ文字のネオンは点滅し、道路には車とバイクが溢《あふ》れ、あちらこちらで人々が勝手に道路を横断し、頭上の高架道路も車で溢れ、街じゅうで警笛と排気音が絶えない。物資は豊富で、庶民向けの廉価なイラン製品や中国製品から、オーストリア製の高級食器やロレックスの時計まで種類もさまざまである。

人々の表情は、昔に比べると、ずいぶんと和《なご》んでいる。わたしが金融マンとしてイランに来ていたのは一九八九〜一九九四年だったが、まだイラン・イラク戦争（一九八〇〜八八年）の傷跡も生々しく、人の表情も街の雰囲気も殺伐としていた。

キャビアの軍艦巻き

その日は、イラン石油省主催の「石油・ガス・石油化学国際見本市」を見学に行った。毎年開かれており、今年（二〇〇六年）は一一回目だという。

市内北部の広大な展示場前に各国の国旗が翻《ひるがえ》り、イラン人や外国人たちが人の波となってゲートを出入りしていた。四～五階建ての大きな建物がいくつもあり、ガスタービン、掘削用パイプ、パイプの表面加工、防災服、計器類、石油貯蔵施設、モーター、ボルト、潤滑油など、石油・ガス関係のありとあらゆる製品を、製造ないしは取り扱うイランと外国の企業がブースを出していた。その数、数百社。

シーメンス（独）、トタール（仏）、シェル（英蘭）、ガスプロム（露）、BHPビリトン（豪）、コーラス（英）といった国際企業のほか、東芝・ウェスチングハウス、港区芝浦のタツノ・メカトロニクスなど日本企業も出展していた。よく晴れ渡った空の下に、サンドイッチやピザ、飲み物の露店もあり、ディズニーランドのような賑わいだ。

昼食は「瀬里奈《せりな》」という日本食レストランでキャビアの軍艦巻きを試したが、キャビアの量が少なく、酢メシの味のみが残った。一貫で七万九〇〇〇リヤル（約一〇〇〇円）は高い。一緒に注文した天麩羅《てんぷら》は、油でがりがりに揚げた野菜が皿にてんこ盛りで、その上に、海老《えび》、人参《にんじん》、サツマイモの天麩羅が載っていた。天つゆは、醬油《しょうゆ》に味醂《みりん》を加え、湯で割っただけ。これが日本食とは唖然《あぜん》とさせられる。この店は、もともと六本木の「瀬里奈」の関係だったが、一九七九年の革命でイラン人の経営になったという。

夜、ホテルから友人たちに現地の様子をメールで知らせる。核開発問題で、街は戒厳令下のような状態にあると思っていたら、全然違うので拍子抜けしたと書く。

翌日十数人の友人から返信があった。邦銀のロンドン支店に勤務する日本語ができる英国人は「テヘランには過去数回行ったけど、イランの人たちはフレンドリーで思慮深く、とても印象が良い。外国で抱くイメージと現地の状況が全然違うのは、報道のせいだと思う。僕が初めて日本に行ったときも、聞いたり読んだりして想像していた国と全然違っていた」。

エネルギー・デリバティブをやっている日本人からは「イランのガソリン価格はいくらか教えてほしい」。

これは一リットル八〇〇リヤル（約一〇円）である。イランでは貧困層の暮らしを支えるため、ガソリンやパンといった基礎物資に、政府が補助金を出している。そのため、国境地帯では、パキスタンやトルコにガソリンが大量に密輸出されている。

イランの一人当たりのGDP（国内総生産）は約三二〇〇ドル。日本の一〇分の一で、タイ、チュニジア、ベネズエラ、マケドニアなどと似たようなレベルだ。

イランの金持ちは僧侶

翌日の午前中は、市内北部に白い雪を頂いて聳《そび》えるトーチャール山（標高三九五〇メートル）に出かけた。世界最長かつ最高度といわれる、全長七五〇〇メートルのロープウェーがある。

山から見下ろしたテヘラン市街は、広大だった。排気ガスの灰青色のもやに包まれ、地平線に近い空は、宙を舞う砂で薄茶色に染まっている。

ロープウェーの切符売り場のそばの公衆トイレにも洋式便器があった。しかもよく清掃されていた。ただし、男性が立って小用をする、いわゆる「朝顔式便器」はない。これは「男子も女性と同じようにしゃがんで用を足すべきである」というホメイニ氏の言葉にもとづき、イラン中のトイレがいっせいに改造されたためだ。わたしも今回の滞在中「朝顔式」はいっさい見なかった。

トーチャール山には、ペイントボール（絵の具を詰めた弾丸で撃ち合う戦争ゲーム）クラブもあり、こんな物までできたのかと目を丸くする。

トーチャール山を後にし、街の北部へと車で下っていく。二、三〇階建ての高層マンションがたくさん聳えている。建築中のものも少なくない。いかにも金持ちが住みそうな地域だ。これに対して、市街地の南部は、古い商店や古い家屋が多く、貧富の差が歴然としている。

イランの金持ちはビジネス関係者や僧侶である。改革派として知られるラフサンジャニ元大統領も、私腹を肥やしており、それが一因で、二〇〇五年六月の大統領選挙でアハマディネジャドに敗れた。

慎太郎か、プーチンか

現大統領のアハマディネジャドは、一九五六年にイラン近郊の村で、鍛冶屋《かじ》の家に生まれた。一九七五年の大学入試統一試験で一三〇番になった秀才である。テヘランの科学産業大学大学院で学び、一九八四年に革命防衛隊に入隊。革命防衛隊時代は、ガソリンをイラクのクルド人に密輸出、アルコールを密輸入し、防衛隊に資金をもたらしていたというもっぱらの噂だ。その後、アルダビール州知事やテヘラン市長を経て大統領になった。

個人資産は小さな家一軒と三〇年使っている乗用車だけ。業者などとの会食はせず、毎日自宅から弁当を持参し、執務室で食べているという。イスラムの原理原則に忠実で、貧困層の救済に力を入れている。腐敗の温床になっている石油利権にメスを入れるのが選挙公約だったので、自分の腹心を石油大臣に据えて改革をしようとしたが、利権の恩恵に与《あずか》っている議員たちがいる国会に三度拒否（ないしは新任投票前に候補者に指名辞退）され、最終的には妥協して、石油省の官僚が大臣になった。

その一方で、一〇ある国営銀行のうち七行の頭取、テヘラン大学の学長などのクビを自分の権限ですげ替え、対外融和派と見られる在外イラン大使六〇人も交代させせつつある。新たに登用されたのは、革命防衛隊出身者や僧侶など、イスラムに忠実な人々である。

アハマディネジャドは石原慎太郎に似たところがあり、ロシアのプーチン的な匂いもする人物である。ただしイランの大統領は単なる執行機関の長で、外交にもタッチできず、会社でいえば常務取締役くらいにすぎない。最終権限を持っているのは最高指導者のハメネイ師で、その下で国家安全保障委員会や大統領が役割分担をする集団指導体制である。

日本企業数社の駐在員を訪問し、街が平静な理由を訊《き》く。

彼らによるとまず、ペルシャ語の情報しか入らない一般市民は、イラン政府のいい分しか聞かされていない。当局による情報統制はかなり厳しく、新聞社に対しては「核問題に関して、政府を批判するな」という指導がされているという。また、インターネットに対する検閲もあり、反政府的なサイトやブログは次々と閉鎖されているそうである。

日本人駐在員の多くは、イラン政府が核問題に関して憤慨するのはもっともだという意見だった。なぜなら、①核開発はもともとアメリカが、一九五七年にイランと「核協力合意（Nuclear Cooperation Agreement）」に調印して認めたもので、「政権が替わって、あんたがたは危険だから駄目」では、イラン政府は納得できない、②イランはこれまでＮＰＴ（核不拡散条約）の枠組みに従って、ＩＡＥＡ（国際原子力機関）とも協調し、立ち入り調査も受けてきた、③ＮＰＴに加盟していないインド、パキスタン、イスラエルに核兵器の保有を認め、加盟国であるイランに核の平和利用を認めないのは差別だ、といったところが理由である。

一方、英語を理解し、自宅でCNNやBBCを観ているイラン人知識層は、「政府の核開発は支持するが、今無理してやるほど重要ではない」という考えを持っている。英語学校の学生たちは「アハマディネジャドは外交や経済に関して素人だから、核みたいな危ない物を持たせるべきじゃない」という。ある若い女性は「アメリカの強硬ない方がいけない。もう少し優しくいってくれれば、考え直してもいいのに」といったそうだが、これにはわたしも同感だ。中東の人々は面子《メンツ》が非常に大事なので、強硬なものいいに対しては、理屈抜きで反発する。

前ハタミ政権時代は、こうした反対意見も新聞紙上などで活発に論議されたが、現政権では情報統制が厳しく、インターネット上でも議論はできないそうだ。結果として、政府の主張のみが国内に溢《あふ》れている。

街は平静だが、イラン人たちは多かれ少なかれ、軍事衝突を心配している。そのため、有事の際の資産として金を買う動きがあり、また株や不動産に投資されていた資金が徐々に引き揚げられ、ドバイに流れている。その一方で、正当な権利を主張して何が悪いという思いも根強い。

軍事衝突については、いずれ何らかのものが起きる可能性はあるが、米国はイラクで失敗しており、さらに広大な国土を持つイランを攻撃すれば犠牲や費用はより大きく、また原油価格も上昇するので、そう簡単に事は起こせないだろう、というのが現地の支配的な見方である。

「それにしても、街の様子がまったく普通なのには驚きました」

わたしがいうと、現地の日本のある新聞記者は「アハマディネジャドは強硬派で悪の枢軸というトーンじゃないと、読者に受けないから、本社がニュースにしてくれないんですよね」。この点は外国のメディアも同様のようだ。

イランの国民食チェロ・カバブ

キャビア軍艦巻きに失望して以来、食事は、ほぼ毎回チェロ・カバブを食べた。イランのレストランは大半がチェロ・カバブのレストランで、イラン人は結婚式のときも、葬式のときも、これを食べる。喜びも悲しみもチェロ・カバブと共にあり、という国民食だ。

肉（カバブ）は羊肉のロース、ミンチ、あるいは鶏肉《とりにく》など、何種類かある。ちょっと酸味のある薄口醬油《しょうゆ》のような茶色いたれを付け、団扇《うちわ》であおぎながら、炭火でこんがり狐色に焼き上げる。これに生の玉葱《たまねぎ》、焼いたトマト、酢漬けのキュウリなどが添えられ、黄色いサフランをまぶして、バターの塊を載せたご飯（チェロ）と一緒に出てくる。ご飯は粒が長いイラン米で、ふっくらと炊き上げる。

食べ方は、まずバターの塊をご飯にまぜる。続いて、カバブに塩、胡椒《こしょう》、あるいは「ソマーグ」というシソに似た酸味のある茶色い香辛料を適宜振りかけ、ナイフとフォークで食す。

肉は脂が乗っており、良い香りが立ち昇ってくる。嚙《か》むと柔らかく、ほんのりと甘みがしみ出る。酸味のあるたれが味を引き立てる。バターライスと交互に食べると、口の中が脂っこくなるので、生の玉葱をしゃりしゃりかじる。新鮮な辛味で、口中の脂が嘘のように引いていく。さっぱりとしたところで、再び肉に取りかかる……。

これでだいたい一人前五万～八万リヤル（六三〇～一〇〇〇円）。イランを訪れる日本人は、たいていチェロ・カバブの虜《とりこ》になる。

石油を巡る思惑

イランは世界第四位の産油国である。昨今の原油価格の上昇は、イランの核開発問題が最大の原因だ。万一、経済制裁を受けてイランの石油輸出が停止すれば、世界的供給不安が発生しかねない。

実際に一九七九年のイスラム革命のときには、原油輸出が止まり、第二次石油危機が起きた。イラン政府は「イランが輸出を停止すれば、原油価格は一バレル一〇〇ドルになる」と警告し、石油を人質に取った恰好《かっこう》だ。

現在のイランの生産量は日量約四一〇万バレル。世界の石油需要の約五パーセントに相当する。しかし、まだシャーの時代（一九二五～七九年）のピーク、日量六〇〇万バレル（一九七四年）には遠く及ばない。これは、①イラン・イラク戦争や数年前までの原油価格低迷で、油田開発投資が不足していたこと、②外国企業が石油産業に参加する際の条件が厳しすぎて、投資が入ってこないこと、③イラン原油は重質で硫黄《いおう》分も多く、販売先がある程度限られていること、などが原因だ。

現在、外国企業が開発に合意ないしは交渉中の油田のうち最大級のものは、日本の国際石油開発のアザデガン油田（予定生産量は日量二六万バレル）とシノペック（中国石油化工）のヤダバラン油田（同三〇万バレル弱）である。

アザデガン油田は、場所がイラン・イラク戦争の前線で、地雷が多数埋まっており、また、油層も深く複雑、かつイラクの油田と繋《つな》がっている可能性がある。国際石油開発は二〇人程度の日本人社員をイランに張り付けているが、現状は、イラン側が「地雷の撤去は終わったから、早く開発に着手してくれ」といい、日本側は「いや、まだ終わっていない」と主張し、膠着《こうちゃく》状態である。

また、首尾良く生産に漕ぎ着けても、「バイバック方式」なので、要は油田の探鉱・開発費用に一定の利回り（年率一〇パーセント程度）を加えたものを、生産開始後約七年にわたって原油で受け取り（バイバック）、それが終われば契約終了で、一般にイメージされている油田の権益とはほど遠い。また、コストオーバーランが発生したときは、日本側の負担になる。

二〇〇二年七月に発行されたイランのユーロ建て債券（総額五億ユーロ、期間五年）の利回りは八・七五パーセントである。それよりわずか一・二五パーセント多いだけで、これだけのリスクを取る経済的合理性は見出《みいだ》せない。

Down with the USA

テヘランの街を歩いていて、普通の国と違うのは、女性が黒いチャドルを着ていることだ。頭からつま先まで真っ黒で、顔だけ出しているのが最も信心深いとされる。少しお洒落《しゃれ》なのが、黒っぽいコートを着て、頭をスカーフで覆うスタイル。一番の不良（日本の茶髪・金髪に相当）は、スカーフの色が明るく、前髪の露出が多めのスタイル。若い娘たちは、いかにして警察や革命委員会の取り締まりに遭わずに、前髪を多く露出し、丈の短いコートを着るかに腐心している。

男性はネクタイをしていない。イスラム革命以後、西欧的な習慣であるとして廃止された。日本企業の駐在員たちも、イランの会社や役所に行くときは、ネクタイを外して行く。

街なかのビルの壁には、「Down with the USA（米国を倒せ）」とか、ホメイニ師やハメネイ師の肖像画、イラン・イラク戦争の殉教者の顔が描かれている。また、市内中心部のオスタッド・モッタハリ通りのビルの壁には、対イスラエル闘争で死んだパレスチナ人女性の大きな写真が掲げられている。この若い女性は「アラーのほかに神はなし」と書かれた鉢巻きとタスキをし、マシンガンを持っている。

　バスは男性が車両前方に、女性が車両後方に座る。日本の女性専用車両の先駆けである。

　シャーの時代に米国のＣＩＡからノウハウを得て人民を弾圧したＳＡＶＡＫの流れを汲《く》む秘密警察も健在で、核問題に関する反対意見などを取り締まっている。四日間わたしの運転手を務めてくれたイラン人のおじさんに「秘密警察って影響力強いの？」と訊《き》いたら「あなたのことも届けてあるよ」というので、ギクリとした。彼が見せてくれた届けの写しは、旅行会社が秘密警察に提出したもので、わたしの氏名・国籍・パスポート番号・職業などのほか、入出国日や毎日の行動予定が記されていた。外国人に関してはすべてこういう届けを秘密警察と外務省に提出するのだそうである。ちなみに、このおじさんはあまり仕事がないらしく、「次回テヘランに来られるときは是非また使って下さい」と何度もいわれた。

アルメニアン・クラブで酒を飲む

滞在三日目の晩は、アルメニアン・クラブに出かけた。イランには推定で二〇万人のアルメニア人が住んでいる。テニスのアンドレ・アガシもこのアルメニア系イラン人の血をひく。

アルメニアン・クラブは、市街南部のフランス大使館とイタリア大使館の間にあった。赤茶けた古い煉瓦《れんが》塀の鉄扉を開け、その先にあるかつてスウェーデン大使館だった建物に入ると、異空間が広がっている。

室内の床はフローリング。欧州の古い都市のレストランのように木をふんだんに使った内装。シャンデリアの光は控えめで、落ち着いた高級感が漂っている。受付の女性もウェイトレスの女性も髪を覆っていない。客はアルメニア人や外国人たちで、二〇くらいあるテーブル席はほぼ満席。女性たちはドレスアップし、腕を露出している。

わたしの隣のテーブルは、スーツを着てネクタイをした白髪のアルメニア人男性と妻、中学生ぐらいの娘と息子、それにアルメニアから旅行で来た三人の女性たちだった。彼らは食事をしながら赤ワインを飲んでいた。キリスト教徒であるアルメニア人は自己消費分という名目で酒の醸造を認められている。

イランでも酒が飲めるのか、と驚いて見ていると、隣のテーブルの男性がウィンクし、一リットルのミネラルウォーターのペットボトルで持ち込んだ彼らの赤ワインを、わたしのグラスに注いでくれた。甘めでなかなかの美味だった。アルメニアン・クラブはイランで唯一酒を飲むことが黙認されている公の場所だ。ここ以外では、飲酒は七四回の鞭打《むちう》ち刑で、たいていは三回で気絶し、七四回叩《たた》くと死ぬという。

食事はチョウザメのステーキを食べた。チョウザメは羊羹《ようかん》一本分くらいのボリュームで、肌色の肉に軽く焦げ目が付いていた。締まった肉はタラと鶏肉の中間のような味である。オニオン・スープ、コーラと合わせて、しめて九万リヤル（約一三〇〇円）。

帰りの飛行機は夜中の三時二〇分発。

かつては三時間前に空港に行かなくてはならなかったが、今は検査も緩《ゆる》く、一時間半で十分だ。ただし、キャビアの持ち出しはできず、見つかると没収される。

昔はイランにいるだけで緊張し、帰りの飛行機に乗ると心底ほっとした。しかし、この一二年間でずいぶん自由な雰囲気になっていた。

聞くと見るとでは大違いのイラン。飛行機代や滞在費も激安の穴場である。核問題の動向に注意を払う必要はあるが、また近いうちに再訪したいと思わせられた。次回はぜひ、「イランの真珠」と称される古都イスファハンと、世界遺産ペルセポリスに近いシーラーズに行ってみたい。ただ、今回の滞在中、現地の日本人のお土産に持って来た羊羹を何個かホテルの部屋の冷蔵庫に入れておいたところ、一、二個盗まれた。「次回は要注意だなあ。しかし、イラン人は羊羹なんて食べるのか？」と考えているうちにルフトハンザ６０３便のシートで眠りに落ちた。

「現代」二〇〇六年七月号

灰色の瞳

駆け出しの国際金融マンとして初めて出席した調印式では緊張のあまり別の銀行の欄に署名してしまった。大変なことをしでかしたと慌てたが、英国人の弁護士が覗《のぞ》き込んで「法律的には影響がないから気にするな」とわたしのサインの上にさっと横線を引き、JPモルガンの代表者が笑ってその横に署名した。それから早一四年。実力はともかく、ベテランといわれることに時の流れを感じる今日このごろである。『トップ・レフト』『アジアの隼』という二つの国際経済小説も上梓《じょうし》した。

国際金融ビジネスで最も求められるのは交渉力である。交渉術はもっぱらトルコのボロワー（借り手）との経験で身につけた。身につけたというより、教えられたというべきかもしれない。

イスタンブールは欧州、中近東、アジアが出会う文明の十字路である。交渉術も長いクロスカルチャーの歴史の産物だ。相手はまずこちらが受けられないような要求を突きつけてくる。それが試合開始の礼のような一つの「型」であり、最初のメッセージであると理解したのはしばらく経ってからだ。そのメッセージをしかと胸に刻み、交渉が始まる。丁々発止のやりとりを続けながら、相手がどこまでなら受ける気があるのか、ほかにどんな選択肢を持っているのか、目と耳と心の感度を最大限にして戦う。相手はたいてい自分より五歳から一〇歳年長で、皆ベテランだった。こちらがカッカしだすと包み込むような笑顔でなだめにかかり、交渉決裂寸前で憮然《ぶぜん》として会議室を辞するときにはさりげなくコートを着せてくれた。今振り返ってみて、日本の若者にずいぶん優しくしてくれていたものだと思う。

最も手強《てごわ》い交渉相手が大蔵省に相当する「財務貿易庁」だった。正式名称はアンダーセクレタリアート・オブ・トレジャリー・アンド・フォーリン・トレード。担当者はギュルニュル・ユチョクという灰色の瞳《ひとみ》を持った四〇代後半の女性だった。

ファイナンス案を提出し、交渉開始時刻に電話をスピーカー式にして引受グループの担当者数人で待機していると「ディス・イズ・ギュルニュル・ユチョク・スピーキング！」とナイフのような声が空気を震わせ、一瞬にして室内に緊張感が走る。「ファイナンス案を読ませてもらいました」。彼女はいつも単刀直入だった。「もう一度プライスを考え直してください。LIBOR《ライボー》（ロンドン銀行間金利）プラス七五（ベーシス・ポイント、すなわち〇・七五パーセント）ならマンデート（融資団組成委任）をすぐに差し上げます。八五ならファイナンス案は読みません」。彼女は常にマーケットの下を突いてきた。引受グループ内で、うちは受けられる、うちはついていけないと議論がなされ、残った銀行だけでなんとか彼女の要請に近い水準で再度ファイナンス案を提出すると、彼女はすでに他のグループと交渉を終えている。「ミスターK（わたしの本名）、申し訳ないが今回は○×銀行にマンデートを与えることにしました」。ああ、またやられたかと落胆するが、彼女の交渉術は決してルールから逸脱しない芸術品だった。敗れてもほれぼれとする美しさがあった。

彼女はトルコ共和国の顔で、何百億ドルという膨大な対外債務を一人で支えている感があった。東京でサムライ債の調印式に出席した翌日ニューヨークに飛び、次の週にはマタドール債の交渉でマドリードにいた。シティバンクにいったん与えたマンデートを取り上げたときは「シティバンクはケーキの上のクリームが欲しかっただけだ」という彼女のコメントが翌日のフィナンシャル・タイムズに載った。

しかし、一九九三年ごろから政治家の対外借入への介入がひどくなり、利権がらみの案件に反対した彼女は財務貿易庁を去った。彼女に何度も打ちのめされ「あのくそ女！」と歯噛《はが》みしていたファースト・シカゴの英国人バンカーが「あんな素晴らしい仕事をしていた人間を辞めさせるなんて、トルコの政治家は大馬鹿だ」と嘆いた。

そのユチョクさんと最近久しぶりに再会した。トルコの官僚は天下りして左団扇《ひだりうちわ》ということはあまりない。局長級でも退官後は自分で食い扶持《ぶち》を稼いで生きていく。彼女もイスタンブールでコンサルタントをしていた。

かつて国際金融市場を震撼《しんかん》させた女傑は「あのころは大変だったわ。わたしたちは国際金融のことなんか何も知らなかったんだもの」と笑った。その瞳の色は、冬のボスポラス海峡を思わせた。「あなたの瞳の色は普通のトルコ人と違いますね」といったら、

「わたしはタタールの血が入っているのだ」と教えてくれた。

「文藝春秋」二〇〇二年八月号

国を細らせるODA、荒涼たる光景

政府系金融機関の改革の一つとして、国際協力銀行（略称JBIC《ジェービック》）を解体し、政府開発援助（ODA）業務を首相直属にする案が出ている。

行財政改革が進む中、ODAにもメスが入るのは当然のことだ。国連常任理事国入りを逃したのを契機に、外務省主導の「バラまき援助」に対する反省もなされている。また、東シナ海の油田開発で日本と角突《つの》き合わせる「反日」の中国に対して、なぜ多額の援助を続けなくてはならないのか、多くの国民は疑問に思っている。

二〇〇四年に日本が実施したODAは総額で九六二七億円。その最大の受益国は中国だ。対中援助の総額は一〇四三億円で、日本国民は一人当たり八一七円、五人家族だと四〇八五円を中国のために支出したことになる。

ODAは大きく分けて「贈与（無償援助）」と「借款（有償援助）」の二種類がある。贈与はタダで差し上げ、借款はお金を貸すがあとで返してもらう援助だ。贈与には研修員の受け入れや専門家の派遣、開発プロジェクトの調査といった「技術協力」と、途上国が必要な品物やサービスを買う資金を提供する「無償資金協力」がある。借款はそのほとんどが「円借款」と呼ばれる長期・低利の融資である。

わたしは金融マン時代、発展途上国の政府機関によく出入りしていたが、たとえばアフリカの国の財務省を訪問すると、次のような具合になる。

「おお、ミスターK（わたしの本名）。よく来たね」

黒人の財務次官は執務机から立ち上がり、わたしをソファに招く。

「今回は何日くらいいるの？」

「五日間です。ジャカランダの花がきれいですね」

「ああ、今が盛りだよ」

としばし四方山《よもやま》話。

窓からは首都の古びたビル群が見えたりする。

「ところで、来年からわが国で五ヵ年計画が始まるので、いろいろなプロジェクトをやる資金が必要になるんだが……」

次官は、黒人女性秘書に資料を持ってこさせ、差し出す。

「道路、発電所、病院、学校、下水、製油所……。ずいぶんありますねえ」

わたしは資料を見ながらいう。

「発展途上国ではすべての物が足りていないんだよ」

次官は少し悲しげな表情。

「日本から何かいいファイナンスを持ってこられないだろうか？」

「そうですねえ……。病院とか学校とか二、三〇〇万ドルで済むものはグラント（無償援助）でおやりになるんでしょ？」

「うん。その予定だ」

無償援助はタダでもらえるが、金額は小さい。普通数千万円から数億円だ。

「発電所とか製油所のような商業ベースで採算が取れるものは、銀行借り入れが使えますね。道路とか下水とか採算的にちょっと難しいやつは円借款でどうですか？」

「円借款？　それはどういうもの？」

「期間が三〇年とか四〇年という長い円建ての融資です。貸し手はJBIC、すなわち日本政府です」

「期間が三〇年とか四〇年？　ずいぶん長いね」

商業銀行の途上国向け融資は、貿易保険が付いても最長で一二年程度。保険が付かなければせいぜい三年だ。

「で、金利はどれくらい？」

「現状では〇・七五パーセントから一・五パーセントです」

「そんなに安いの？」

「ODAとして供与されるものですから。でも、円建てですから為替《かわせ》リスクがありますよ」

「為替リスクが……」

次官は不安げな表情。

「一九八〇年代後半から九〇年代にかけて、一ドル二五〇円から八〇円台になったとき、アジアや中南米諸国から『円建てで債務が三倍になったじゃないか！』とものすごい苦情が来ましたからね」

対外債務の額はドル建てで考えるのが一般的だ。

「うーん……」

次官はしばし考え込む。

「ところで、円借款を申し込んで、融資が実行されるまではどれくらい？　半年くらい？」

「それがですね」

わたしは一呼吸置く。「四、五年はかかると見ておいたほうがいいでしょう」

「し、四、五年!?　何でそんなにかかるの？」

「手続きが複雑なんです。相手国政府の要請があると、現地の日本大使館が審査し、それからＪＢＩＣの審査、外務省の供与案作成、外務・財務・経産の三省庁協議、二国間で結ぶ交換公文の閣議審査、交換公文署名、借款契約の締結、建設工事などの入札、落札者との契約を経て、ようやくプロジェクトに着工できるんです」

次官はげんなりした表情。

「入札一つとっても、『入札書類はこういうのを使いますがよろしいですか？』『落札者を決める基準はこれこれしかじかですがよろしいですか？』『落札者はこの会社になりましたがよろしいですか？』と、いちいちＪＢＩＣにお伺いを立てなくてはなりません」

「それで四年も五年もかかるわけか」

「話がスムーズに行かなければ、もっとかかります」

「それじゃ五ヵ年計画が終わっちゃうよ」

次官は呆《あき》れ顔になった。

ロンドンに戻って数日後、わたしは友人の商社マンと日本料理店で夕食をとった。

「……ところで、こないだの地下鉄案件、どうなりました？」

訊きながらわたしは相手の猪口《ちょこ》に酒を注ぐ。

年下の友人は総合商社の機械部員。二年前からある発展途上国の地下鉄プロジェクトを受注すべく、円借款を仕込んでいる。

「仕込む」とは、案件を発掘し、現地の日本大使館に持ち込み、影のように案件に寄り添って円借款を実現し、プロジェクトを落札することだ。

「あれですか……」

友人は渋い表情になった。

「ＭＯＦ《モフ》（財務省）に寝っ転がられました」

「えっ、寝っ転がる？」

「ええ。MOFが駄目だっていうんですよ」

「理由は何なの？」

「カントリー・リスクが高すぎるそうです」

「しかし、JBICや外務省はやる気なんでしょ？」

「JBICからも『この国は大丈夫だ』ということで、いろいろな分析資料を出してます。でもMOFは全然やる気がなくて『とにかくこんなものやりたくない。俺たちは何もしない』って態度なんです」

「ふーん」

「参りましたよ」

友人はがっくりきた様子。

「FS《エフエス》（フィージビリティ・スタディ＝実施可能性調査）もうちがやって、日本政府への要請状も下書きして、顎足《あごあし》つきで大臣の日本訪問もお膳立《ぜんだ》てして……もう何百万円も使ったのに」

日本に行った大臣は、ホテルで小遣いの三〇万円入りの封筒を受け取ると「他の商社はもっとくれた」と文句をいったそうだ。

「鈴木宗男事件以来、ODA利権に対する世間の目が厳しいから、『神鷲商人《ガルーダ》』やるのもこれが最後だと思って頑張ったんですけどね」

『神鷲商人』は、戦後の対インドネシア賠償援助における、日本商社の暗躍を描いた深《ふか》田祐介《だゆうすけ》の傑作だ。

「そういえば、アジアの国でもJBICがやろうとしてた案件が頓挫《とんざ》したらしいよ」

「えっ⁉　どうしてです？」

「○×議員が持ってきたゴミ処理プロジェクトを優先することになって、後回しにされたんだって」

○×議員は与党の有力国会議員で、その国との友好議員連盟の会長だ。

「それって、議員の地元企業に受注させろって話？」

「いや、もっと単純で、たまたま田舎の町を訪問したら陳情されて、援助の全体像も考えずに『可哀想だからやってやれ』と持ってきたらしい」

「ふーん……。日本のODAは船頭が多すぎますよね」

「外務、財務、経産に、内閣府だからなあ。最近は参議院まで手を挙げてるし」

「参議院が？」

「参議院改革の目玉にODAに対する監視を挙げていて、円借款の受け手の東南アジアや中南米諸国に調査団を派遣してるよ」

「そういうのって、みんな国民の税金でやってるんですよねえ」

日本のODAは非常に時間がかかる。その結果、相手国に感謝されないことが少ない。その原因の一つはODAに関わる関係者の多さだ。無償援助をやるのがJICA《ジャイカ》

（国際協力機構）で有償援助はJBICだが、前者は外務省、後者は財務省が縄張りにしている。経済産業省はJBICが行う輸出金融の保険を引き受けるNEXI（日本貿易保険）が縄張りだ。この三つの省庁の一つでも反対すれば、円借款案件は閣議に上げられない。

また、反対がない場合でも「援助してやるんだから」という態度で、腰が重い。わたしはリトアニアの汚水処理施設の案件で、日本側の対応が遅かったため、相手国から「円借款はもう要らない」といわれ、外務省の担当者たちが慌てふためいていたのを目撃したことがある。結局、円借款は実施されなかった。

個別の国の信用リスク調査も各機関がばらばらにやっており、一つの国に重複して現地視察に行ったりしている。税金の無駄遣《づか》いというほかない。

外国では通常、援助行政を行う専門の組織を設けている。米国はUSAID（国際開発庁）、英国はDFID（国際開発省）、スウェーデンはSida（国際開発協力庁）、カナダはCIDA（国際開発庁）といった具合だ。これら機関が援助政策を立案し、実施する。ところが日本では、実施機関はJBICやJICAだが、政策を決めるのは三省庁の合議。これでは時間がかかり、ODAの専門家も育たない。現在、日本では「援助庁」を作ってODA業務を一本化する話が出ているが、望ましいことだと思う。

日本の援助のもう一つの特徴として、借款の比率が高いことが挙げられる。二〇〇四年の先進各国の援助の内訳を見ても、米国、フランス、ドイツなどは新規借款より返済が多く、援助総額に占める借款の比率はマイナス七〜一〇・五パーセントだ。これに対して日本はプラス二一・三パーセントと突出している。この背景には、もともと日本の援助が戦後賠償と日本の輸出促進のためにダムや道路など大型の「ハコモノ」中心だったことがある。

円借款は金利が低い反面、円建てのため多大な為替リスクを借入国に負わせる。過去の円高で痛い目にあったインドネシアなどは受け入れに消極的だ。また、貸す日本側にも大きな金利リスクが残る。すなわち、長期固定金利の融資なので、金利が上昇した場合、逆ザヤが雪だるま式に膨らむ。円借款については、規模を縮小する方向で現在話が進んでいるようだが、今後通貨スワップを付けて債務をドル建てにするといった、民間の金融技術を取り入れる等の工夫が必要だろう。

日本の国益という問題に関していえば、一九八〇年代後半から日本は貿易黒字に対する海外からの批判をかわすため、日本の援助であっても外国企業も入札に参加できるアンタイド（紐《ひも》なし）援助を増やした。その結果、日本企業が落札できない案件が続出した。

わたし自身も何度もそうした入札に参加したことがある。日本国民の血税で外国企業が利益を得るのを目の当たりにして、非常に釈然としなかった。国際的に見て、援助は通常タイドである。いくら「途上国のため」ときれいごとをいっても、欧米諸国は自国企業の権益はしっかり守っている。

一方で、援助の世界的な新潮流として、国益を超えた国際協調による貧困削減（特に対アフリカ支援）という動きがある。これは過去の「ハコモノ援助」や世界銀行型構造調整融資（財政資金を融資するが、市場自由化等のため、さまざまな達成目標を義務付ける方式）が東アジアを除いては、途上国の発展に寄与しなかったという反省や、貧困がテロや地域不安定化の原因となっていると考えられることから来ている。

二〇一五年までに実現すべき貧困削減についての数値目標（ミレニアム開発目標）も国際合意され、この実現に向け、すでに米国やEUは大幅な援助の増額を約束している。現在日本で行われているODA改革議論では、こうした国際的な面はあまり話し合われていない。ODAで世界の孤児にならないためにも、国際的な視野に基づいた改革が必要である。

対中国援助については、円借款の新規供与は二〇〇八年で終了することが双方で確認され、無償援助も同年をメドに停止する方向で調整されている。しかし、中国が環境や人材育成といった分野での継続支援を求めているため、技術協力は続けられる方針だ。対中技術協力は年間三四九億円（二〇〇四年）に上り、これだけで日本のODAの受益国中第三位になる。

中国は日本から援助を受ける一方で、北朝鮮やアジア、アフリカ、中米諸国などに援助を行い、囲い込みを図っている。一九九八年から二〇〇三年の間に中国が行った対外援助は二七一億元（約四二五〇億円）に上る。これ以外にも、中国製品を輸出するため途上国に年間約一兆二八〇〇億円（二〇〇四年）を融資している。

わたしは数年前にパキスタンを訪問したが、軍事援助やインフラ建設を通じた中国の存在感は圧倒的だった。日本国民は、対中援助について引き続き重大な関心を持ち続けなければならないだろう。

「週刊朝日」二〇〇六年二月三日号

（注）現在は有償援助、無償援助ともＪＩＣＡ（国際協力機構）によって行われています。

エンロンとは何だったのか

二〇〇四年七月八日、エンロンの元会長ケネス・レイが証券詐欺、従業員や金融機関に虚偽の説明をしたことなど、一一件の容疑で逮捕された。手錠を後ろ手にかけられたレイは、お馴染《なじ》みの紺色のジャケット姿だった。

二〇〇一年一二月二日に破綻《はたん》して以来二年七ヵ月。レイはエンロン事件における三一人目の逮捕者で、捜査は頂点に達したといえる。

破綻直前にCEO（最高経営責任者）を辞任したジェフリー・スキリングは二〇〇四年二月に逮捕され、CFO（最高財務責任者）だったアンドリュー・ファストウはすでに罪を認め、一〇年の懲役刑に服することに同意した。

エンロンはもともとテキサス州の地味なガス輸送会社だった。それが一九八〇年代後半からレーガン政権下の規制緩和の追い風を利用し、ガスの販売や海外でのガス輸送・発電プロジェクトに進出。九〇年代に入って電力卸・小売業にも手を伸ばし、さらに、オンライン・トレーディング、天候デリバティブ、ブロードバンドへと業容を拡大していった。

華々しい企業イメージによって、創業当時六ドル前後だった株価は、ピーク時には九〇ドルに達した。二〇〇〇年には売り上げでIBMを抜き、全米第七位となった。

しかし、その実態は、海外事業、エネルギー小売り、ブロードバンド事業など多くの部門で巨額の赤字を抱え、それをマーク・トゥ・マーケット（将来の利益を初年度に一括計上する）会計やSPC（特別目的会社）を使った不良債権の飛ばしで糊塗《こと》し続けていた。その間、一〇人以上の経営陣や上級幹部が一人当たり数千万ドルから最高で二億七〇〇〇万ドルの報酬を手にし、会社が破綻したとき、投資家や従業員は財産を失った。

エンロン事件がもたらした最大の衝撃は、全世界に八万五〇〇〇人の社員を擁していた名門会計事務所アーサー・アンダーセンの消滅だろう。

エンロンに倣《なら》ってエネルギー・トレーディング事業に進出していたダイナジー、リライアント、AESといったエネルギー企業も大きな打撃を受け、株価もいまだに低迷している。JPモルガン・チェースやシティグループなどの金融機関は、エンロンの不正な会計処理を幇助《ほうじょ》したとしてSEC（米国証券取引委員会）に摘発され、事実上の罰金である高額の和解金を支払った。

エンロンが建設したインドの巨大発電所は、GEとベクテルが引き取り、現在、操業再開へ向けて地元政府や金融機関と交渉中である。UBSウォーバーグが引き取ったエネルギーのオンライン・トレーディング・サイト「エンロンオンライン」は、需要の低迷で二〇〇三年一二月に閉鎖され、現在は稼働していない。

結局、エンロンが残したものでまともなのは、英国のティースサイド発電所など一部の優良海外プロジェクト、エネルギー・トレーディング技術、天候デリバティブの三つくらいだろう。残りはすべて、壮大な知の実験と虚栄の果てに、灰燼《かいじん》に帰した。

なお、元社員や日本の投信会社が経営陣を訴えたもの、投資家が証券会社を訴えたもの、米労働省がエンロンと経営陣を訴えたもの、銀行同士の訴訟など、利害関係が錯綜《さくそう》する無数の民事訴訟が進行中で、エンロン事件で一番得をしたのは（いつもそうだが）弁護士たちであるといえるかもしれない。

「フジサンケイビジネスアイ」二〇〇四年七月一二日

エンロンの興亡　～成り上がり者たちのドラマ

米大手エネルギー会社のエンロンが不正会計の発覚で破綻した事件には一つの興味深い側面がある。ドラマの主役たちが、そろって貧しい家庭の出で、歯を食いしばりながら富への階段を上っていったことだ。それはさながら、地方のガス輸送会社から、一時はアメリカで最も革新的な企業となり、最後は無に帰したエンロンの一六年間の興亡そのものである。

一九八五年にエンロンが誕生して以来、会社のトップとして君臨したケネス・レイは、ミズーリ州の人口一〇〇人の町タイロン（Tyrone）の出身である。父親は教育のない人で、飼料販売店で働いたりしていたが、一家は感謝祭の日に七面鳥も買えないほど貧しかった。両親は、子供たちに教育を受けさせるため、ミズーリ大学があるコロンビアに引っ越し、父親は大学の警備員、母親は大学の書店で働いた。子供のころから親切で、誰からも好かれる人柄のレイは、アルバイトをしながら、大学を優秀な成績で卒業した。レイに海外事業部門を任された美貌《びぼう》の企業戦士レベッカ・マークも、やはりミズーリ州のカークスビル（Kirksville）という小さな町の出で、農家の長女である。小学校低学年で家計の帳簿をつけ、重機を操って畑仕事をし、牛や豚をコンテストで披露していた。週に四八時間のアルバイトをしながらテキサスの大学を卒業。ハーバード・ビジネス・スクールに進んだのは、三〇歳を過ぎて離婚し、二人の子供を引き取ってからだった。

マークのライバルで、エネルギー取引部門のトップを務めたジェフリー・スキリングは、ペンシルベニア州の鉄鋼の町ピッツバーグの出身。父親はバルブ会社の営業マンだったが、やがて失業し、一家は職を求めてシカゴのブルーカラー居住区に引っ越した。スキリングは、ハーバード・ビジネス・スクールに臆《おく》して、入試面接でしくじりそうになったとき「アイム・ファッキング・スマート！　ファッキング・アンビシャス！（わたしはクソ優秀で、クソ野心的です！）」と答えて入学。卒業後、マッキンゼーに入社し、昼夜兼行で働き、最年少のパートナーとなった。

レイの後継者の座を巡って、マークとスキリングは激しく火花を散らしたが、レイは会社により多くの利益（それはあとでみせかけの利益とわかったが）をもたらすスキリングを選び、二〇〇〇年八月にマークは会社を去る。そのときエンロンの株価はちょうどピークで、マークは持っていたエンロン株をすべて売却し、七九五〇万ドル（約八四億円）を手にした。

スキリングの腹心が、さまざまな財務操作で利益を膨らませ、自らも二〇〇〇万ドル以上を懐《ふところ》に入れていたユダヤ人のＣＦＯ（最高財務責任者）、アンドリュー・ファストウである。父親はワシントンの薬局チェーンのバイヤーで、中流の上といった家庭の出である。同い年の妻が、ヒューストン屈指の裕福なユダヤ人家庭の女性だったので、ファストウは妻の実家に見合う富と名声を手にしようと懸命だった。

エンロンの破綻後、レイ、スキリング、ファストウの三人は逮捕され、多くの民事訴訟でも被告になっていて、財産のほとんどを失う見込みである。一方、途中で会社を追い出されたレベッカ・マークは、民事訴訟においても「彼女は経営の意思決定をする立場になかった」として免責された。各国のビザで聖書のように膨らんだパスポートを手に世界を飛び回っていたマークは、現在ニューメキシコ州の自分の牧場で、再婚した夫、子供たち、そして八〇億円以上の資産とともに、肉牛を飼育しながら静かな暮らしを送っている。彼女の資産は、みせかけの利益にもとづいて莫大《ばくだい》なボーナスやストック・オプションを与えていたエンロンの馬鹿げた報酬体系の賜物で、損をしたのは投資家や金融機関や取引先である。

「フジサンケイビジネスアイ」二〇〇四年一〇月二五日

格付けはいかに悪用されたか

二〇一〇年に発生したユーロ圏のソブリン（国家）債務危機で格付会社が注目を浴びた。同年四月、国債の償還資金調達の目処《めど》が立たなくなったギリシャ政府に対し、EUとIMF（国際通貨基金）が総額で四五〇億ユーロに上る金融支援を決めた。ところが、その四日後に米系格付会社のスタンダード＆プアーズ（S＆P）がギリシャ国債の格付けを、投資適格のBBB＋（トリプルBプラス）から、投機的等級（投資不適格）のBB＋（ダブルBプラス）に格下げしたため、危機が一気に拡大し、通貨ユーロが売り浴びせられた。さらにS＆Pがスペインとポルトガルも格下げしたため、危機の拡大と深刻化が懸念される事態になった。

これほどの影響力を持つ格付けとは何なのか？　かつてムーディーズ・ジャパンの代表理事、角谷優氏は、ある雑誌のインタビューで「格付けとは、科学的なものでもなければ、公明正大なものでもありません。これはあくまで格付機関の意見、つまりアナリストの意見でしかないのです」と述べている。この言葉は格付けの本質を見事にいい表している。ムーディーズやS＆Pは過去何度となく、彼らの間違った格付けを信じて損をした投資家から訴えられてきたが、訴訟にはことごとく勝っている。格付けは単なる意見の表明にすぎず、たとえそれが間違っていても、合衆国憲法修正第一条で保障された言論の自由の範囲内であるというのが判決理由だ。

間違っていても責任を問われることのない単なる意見の表明にすぎない格付けが、なぜこれほどの影響力を持っているのか？　その最大の理由は、機関投資家や金融機関の多くが格付けを投融資の基準に用いているからだ。特に、投資適格（トリプルB以上）と投機的等級（投資不適格）のどちらに格付けされているかを投資判断の基準にしている投資家が多く、ごく大雑把にいって、投機的等級に落ちると、資金調達源の八割程度が利用できなくなる。ギリシャの危機が一挙に深刻化したのも、これが原因である。日本でも一九九七年から一九九八年にかけて、山一證券、北海道拓殖銀行、長銀、日債銀などが投機的等級への格下げで市場から資金が取れなくなって破綻《はたん》した。

米国で長い歴史を持つ格付会社が日本に上陸したのは一九八〇年代半ばである。きっかけは、日本の国際収支の黒字拡大に苛立《いらだ》ちを募らせた米国が農産物、流通、金融などの分野で日本の市場開放を求め、一九八四年に金融分野の問題を協議するための「日米円ドル委員会」が設置されたことだ。それまで日本では、デフォルト（債務不履行）する可能性がある企業には債券を発行させないという大蔵省の方針にもとづき、有力金融機関を中心とする「起債会」が発行の諾否や時期を決めていた。これに対して米国側は、米系投資銀行の引受け業務を拡大するため、格付けによる柔軟な発行制度への転換を求め、日本側が受け入れたのである。

格付けはどのように決められるのか？

格付会社は純粋な民間企業である。ムーディーズはニューヨーク証券取引所の上場企業で、S&Pは米国出版大手マグロウヒル社の傘下にある。しかし、「格付機関」という公的色彩があるような呼び方をされることがあり、紛《まぎ》らわしい。これは、「日米円ドル委員会」で日本側の交渉官を務めた大場智満大蔵省財務官（当時）が **credit rating agency** という英語を最初に「格付機関」と訳したためかもしれないと、大場氏自身が雑誌のインタビューで語っている。

格付けには様々な種類がある。一年以下（格付会社によっては、一年〝未満〟）の債務の信用度を示す「短期格付け」、それよりも長い債務の信用度を示す「長期格付け」、金融機関の預金払い戻し能力を示す「預金債務格付け」、保険会社の保険金支払い能力を示す「保険金支払能力格付け」、サービサー（債権回収業者）の業務遂行能力を示す「サービサー格付け」などだ。したがって「格付け」というときは、どういう種類の格付けを意味しているかを理解することが前提になるが、企業や国の「格付け」というときは、通常、「長期格付け」を意味している。

格付けはどういうふうに決められるのだろうか？　社債の格付けの例をとると、新規の格付けの依頼があったり、既存の格付けを変更する必要が生じたときは、担当アナリストが「レコメンデーション」と呼ばれるリスク分析レポート（英文で一〇ページ程度）を作成する。リスク分析の手法は、日本の銀行や事業会社において取引先のリスクを分析するときに行われている手法と基本的には同じである。マクロ経済分析に始まり、業界環境、その会社の製品の強み、業績動向、財務分析、経営能力、資産負債状況、その他債務返済能力に影響を与える要因を網羅的に分析する。銀行の審査部門と比較した場合、格付会社のほうがアナリストごとの担当社数が少なく、普段から綿密に情報を取っているという強みがあるが、他方、銀行のように企業の財務情報や保有資産に関する情報を当然のこととして提出させたり、企業に乗り込んで行って帳簿類を調べたりできないという弱みがある。

格付けは、担当アナリストの「レコメンデーション」をベースに社内の格付委員会で決定される。日本企業の格付けの場合、（米系格付会社であれば）その産業を見ているニューヨーク本社の幹部が格付委員会の議長を務め、本社のアナリストや東京事務所のアナリストなど一〇人程度が出席し、議論を重ねた上で一人一票で投票し、決定する。格付委員会は通常、電話会議で行われ、時差の関係上、日本時間の朝方か夜に行われるケースが多い。

投資銀行が格付けを悪用

このように格付けは人の判断で行われるもので、絶対に正しいわけではない（そもそも絶対に正しい信用リスク分析がこの世に存在するなら、銀行や消費者金融会社は苦労しない）。格付会社は民間企業であり、収益を追求しなくてはならず、アナリストの人数も限られている。また、社債の格付けは一件あたり五〇〇万円程度の手数料が入るが、既存の格付けの見直しは、一切手数料が入らないので、後回しにされがちである。さらに、投資適格から投機的等級に下げると、格付けされている企業（あるいは国）に対する影響が大きいので、格下げに慎重になる。こうした事情を逆手にとったのが、投資銀行だった。

サブプライムローン問題に端を発し、二〇〇八年のリーマン・ブラザーズ破綻につながった世界的金融危機の原因を一言でいうと、二〇〇〇年前後からブームになったCDO（債務担保証券）の価格が大幅に下落し、世界中の金融機関が莫大《ばくだい》な評価損を出したり、追加の担保差し入れを求められて資金繰りに窮したことだ。ピーク時に全世界で二兆ドル以上に達したといわれるCDOは、数十から一〇〇程度の融資債権、社債、CDS（クレジット・デフォルト・スワップ）などを束ねて一つの証券にし、それを返済の優先順位が異なる五つから一〇程度のトランシェ（部分）に切り分け、トランシェごとに格付けを取って投資家に販売した複雑な金融商品である。さらにいくつかのCDOを束ねた「CDOスクエアード（スクエアードは二乗という意味）」というCDOまで作られた。

CDOの格付けは、コンピューター・モデルに様々なデータを入れて弾《はじ》き出し、最終的に格付委員会で微調整をして決定する。最も基本的なデータは、そのCDOの中に入っている融資債権や社債の格付けである。ところが格付けが現実の動きに追いついていなかったり、投機的等級への格下げを格付会社が躊躇《ちゅうちょ》しているケースもあり、同じシングルAでも、トリプルAに近いぴかぴかのシングルAもあれば、トリプルBどころか、シングルBにしてもいいようなぼろぼろのシングルAもある。ところが格付会社は、そのような場合、一律にシングルAをコンピューター・モデルに入力していたのである。違う格付けを入力すると、格付けを自己否定することになるからだ。

これを悪用したのが、CDOを組成する投資銀行だった。大幅赤字決算が確実であるなど、本来格下げになってしかるべきなのに、まだそうなっていない企業を探し出し、社債を流通市場で買ったり、そうした企業を参照債権とするCDSを作り、CDOに組み込んだのだ。たとえ格下げになっていなくても社債やCDSの利回りは、企業の信用状態を敏感に反映して上昇するので、格付けの割に利回りが高いCDOを作ることができる。例を挙げると、クライスラー、三洋電機、ソニーなどで、最も利用されたのが、実質的に破綻していたにもかかわらず、トリプルBの格付けを維持していたGMとフォードだった。当時、CDOの組成に携わっていたことがある米系投資銀行の元社員は「あの頃は、新たに作られるCDOの九割にGMとフォードが入っていた」と語っている。トリプルBの社債やCDSの利回りは（ドル建てであれば）米国債プラス一・五パーセント程度が普通だが、GMは一時八・五パーセント、フォードは六・七パーセントに達していた。GMやフォードが破綻したとき、この種のCDOが、サブプライムローンを組み込んだCDO同様、一挙に格下げされ、莫大な評価損や担保不足を投資家にもたらしたのである。

金融機関や投資家が何にもとづいてCDOを買っていたかというと格付けである。かつて二〇〇二年にムーディーズが日本国債をボツワナ以下のA2に格下げしたために轟々《ごうごう》たる議論が沸き起こり、財務省がムーディーズに抗議し、ムーディーズ本社の格付け担当者が国会に参考人招致されたりしたが、ムーディーズと日本側の議論は最後まで平行線だった。日本一国の格付けだけでもそれほど揉《も》めるのに、何十もの債権が入っているCDOの信用リスクを正しく把握することは、たとえ銀行やプロの機関投資家でも不可能で、彼らは盲目的に格付けを信用した。こうしたCDOのリスク分析をしている会社に鎌倉（Kamakura Corporation）、SBIアルスノーバ・リサーチといった会社があるが、CDOの値下がりに慌てふためいた世界の名だたる一流銀行が、彼らに「すぐに来て、うちのポートフォリオのリスクを分析してくれ」と依頼してきたという。

利益追求に走る格付け会社

　CDOに関しては格付会社の側にも問題があった。二〇〇〇年にムーディーズが上場した頃から、格付会社の収益重視に拍車がかかり、格付けの中立性や信頼性に対する配慮が疎《おろそ》かになった。社債の格付けが一件当たり五〇〇〇万円程度の固定料金制なのに対し、CDOのような証券化商品の格付けは、発行額に対して〇・五ベーシス・ポイント（〇・〇〇五パーセント）から一〇ベーシス・ポイント（〇・一パーセント）の手数料を得ることができる。仮に発行額が五〇〇〇億円で料率が三ベーシス・ポイントなら一億五〇〇〇万円になる。ムーディーズが出している資料にも、「発行体の大部分は、ムーディーズに対して一五〇〇ドルから二五〇〇万ドル（約一二万七〇〇〇円から二億一一〇〇万円）の手数料を支払うことに同意している」と小さな文字で但《ただ》し書きがしてある。しかも、企業の実需にもとづく社債発行は一社当たり精々年に一、二回だが、証券化商品は投資家さえ見つければ何十件でも作り出すことができ、「やればやるほど儲《もう》かった」のである。

　ムーディーズの格付け収入に占める証券化商品の比率は、一九九八年には三二パーセント（一億四三〇〇万ドル）だったが、二〇〇七年には四八パーセント（八億八六〇〇万ドル）に増加している。格付会社各社は、証券化商品格付け部門の人員を大幅に増やし、アレンジャー（投資銀行）や発行体からビジネスを獲得するため、競って高格付けを出すようになり、格付けの質に対する配慮が徐々に後退して行った。米国の大手メディアは、格付けの正確さより利益を優先する体質に疑問を呈した社員をムーディーズが退職に追い込んだり、証券化商品に高い格付けを与えた同社の幹部が特進したという話を報じている。

法律と市場の両面からメスが入る

格付会社の最大の問題点は、顧客である発行体から手数料の支払いを受けるビジネスモデルにある。発行体の側では、格付けが高ければ高いほど、債券の発行コストが安く済むので、高い格付けを出してくれる格付会社を使う。そのため、格付会社は、高い格付けを提示してビジネスを獲得しようという利益相反に陥る。

現在（二〇一〇年）、米国で審議されている金融規制改革法案は、こうした利益相反を防ぐため、SEC（証券取引委員会）の中に格付会社を監督・規制する組織を設けるものである。また投資家が格付会社を訴えやすくなる可能性がある。そうした動きの中、S&Pは、「法案が成立すると、格付会社の利益率が低下し、訴訟関連コストが増加する可能性がある」として、同社がムーディーズに対して付与している短期債務格付け（A1）を引き下げ方向で見直すと発表した。

一方、金融機関や機関投資家などの市場参加者は、リーマン・ブラザーズの破綻《はたん》以来、企業などの信用リスクを見る指標として、格付けに代えて、CDSを日常的に使うようになった。リーマンが破綻するまでムーディーズやS&Pが同社にシングルAの格付けを与えていたため、市場参加者たちは、格付けのあてにならなさを再認識したのだった。金融機関などは、CDSのスプレッド（利回り）が一定の水準を超えたときはその企業（あるいは国）との取引を停止するなどの内部基準を設け、日常的にブルームバーグの画面などで監視している。

二〇〇一年にエンロンが破綻したときも、ムーディーズやS&Pは破綻の数日前まで同社に投資適格の格付けを与え、議会や世論から厳しい批判を浴びた。しかし格付け制度に対する根本的な改善はなされず、再び、世界的な金融危機が引き起こされたわけである。さすがに今回は、法律と市場の両面からメスが入りつつあるというのが現状だ。

「プレジデント」二〇一〇年八月一六日号

［追記］

米国では、リーマン・ショックの反省から、二〇一〇年七月二一日に米国金融規制改革法（ドッド・フランク法）が施行され、①格付けは基本的に商行為で、合衆国憲法修正第一条で保障された言論の自由によって保護されず、故意または重大な過失により、合理的な調査を怠ったことを強く推認させる事実があれば、格付会社に対する証券民事訴訟を提起できる、②SECに信用格付局（Office of Credit Rating）を設置し、格付会社に対する情報開示やガバナンスの強化を行い、毎年の調査結果を議会に報告する、と定めた。最新の報告書（二〇一四年一二月）では、SECは、格付け業界の規制順守の取り組みが万全ではなく、サイバーセキュリティ対策も甘いと指摘している。一方、日本では、証券取引等監視委員会が二〇一一年四月から、日本国内で業務を行っている格付会社七社に対する検査を順次行い、二〇一二年一二月に、S&Pの証券化商品の格付けの管理体制が不備であり、公益または投資家保護上重大な問題が認められるとして、同社に再発防止策の策定と実施、実施状況に関する定期的な報告を命じる行政処分を科した。

しかし、ムーディーズとS&Pの二社で八〇パーセントの市場シェアを握る寡占状態は変わっておらず、リーマン・ショック前のピーク時に七三ドル程度だったムーディーズの株価は、リーマン・ショック後に一六ドルまで下がったが、現在は一一〇ドル前後の史上最高値を謳歌《おうか》している。

欧州で蠢き始めた〝ハイエナ〟とオスマン帝国のルネッサンス

最近、米系投資銀行で長年不良債権ビジネスを手がけている人物から「今度、出張でロンドンに行くから食事でもしないか」と連絡があった。その人物は、一九八〇年代後半から一九九〇年代前半にかけてロンドンに駐在し、一九八二年頃から始まった経済危機で債務削減に追い込まれた中南米向け債権（融資、債券等）や旧ソ連圏崩壊後のソ連・東欧諸国向け債権の売買を手がけ、その後、バブル崩壊後の不良債権処理で苦しむ邦銀から大量の不良債権を二束三文で買い取っていた。一九九〇年代後半からは香港に拠点を移し、アジア通貨危機で焼け野原になったインドネシア、韓国、中国本土などの不良債権売買を手がけた。数年ぶりに連絡を受けて「なるほど、今度はヨーロッパに目をつけたのか」と合点がいった。彼らは、海上で群れる海鳥に似ている。我々はその姿を見て、ああ、あそこに魚群がいる（すなわち不良債権が発生する）のかと分かる。

こうした不良債権ビジネスを手がけるのは、米系投資銀行や欧州系マーチャント・バンクのほか、マラソン・アセット・マネジメント（米）、オークツリー・キャピタル（米）、コマーシャル・インテリジェンス・ファンズ・グループ（スイス）など、不良債権投資を専門（ないしは部門）として行う投資会社や投資ファンドである。

彼らがいかにして不良債権から利益を上げるかは、①債務者から回収、②値上がりを待って転売、③資産の切り売り、④債務者（会社）のリストラや再建などさまざまであるが、最大のポイントは、元々の債権者が体力がなくなって持ち切れなくなったとき、本来の価値よりはるかに低い価格で手に入れるということだ。

（二〇一一年）九月半ばに、ムーディーズが仏銀二行を格下げして以来、欧州通貨危機は一段と深刻化した。今、欧州の金融市場で何が起きているかというと、北海道拓殖銀行や山一證券が破綻した一九九七年末から一九九八年にかけての日本とまったく同じである。すなわち、マネーマーケット（短期金融市場）の機能不全と貸し渋りだ。

今、欧州の銀行はECB（欧州中央銀行）から金を借りている。市場では「あそこはECBから五億ドル借りたらしい」、「あそこは七億ドル取ったらしい」という噂が飛びかっている。ECBのドルの貸出金利は二〇一一年現在一・一パーセントなので、ドルの三ヵ月物LIBOR（ロンドン銀行間出手金利）に比べると〇・七五パーセント程度高い。それでもマネーマーケットで資金が取れない銀行はECBの門を叩《たた》く。預金取付け騒動は発生していないが、ドイツの重電機大手シーメンスは、大手仏銀から五億ユーロを超える資金を引き揚げ、ECBに預け替えた。これは一種の預金取付けといえる。

世界中から集まってきている不良債権ハンターたちは、今、欧州の銀行が資産を持ちきれなくなって投げ売りするのを待っている。昨年はドイツの銀行が大量に売ってくるのを期待していたが、あまり売ってこなかったという。今は、格下げされ、資金調達で苦しんでいるフランスの銀行が売ってくるのを待っているが、まだ比較的信用度の高い一部の資産しか吐き出していない。理由は、ギリシャのようにデフォルト同然の債権は大幅なディスカウントになるため、巨額の損失を計上する必要があり、体力的に耐えられないことと、入ってくる金が小額なので、資金繰り（特にドルの資金繰り）という点では意味がないからだ。

欧州の金融業界ではギリシャはもはや「デフォルトするかどうか」ではなく、「いつデフォルトするか」である。ギリシャの問題は金を借りすぎて返せなくなっていることで、いくら延命しても、消費者金融で借りまくって返せなくなった個人と同じで、債務削減をやるしかない。逆にいえば、一九八〇年代から一九九〇年代にかけての中南米諸国や第一次湾岸紛争（一九九〇～九一年）後のエジプト、あるいは二〇〇一年にデフォルトしたアルゼンチンのように、債務削減をやれば国は息を吹き返すのである。また、現在の欧州危機は誇張され、市場のターゲットにされている面が少なからずあり、スペインなどは、本来債務のロールオーバー（借換え）ができないような状態ではない。したがってポイントは、EUがいかにギリシャをハードランディング（すなわち債務削減）させ、騒動の火消しをするかということだろう。

欧州に住んでいてもう一つ感じることは、トルコの急速な存在感の高まりである。一九八〇年代半ばまで自力で資金調達ができず、年率五〇～一〇〇パーセントのインフレに喘《あえ》いでいたトルコは、「欧州の重病人」だった。わたしは邦銀のロンドン支店で一九八八年から同国を担当し、毎月のように出張していたが、インフレが激しいためにタクシーのメーターの数字の枠が足りず、空港から市内まで行くときは、何回転したか数えていなくてはならなかった。当時、トルコで対外債務の借入れや管理をしていたのは財務貿易庁（通称・トレジャリー）という役所で、アンカラ市内のミトハト・パシャ通り一八番地の古い一〇階建てのビルに入っていた。先方の担当者は、近代トルコ建国の父、ケマル・アタチュルクの右腕だったサドリ・マクスーディー・アーサルという法律家の孫の四〇代半ばの女性官僚だった。一九九四年一月にムーディーズがトルコを投機的等級に格下げして資金調達源が干上がり、国がデフォルトの危機に瀕《ひん》したときは懸命の努力で、翌年四月にシ・ローンとＦＲＮ（変動利付債）の組合せで五億ドルの調達に成功して民間融資の流れを再開し、祖国をデフォルトの危機から救った。わたしは彼女のことを今般上梓《じょうし》した『赤い三日月～小説ソブリン債務』（幻冬舎文庫）の中で描いた。

トルコはその後、腐敗の噂が絶えなかった女性首相タンス・チルレルの失政などが原因で、二〇〇〇年初頭まで政治の混乱が続き、再び「欧州の重病人」に戻るかと思われた。ところが、二〇〇二年にイスラム系の公正発展党（ＡＫＰ）が政権を握ってからは、見違えるような復活を遂げた。二〇〇七年までの経済成長率は年平均七パーセントで、二〇〇八、二〇〇九年はリーマン・ショックの影響でマイナス成長だったものの、二〇一〇年には八・九パーセントと復活し、今年（二〇一一年）は六パーセント程度になる見通しである。化石燃料の九割以上を輸入に頼っている非産油国としては、異例の好調ぶりといえる。対外債務と公的債務の残高はGDP比でともに約四〇パーセントにすぎず、インフレ率は六パーセント前後である。ムーディーズは昨年（二〇一〇年）一月にトルコの長期格付けをBa3からBa2に引き上げ、同年一〇月には見通しを「安定的」から「ポジティブ」に変更した。

こうした好調の理由は、二〇〇二年以来AKPが国会で安定多数を占めている政権の安定と、エルドアン首相の政治手腕にある。トルコは一九九〇年代半ばから二〇〇〇年代前半にかけ、IMFの勧告にしたがって緊縮財政、銀行セクターの再編、民営化、公務員削減などを実施し、EUとの加盟交渉を利用して市場経済化のための法令改正などを行った。こうした改革の成果が、いち早くリーマン・ショック後の世界的不況から立ち直れた理由である。しかし、自分たちに外国の手助けが必要ないと考えれば、迷うことなく方針転換する意志の強さも持ちあわせている。IMFとの交渉は二〇一〇年に打ち切り、現在は完全なフリーハンドで経済運営を行っている。EU加盟については、EU側は「トルコは入れたくない」のが本音で、トルコも「無理してまで入りたくない」というのが本音である。しかし、EU側は「入れない」とはいえず、トルコも「入らない」とはいえないだけのことだ。ギリシャが通貨ユーロに参加したために為替《かわせ》と金利という二つの金融政策ツールを使えなくなったのを目のあたりにしたトルコにとって、EU加盟の魅力がいっそう減退したことは想像に難くない。

エルドアン首相は、好調な経済を背景に、従来の欧米・イスラエル寄りの外交方針を大きく転換し、積極的な中東・中央アジア外交に乗り出している。民族的なルーツが同じ中央アジア諸国とはもともと緊密な関係にあるが、昨年(二〇一〇年)は国連の対イラン制裁決議に反対票を投じ、ブラジルとともに米国とイランの対話仲介に乗り出した。リビアでは親カダフィと反カダフィの両派と接触を保って和平を働きかけ、シリアのアサド大統領に民主化に向けた改革を促し、二〇一一年六月には、ヨルダン、レバノン、シリアとともに、自由貿易地域の創設の動きを開始した。東は中央アジアから西は北アフリカにまでまたがる動きは、オスマン帝国のルネッサンス(復興)を目指しているかのようである。

その一方で、二〇〇三年のイラク戦争(第二次湾岸戦争)の際、トルコ国会が米軍の領内通過許可をいったん否決(その後、二度目の申請で承認)したことは、故トゥルグト・オザール(一九八三年〜一九九三年首相・大統領)以来、一貫した親米姿勢を見てきたわたしにとっては驚きだった。かつて良好な関係にあったイスラエルとは、二〇一〇年五月にガザに向かったトルコの人権団体の船がイスラエル軍に制圧され、九人が殺害された事件などをきっかけに、関係が著しく冷え込んでいる。また、国連総会でパレスチナ自治政府が求めた国家承認決議にトルコは賛成の立場を表明している。

むろんトルコの好調が今後も続くという保証はない。ムーディーズは、トルコがさらに格上げされるためには、多額の経常赤字やその補塡《ほてん》を海外からのポートフォリオ(短期）投資に依存している脆弱性《ぜいじやく》の改善、プライマリーバランスの拡大、債務水準の引き下げ等が必要であると指摘している。

「現代ビジネス」二〇一一年一〇月三日

［追記］

わたしがこの記事を書いた頃、トルコはやはり出来過ぎだったのかもしれない。二〇一一年六月の総選挙でも勝利したエルドアン首相は、経済運営の成功で自信を深め、徐々に強権的になるという「プーチン化」を見せ始めた。メディアへの監視を強め、二〇一二年には、欧州安全保障条約機構から九五人のジャーナリストを拘束していると非難された。また、酒類の販売・広告を規制する法案を可決させるなど、イスラム色の強い政策を実行し始めた。

世俗派（リベラル派）の国民との対立が最も顕著に表れたのは、二〇一三年五月末から六月にかけて、イスタンブール中心部のゲズィ公園で起きた事件だ。公園の再開発計画に反対してすわり込みを始めた環境保護団体の人々約五〇〇人を警官隊が強制排除しようとしたのである。同事件は、公正発展党に対する大規模な抗議デモになり、これに警官隊が催涙ガスと放水を浴びせ、死者四人、負傷者七〇〇〇人以上、逮捕者一七〇〇人以上を出し、数十万人が参加する労働組合のストライキや国内約七〇都市での抗議行動も発生した。金融市場から投資マネーが流出し、トルコ・リラが売られ、東京、マドリードと争っていた二〇二〇年の五輪開催権争いでも敗れた。

また、主要輸出相手国であるEUがリーマン・ショックとそれに続くユーロ危機で、ロシアが二〇一四年夏からの原油価格急落で、イラクが政治的混乱とイスラム国の擡頭《たいとう》で、揃って景気が落ち込み、二〇〇二年から一〇年間にわたって年平均約五パーセントの高い成長を謳歌《おうか》してきた経済は、二〇一三年四・二パーセント、二〇一四年二・九パーセントと減速した。

それでもエルドアン率いる公正発展党は二〇一四年三月の地方選挙で圧勝し（得票率は同党が四五・六パーセント、第二党の共和人民党が二七・八パーセント）、同年八月の大統領選挙では、首相から転じたエルドアンが第一回目の投票で五一・八パーセントの過半数を獲得して、第一二代の大統領に就任した（二位のイフサンオール候補の得票率は三八・四パーセント）。

しかし、ウクライナやシリアを含む周辺国は非常に不安定な状態で、シリアからは二〇一五年四月時点で一七五万人の難民が流れ込んでいる。イスタンブール在住の友人によると、町のいたるところでアラビア語の会話が聞かれるという。

トルコのカントリー・リスクを端的に表すソブリン五年物のCDS（クレジット・デフォルト・スワップ）の料率《スプレッド》（年率）は、二〇一四年は二パーセント台後半だったが、翌年は三パーセント台半ば付近まで上昇した。また、昔からの大幅な経常収支赤字、多額の対外債務、短期の海外資金に依存する外貨繰り、若年層の高失業率等の問題は相変わらずで、エルドアン政権は、国際的にも国内的にも難しい舵《かじ》取《と》りを迫られている。

シリアを巡る米露のグレート・ゲーム

生き残りに必死のアサド政権と反政府勢力とイスラム国の三つ巴《みつどもえ》の内戦が続くシリア情勢が混迷している。原因の一つが、アサドを排除したい欧米と、存続にこだわるロシアの対立である。

ロシアがアサド政権を支援している理由はいくつかある。国民の一五〜二〇パーセントがイスラム教徒という巨大なイスラム人口を抱える自国に「アラブの春」の民主化革命を波及させたくない、武器輸出ビジネスを失いたくない、同じ強権政治のアサド政権が欧米の策謀で倒れれば次は自分が危なくなるとプーチン大統領が危惧《きぐ》している、ということだ。

しかし、最大の理由はずばりロシアの海軍基地の存在だ。

ロシアは、旧ソ連時代からシリアの地中海に面したタラトゥース港に海軍基地（物資・技術供給所）を持っている。これは地中海と中東におけるロシアの唯一の軍事拠点だ。去る（二〇一五年）三月には同基地の地対空防衛システムの増強や駆逐艦ゼヴェロモルスクの配備を行うことを決定し、一〇月には空母や重航空巡洋艦が入港できるよう港の浚渫《しゅんせつ》作業も行った。もしアサド政権が崩壊し、この基地を失うと、ロシアは地中海・中東での軍事行動に支障をきたし、地域での影響力が大幅に低下する。

軍事基地は、その所在国に支配力を及ぼし、衛星国（見方によっては準領土）化する手段である。ロシアは現在、アゼルバイジャン、アルメニア、クリミア半島、カザフスタン、キルギス、ジョージア（旧グルジア）、シリア、タジキスタン、ベラルーシ、モルドバ、国後《くなしり》・択捉《えとろふ》に軍事基地を保有し、これらの国々（ないしは地域）を衛星国化している。

地域の覇権を米国に脅かされるロシア

中央アジアのキルギス共和国は、旧ソ連の構成国の一つで、中国、カザフスタン、ウズベキスタンなどと国境を接し、アフガニスタンやパキスタンにも近い地政学上の要衝である。この地でロシアは米国の進出を許した。

二〇〇一年九月に起きた同時多発テロの後、米国はアフガニスタン爆撃のためにキルギスの首都ビシュケクのマナス空港に駐留するようになった。わたしは二〇〇四年九月に同空港を取材で訪れたが、昔はくたびれた旧ソ連製のツポレフ154型機などが駐機しているだけの寂れた敷地の半分が米軍基地となり、大型輸送機がずらりと並んでエンジン音や爆音を轟々《ごうごう》と響かせていた。

アフガニスタンへの爆撃作戦終了後の二〇一四年七月に米軍は撤退したが、この間、キルギスのアメリカ化は着実に進んだ。かつて英語を喋《しゃべ》る人間は皆無で、ロシア語の通訳なしではまったく身動きが取れなかったビシュケクでは、色々な場所で英語が通じるようになり、学生の間ではロシア語より英語のほうが圧倒的に人気がある。米政府とジョージ・ソロスが資金を出して中央アジア・アメリカン大学（The American University of Central Asia）を設立し、英語で授業を行い、米国の思想や文化を広めている。かつてはほとんどなかった商店やレストランもできて物資で溢《あふ》れ返り、国民は米国流資本主義を謳歌《おうか》している。

ウクライナにいたっては、ロシアは二〇一四年にクリミア半島を併合したものの、同半島以外の国の大部分と敵対関係になり、衛星国中最大の人口（約四五〇〇万人）を要し、NATO（北大西洋条約機構）からの防波堤になりうる同国を実質的に失った。

また米軍は二〇〇一年から二〇〇五年にかけてウズベキスタンにも駐留した。

こうした状況下、ロシアはシリアとそこの軍事基地は絶対に手放したくないと考え、逆に米国はロシア軍をシリアから追い出したいと考えている。

ロシアの苦境

コネも野心もない一介のKGB将校だったプーチンは、その無害性を買われ、エリツィン政権を牛耳っていた政商ベレゾフスキーらによって、二〇〇〇年に大統領に据えられた。プーチンにとって大きな追い風になったのが、二〇〇三年頃からうなぎ登りを続け、二〇〇八年には一バレル一四七ドルの史上最高値を付けた原油価格だ。ロシアの国庫収入はうるおい、プーチンはばら蒔《ま》き政治で独裁者の地位を手に入れた。

ところが現在、原油価格は三〇ドル台まで暴落してしまった。

追い打ちをかけたのが、二〇一四年に起きたクリミア併合問題によるEU、米国、日本などの経済制裁だ。ロシア経済とプーチン支持層の根幹である大手銀行やエネルギー企業に対する資金や技術の提供が禁止された。

現在、ロシアのインフレ率は一五パーセント前後に高止まり、個人消費も落ち込み、実質GDP成長率はマイナス四・六パーセント（二〇一五年第2四半期）で、財政は悪化し、外貨準備も二〇一三年末の四六九六億ドルから三二二四億ドルまで落ち込んだ。

一方、ロシアも対抗措置として、米国やEUからの食料品輸入の大半を禁止したため、米国やEUの農業生産者が打撃を受け、金融機関は高収益を稼げるロシア向け融資ができなくなった。ロンドンで邦銀の担当者と話すと「今、ロシアとの取引はほぼ全面的に停止。そのシェアを中国の企業や銀行に持っていかれるので、米国やEUも経済制裁を解除したいのが本音」という。

ロシアもまた一日も早い制裁解除を願っており、イスラム国問題で欧米に歩み寄る姿勢を見せたのは、その表れだ。

ロシアの対トルコ経済制裁は国内向けのポーズ

トルコによるロシアの戦闘機撃墜事件を理由に、ロシアはトルコに対して経済制裁を発動した。トルコ産食料品の輸入制限、トルコ人労働者の新規雇用禁止、トルコ企業の活動制限、トルコ向け旅行ツアーの販売禁止などだ。

しかし、制裁効果は大きくない。トルコの輸出先（二〇一四年）の第一位はドイツ（九・六パーセント）、二位はイラク（六・九パーセント）、三位は英国（六・三パーセント）でロシアは八位で三・八パーセントにすぎないからだ。トルコは原油（と天然ガス）の純輸入国であるため、原油安で十分メリットがあり、ロシアの制裁による悪影響は十分吸収できる。今年（二〇一五年）の経済成長率の見通しは四パーセントである。

制裁発表後もトルコ国内では危機感はなく、ロシア向けの野菜や柑橘類《かんきつるい》が市場に出回って価格が下がったので、市民は喜んでいる。

トルコにやって来る外国人観光客のうちロシア人は全体の約一二パーセント（ドイツ人に次ぐ二位）で、トルコの建設会社の海外ビジネスの約一八パーセントがロシアにおけるものなので、これらの分野では確かに影響はあるだろう。ただし建設業に関しては、一九九〇年代に全体の三分の一を占めていたロシア向けのシェアは年々低下し、昨今の景気低迷で今後も期待できない。

実はトルコにとって、ロシアにやられると本当に困るのがガス供給の停止である。トルコはエネルギー需要の三分の一をガスでまかなっており、そのうち五五パーセントがパイプラインでロシアから来ている。特に最大の都市で経済の中心地イスタンブールはロシア産ガスへの依存度が高い。もしロシアが本気で経済制裁をやる気なら、以前ウクライナに対してやったように、まずガスの供給を停止するはずだ。

ロシアによる制裁発動の翌週、エルドアン大統領はカタールと天然ガス輸入の基本合意を結び、ダウトオール首相はアゼルバイジャンのアリエフ大統領を訪問して二〇一八年に完成が予定されている同国からのガス・パイプライン建設を前倒しにすることで基本合意した。さらにトルコの石油・ガス・パイプライン運営会社ボタシュ（国営）が、北イラクからの一八〇キロメートルのガス・パイプライン建設の入札を二ヵ月後に行うと新聞報道された。

ロシアにとってもトルコへのガス供給停止は怖くてできない。ロシアは昨年、欧米の制裁に対抗して、欧州向けガス・パイプライン（総額二〇〇億ドル）の建設計画を中止したばかりだ。この上、トルコ向けガス輸出を止め、年間一〇〇億ドルに上る収入を棒に振ることはありえない。しかもガスを止めて対立が決定的になれば、同じく一〇〇億ドルに上る穀物などの輸出収入も失うことになる。

現在の二国間の経済関係は、トルコが優位に立っているといえる。

今後の展開はどうなるのか？

わたしは金融マンとしてトルコ政府やボタシュを含むトルコの企業・銀行と一三年間にわたってビジネスをした経験があるが、トルコ人は非常に交渉能力に長《た》け、大人の対応ができる人々である。プーチン大統領の手を封じるように、電光石火でガス確保の手を打ったのがその表れだ。一方、プーチンも交渉に長けた人物である。

相手の本音や強みと弱みを十分にわきまえている両国は、いずれ互いのメンツが立つ形で関係を正常化するはずだ。

厄介なのはシリアにあるロシアの軍事基地のほうだ。こちらの解決の道筋は今のところ見えない。ロシアは去る九月からシリアの地中海岸のラタキア（タラトゥースの北約七五キロメートル）にある軍用飛行場にロシア人軍事顧問や技術者数百人を送り込み、滑走路を建設して空軍基地化し、戦闘機やヘリコプターを配備した。シリア国内に砲兵部隊やT90戦車も展開し、今後一五万人の地上軍も派遣する計画といわれる。プーチンは「イスラム国殲滅《せんめつ》」という大義名分を掲げ、シリアの軍事基地を死守する構えである。

「日経ビジネスオンライン」二〇一五年一二月八日

第三章　人生の目標が見つかるまで

人生の目標が見つかるまで

海外生活も通算一六年半となり、会社の仕事でも作家活動でも英語を何の抵抗もなく使う毎日だが、学校の授業以外で英語の勉強を始めたのは、大学二年生のときだった。目的意識もなく大学に入ったわたしは、すぐ「五月病」に罹《かか》り、「自分はなぜ大学に入ったのか？」「自分は人生で何をしたいのか？」という魂の探求作業《ソウル・サーチング》に最初の一年間を費やした。しかし、結局答えは見つからなかった。仕方がないので、人生の目標が見つかるまで、将来何か役に立つ技術を身につけようと方向転換した。そのとき、身につけて一番損がなさそうに思われたのが英語だった。

当時は午後二時まで大学で講義を受け、それから一目散に東伏見のグラウンド（ときには神宮外苑や代々木公園）に行き、体育局競走部（早稲田では陸上競技部とはいわない）の長距離選手として毎日二〇～三〇キロ（多い日は五〇キロ）走っていた。時間がないので「毎日三〇分自宅でやれば、三ヵ月後には外国人の話す英語が自然にわかる」という謳《うた》い文句のリンガフォンという教材を買った。英検二級程度の「米語初級コース」は当時の値段で三万円ちょっとだったと記憶している。正の字で回数を記録しながら何度もテープを聴《き》き、書き取りをやり、ドリルをやり、発音練習を繰り返した。どんなに疲れていても、競走部の中村清監督に怒られて死にたい気分の日でも、毎日欠かさず三〇分勉強した。「米語初級コース」は大学三年の途中で終了し、次に「米語中級コース」を購入して勉強を続けた。

大学卒業後、都銀に就職し、千葉県の津田沼支店に配属された。独身寮は中山競馬場の近くだった。毎朝毎晩通勤時、小型のカセット・レコーダーを背広の内ポケットに入れ、英語のテープを聴いた。イヤホーンをしたわたしの姿を見て銀行の先輩が「おっ、競馬聴いてんの？」といった。

今から二〇年以上前の千葉県の小さな銀行支店に外国人のお客が来ることなどめったになかった。最初に来たのはアメリカ人の老夫婦だった。支店で唯一英語ができる（はずの）わたしが応対した。老夫婦は千葉に住んで宣教活動をしているが、手持ちの金がなくなってきたので、アメリカにある自分の銀行口座の小切手でお金を取り寄せたいという。外国人と話したのはそのときが生まれて初めてだったが、デビューの日を待って雌伏《しふく》三年の英語は見事に通じた。津田沼支店では外国為替《かわせ》を取り扱っていなかったので、東京の本店に連絡した。すぐにアタッシュ・ケースを持った三〇歳くらいの男性行員がやってきて、手続きをしてくれた。今思うと単なる小切手の取り立てだったのだが、当時は国際金融の世界を垣間《かいま》見たような興奮を覚えた。

その後、関内《かんない》の馬車道《ばしやみち》にあった横浜支店で中小企業の融資を担当した。大きな支店で融資課は二階にあり、隣は外国為替課だった。外国人が来ると、わたしも時おり応対した。あるとき中南米の女性がやってきて「わたしは日本人男性と結婚している。今体調が悪く医者に行くためにこの通帳から三万円下ろしたい。しかし判子《はんこ》は外出中の夫が持っている。念のため自分のパスポートを持ってきた」と英語でいう。見ると確かに体調は悪そうだった。しかし判子がなくては手続きのしようがない。上司に相談しても、やりようがないよなあ、というばかり。それを伝えると女性は「体の具合が悪いというのに、この銀行はわたしを殺すのか!」と突然逆上して、通帳やパスポートをわたしや上司に投げつけ、あたりは修羅場と化した。なすすべもなくみんなで呆然《ぼうぜん》としていると、気の弱そうな小柄な日本人男性が慌てて階段を駆け上がってきた。彼女の夫だった。彼は「おまえ、なんてことしてるんだ!」と妻を叱りつけ、わたしたちには「ご迷惑をおかけして本当にすいません」と謝りながら、妻の肩を抱きかかえるようにして連れていった。わたしたちは「助かった……」と胸をなでおろした。

行内の留学試験に三回挑戦したが駄目で腐っていたら、突然アラビア語の研修生に指名され、エジプトのカイロに留学した。海外旅行もしたことがなかった二七歳のわたしが初めて降り立った外国の地は、経由地のバーレーンだった。歴史的に英国と結びつきが強く、英語はよく通じた。インド人、パキスタン人の出稼ぎが多く、カレーが美味《うま》かった。カイロでは二年間アラビア語と英語で授業を受けた。

留学から帰ると都心の日本橋支店に配属され、婦人用自転車で新規顧客開拓に駆けずり回った。なかなか案件が獲《と》れず、半年くらい試行錯誤を繰り返した末、当時日本に続々と進出してきていたバンカース・トラストやリーマン・ブラザーズといった外資系の証券会社に目を付けた。数十億円単位の融資枠の提案書を英文で作り、青い目の財務部長たちに売り込んだ。日本橋支店に東京証券取引所の口座があって決済に便利だということもあり、面白いように取引が獲れた。当時半年間で二〇億円くらい融資を増やせば営業マンとして優秀といわれていたが、わたしの場合一社当たり三〇億から一〇〇億円で、しかも半年で一〇社くらい獲得していた。本店で支店の営業を管理している支店部が新規開拓営業マンの成績ランキングを三ヵ月ごとに発表していたが、わたしのところだけ数字が異様に大きいので、そのうちやめてしまった。

その後三〇歳でロンドン支店に転勤になった。転勤した当初、イギリス人の話す英語がさっぱりわからなくて参ったが、三ヵ月くらいで慣れた。それから鞄《かばん》一つで中東、アフリカを駆け巡る生活が始まった。国際協調融資の案件発掘から、幹事団組成、融資団組成《シンジケーション》、融資契約書作成《ドキュメンテーション》、調印式までアシスタントのサリーという名のイギリス人女性と二人でやっていた。周囲からは従業員二人の「金山《かなやま》（わたしの本名）商店」と呼ばれた。すべて自分でやったので、さまざまな人と出会い、さまざまな経験をした。今振り返ってみると、材料を貯《た》めていつか作家として羽ばたきたいという潜在意識があったのかもしれない。

現在は、さすがにイギリスで暮らしているので、あえて英語を勉強することはなくなり、使い古したリンガフォンは大学生の甥《おい》っ子に「これがきみの人生を変えるかもしれないよ」とプレゼントした。今、手元に残っているのはカイロの片道五ピアストル（五円）のバスの中で聴いた、手垢《てあか》と埃《ほこり》にまみれたアラビア語のリンガフォンだけである。これはいずれまた勉強し直したいと思っている。人生の目標は、最近ようやく見つかったような気がしている。あれから二六年が過ぎた。

「小説ＮＯＮ」二〇〇二年一一月号

言葉の狩人

言葉の持つ魅力と破壊力を初めて思い知らされたのは、三〇代半ばだった。わたしの目を開いてくれたのは、開高健さんの『輝ける闇』である。

わたしは小学生のころから本を読むのが好きで、その後、高校、大学、社会人時代を通じ、小説、ノンフィクションなどさまざまな本を読み続けた。『輝ける闇』も若いころに一度読んだが、そのときは特に心に残らなかった。しかし、三〇代半ばになって読み返し、眩暈《めまい》がするような衝撃を覚えた。一つ一つの言葉が紙面から立ち上がり、ナイフのように切りつけてきた。試しに会社の同僚に薦めてみたところ、その人も「これはすごい、まさに言葉の狩人《かりゅうど》だ！」と興奮した。

なぜ三〇代の半ばになってそれを感じられるようになったのだろう。一つには読書の蓄積で、いつの間にか鑑賞力という果実が身体の中で熟していたのかもしれない（とはいえ、人より特に早いということもないのだろう）。もう一つはその少し前に、ある女性が俵万智《たわらまち》さんの『サラダ記念日』を開き、「なぜここに水という語が使われているのかわかる？　水というのは生命の根源、純粋な始まりという意味があって……」と短歌を次々と分解して、一つ一つの言葉の持つ意味、それらが組み合わされて化学反応のように深い味わいを創り出す仕組みを教えてくれたことがあった。これもまた、目から鱗《うろこ》が落ちるような体験だった。

それからは開高さんの本を読み漁《あさ》った。開高さんの作品は、内容とは別に、文章そのものが途轍《とてつ》もない魅力を秘めている。いい回しや言葉の使い方に新鮮な驚きが溢《あふ》れている。小説に限らず、エッセイの躍動感も素晴らしい。絶版になったものも多いので、古本屋に行ったときには必ずカ行の棚を探した。

その後、わたしは四三歳で作家デビューし、三年後に専業作家になった。できれば開高さんのように言葉を自在に操って書いてみたいが、そうした言葉に関する天才的才能は自分にはないようだ。ときどき文章の中で、開高流のいい回しを使ってみるが、推敲《すいこう》してみると作品の中にしっくり収まらず、たいてい削ってしまう。もちろん、自分には自分の持ち味があるはずだとも思っている。

書き手として開高さんの足跡に接する機会はいくつかあった。開高さんは三〇代半ばで朝日新聞の特派員としてベトナムのサイゴンで一〇〇日間を過ごし、それをもとに『輝ける闇』『歩く影たち』など、一連の傑作を生み出した。わたしは三九歳から約二年間、証券会社の事務所長としてハノイに駐在した。ホーチミン（旧サイゴン）市にもよく出張し、かつて開高さんが宿泊していたマジェスティック・ホテルにも何度か泊まった。一九六五年二月に、従軍から九死に一生を得てここの一〇三号室に戻った開高さんが「ホテルの部屋に足を踏み入れた瞬間、泥と汗にまみれた体のなかで水のような音楽がわき起るのを感じた。ベッド。インキ壺。酒瓶。壁のカレンダーの落書。窓。窓の日光。原稿用紙。派手な赤と青の染分縞の航空便封筒。すべての物がいっせいに声をあげた。物たちは私を一瞥して讃歌をうたいだした。風呂に入ると、わき腹に一匹、ジャングル・ダニがしがみついていた。血を吸ってころころに肥っていた。ちぎってやると彼もまた細い細い足をもぞもぞさせて讃歌をうたいだした。（中略）何故かわからないが、まだ私は生きていた。灼熱した指さきは額にふれなかったのだ」と『ベトナム戦記』の中に書いたホテルである。

まだ作家デビューする前だったが、わたしはハノイに赴任するとき、ベトナムの小説を必ず書こうと決意していた。毎日詳細な日記をつけ、それをもとに一年間かけて「ハノイの白い花」という五〇〇枚の小説を書き、当時TBSブリタニカが主催していた開高健賞に応募した。しかし、かすりもしなかった。一〇社ほどの出版社にも持ち込んだが、たいてい門前払いか、作品は面白いがあなたは無名の新人だし、ベトナムがテーマでは読者層も限られていると断られた。ただ、かなり前向きな反応を示してくれた出版社が二つあり、翌年そのうちの一社である祥伝社から『トップ・レフト』でデビューさせてもらった。「ハノイの白い花」はその後一〇八〇枚に加筆し、二作目の『アジアの隼』として世に出た。

専業作家になってまもなく、神楽坂《かぐらざか》にある新潮社の執筆施設を使わせてもらう機会があった。閑静な住宅街の一角の、しっとりとした佇《たたず》まいの日本家屋だった。一階は応接間、ラウンジ、風呂《ふろ》、お世話係の初老の女性の住まい。二階は大きなデスクのある執筆部屋と床の間付きの一〇畳の和室。三島由紀夫など、あまたの著名作家が泊まった場所である。開高さんもよくここに長期滞在し、『白いページII』というエッセイ集の中には、ここに垂れこめ、書きあぐねていた日々の様子が描かれている。

開高さんはここで鍋焼《なべや》きうどんの出前をしょっちゅう取っていた。エッセイには「東京でこの二年間に微動もしなかったのはこの鍋焼ぐらいかと思うと、そこはかとなくゆかしさをおぼえるほどである」というような文章が出てくる。わたしも一度出前で取ってみた。焦げ跡が底にこびりついた鍋にほんのり甘い醬油《しょうゆ》味のスープ。玉子、海老《えび》天、カマボコ、鶏肉《とりにく》、ホウレン草などが浮かび、麵《めん》は柔らかかった。わたしは開高健さんを偲《しの》び、熱いうどんをすすった。

「小説トリッパー」二〇〇二年一一月号

追悼　城山三郎

城山三郎さんが亡くなられた。まさに、巨星墜《お》つ、の感がある。

わたしの机のそばの本棚には、城山さんの作品がずらりと並んでいる。学生時代からの愛読者で、好きな作品は『官僚たちの夏』『総会屋錦城』『落日燃ゆ』『乗取り』など、枚挙にいとまがない。海外ビジネスへの憧《あこが》れを育《はぐく》んでくれたのは『生命なき街』であり、会社員のころに悩んだりしたときは『打たれ強く生きる』をひもといた。

わたしにとって、城山作品は、純粋な読書の対象であると同時に、作家としてのお手本でもある。よく「小説家になるための文章修業はどうされましたか？」と訊《き》かれるが、一番効果があったのは、自分がいいと思う作家の文章を「分解」してみることだった。

すなわち、文章がどのような流れになっており、どのような要素がどの程度投入されていて、それらの要素がどのように組み合わされているか、といったレベルにまで文章を分解することである。そうすることで、なぜ自分がその文章が好きなのかを理解でき、それを手本として、自分の作品の設計図を描き直すことができる。

よく「分解」した作家の一人が、城山さんである。小説家としてデビューしたころにもやったし、一年半ほど前に短編小説がうまく書けずに、模索していたときにもやった。

そのときのメモは、たとえばこんな具合である。

①タイトル：『輸出』（一九五七年七月、八二枚）
②ストーリー：カラカスで小久保が行方不明→沖が捜しに行く→本社とバイヤーの板挟みで統合失調症になった小久保→会社が小久保を切り捨てる（ストーリーは複雑ではなく、どんでん返しもない）
③ディテール（テクニカリティ）：ミシン輸出に関する調整最低価格、その抜け道のスペヤーの無為替《むかわせ》輸出によるリベート
④人間像：笹上、沖、小久保～輸出政策の犠牲者、部長～上記の三人の対極にある非情な会社の論理の象徴、ミチ～戦争花嫁の悲哀と打算（それぞれが時代を象徴している）
⑤暴露性：輸出政策の陰の人間群像

ストーリーは複雑ではないが、ディテール、人間群像、暴露性という三つの要素が、わずか八二枚の中にふんだんに盛り込まれており、それが読者を魅《ひ》きつける秘密になっていることがわかる。

戦争体験と生来の気質が織り成した陰影ある文体

同時に、凡人には逆立ちしても真似できない要素があることもわかる。それは筆が持

つ独特の雰囲気だ。これは、作家云々《うんぬん》以前のものである。城山さんの場合は、戦争体験が人生に強烈な影を落としており、それが生来の気質と相まって、独特の陰影のある文体を作り上げたのではないだろうか。

以前、角川書店のベテラン編集者が「城山さんは本質的には詩人。あの陰影のある文章は誰も真似できない」といっていたが、同感である。その人が書けば平凡なものでも独特の輝きを放つ、ミダス王の指を持った一群の作家がいるが、城山さんはそうした「文豪」の一人であったと思う。

もちろん、筆力だけではない。城山さんの作品は、『輸出』の例でもわかるが、精力的な取材と周到な構成によって書かれている。

ご長男である杉浦有一《すぎうらゆういち》氏とわたしは、奇《く》しくも同じ関西系都市銀行の同期入行者同士である。彼は早くから外国為替のディーラーになり、わたしは国内支店三ヵ店を経て国際融資畑に進んだので、仕事ではほとんど接点がなかったが、一年半ほど前に、日本橋で一緒に飲んだことがある。杉浦氏いわく「親父は実によく取材していた」。

「権力」「権威」「形だけのもの」に対する強烈な反発心

また、権力や権威、形だけのものに対する反発心は相当なもので、七年前に城山さんの奥様が亡くなられ、仕事の関係者などから盛大な花が送られてきたが、城山さんはそれをみんな脇によけてしまったそうである。長男の杉浦氏は「通夜の晩に七〇過ぎたじいさんがムキになって花を移動している姿には、俺も啞然《あぜん》とした」と苦笑いしていた。

城山さんは、真実を見据える方でもあった。佐高信《さたかまこと》氏が書いた『城山三郎の昭和』という本の中に、昭和三九年に、三島由紀夫の『絹と明察』について、城山さんが「社会を描かぬ社会小説」と雑誌に書き、石原慎太郎から「三島さんが怒っている」と電話がかかってきたというエピソードが載っている。

佐高氏が「そのころ三島というのはまさに飛ぶ鳥を落とす勢いだったわけでしょう。いい度胸してますよね」というと、城山さんは「僕は普通のことを書いただけ」と涼しい顔をしていたという。また、田中角栄はどこか嫌いになれないところがあるという佐高氏に対し「人間は別として、田中のやったことは大きく日本を損なったよね。経済政策もそうだし、金権の問題もそうだし。何をいったい日本に残したのか」とばっさり切り捨てている。

城山さんの作品の魅力の一つは、読者に本当のことを伝えてくれることだと思う。

蛇足だが、杉浦氏に「あなたは小説書かないの？」と訊いたら「ああいう才能は男には遺伝しないんだ」と笑っていた。

作家になって城山さんの作品を読むと、資料収集や執筆にものすごい労力がかかっただろうなあ、と頭が下がる思いがする。昔は、コンピューターやインターネットもなく、データを集めるのに図書館に行って新聞や雑誌をコピーし、それをせっせと整理して書いていたのである。

しかし現在は、コンピューターを通じ、時間と空間を超えてさまざまな情報を書斎で易々と入手することができる。

たとえば五年前に、わたしが米エンロンをテーマに小説を書いたとき、英国の電力自由化のからみで、英国の首相官邸（ダウニング街一〇番地）の内部を描写する必要に迫られたが、インターネットで探すと、ちゃんと首相官邸のホームページがあって、内部の写真がたくさん掲載されていた。また、二〇〇〇年四月七日にヒューストンのエンロン球場で、エンロン会長ケネス・レイがジョージ・ブッシュ親子を迎えるシーンでは、エンロン球場に電光表示されているその日の天然ガスや原油、無鉛ガソリンの価格を書き込まなくてはならなかったが、データベースを叩《たた》くと、その日の価格が魔法のように出てきた。

資料の整理も、今はパソコンで効率的にやることができる。追加で資料が見つかれば、いくらでもリストに書き加えられ、要らなくなれば消してしまえる。


人間の苦悩と真実を描き続けた「昭和の作家」


経済のグローバル化や市場の発達で、経済活動自体が大きく変わりつつある。

あえて類型化すると、昭和の時代は、黒幕政治家や経済界の実力者、官僚などが物事を決めていて、小説も彼らの陰謀や抗争を描くものが多かった。しかし、平成に入る前後から、グローバル化と市場経済化が進み、企業、銀行、政府、ヘッジファンド、個人投資家、NGO(非政府組織)、市場、格付会社、検察、外国勢力、SEC(米国証券取引委員会)など、さまざまな人々に力が分散し、それら分散した数多くの参加者の力の相互作用で物事が決せられるようになった。したがって、小説もこうした「システム」の描写に多くの紙数を割《さ》かなくてはならなくなり、「システム」の動きによって人々の運命が翻弄《ほんろう》される面白さも出てきた。

城山さんが精力的に小説を発表していたのは、昭和三〇年代から五〇年代にかけてである。そういう意味では、「昭和の作家」であるといえる。平成に入ってからは、年に一冊程度、人物伝的な作品を出しているが、かつての華々しさはなくなっていた。

先日、ある書店で文庫の棚を見ると、かつてずらりと並んでいた城山さんの作品が、ずいぶん減っているのに気がつき、寂しい気持ちにさせられた。文庫は通常、一定期間増刷にならないと絶版・裁断処分される。新刊を出したり、映画化されたりして話題にならないと、読者も文庫を買ってくれないので、徐々に棚から消えていく。これは、ほとんどの作家にとっての宿命だ。

城山さんが広田弘毅《ひろたこうき》を描いた名作『落日燃ゆ』は、もともと「嵐の中の背広の男」というタイトルにする予定だったという。執筆中の城山さんが「大きな落日を見ているような気持ちがする」と述べ、それを聞いた新潮社の編集者が『落日燃ゆ』というタイトルを提案したのだそうである。

ここ数年、わたしは城山さんを見ていて、大きな落日が燃えているように感じていた。巨大な落日は、三月二二日の早朝に没した。心からご冥福《めいふく》をお祈りする。

「日経ビジネスオンライン」二〇〇七年三月二三日

一期一会

高校一年の冬に左足首を傷め、三年間遠ざかっていた陸上競技の世界にわたしが復帰したのは、大学二年生になる直前だった。東京都・東伏見の早稲田大学競走部のグラウンドに行き、故・中村清監督に準部員として入部を許された。

当時、中村監督は六三歳。現役時代、「一五〇〇メートルで日本新記録を出せなければ、俺はこれで喉《のど》を突いて死ぬ」と友人たちに白鞘《しらさや》の短刀を見せていた人物である。監督になると、選手を殴る代わりに、「おまえたちが弱いのは、この中村が悪いからだ」と自分で自分の頰を何十発も殴り、シャツの胸元を血染めにしたりした。

わたしたちは、老監督の情熱と狂気と恫喝《どうかつ》に引っ張られ、月間七〇〇キロ近い練習をこなしていった。わたしが入学する前年、早稲田は箱根駅伝の予選会で落選し、翌年は本番で一三位という不振のどん底にあえいでいた。しかし、中村監督の指導によって、雑草が伸びるように強くなり、わたしが二年のときに六位、翌年四位、さらに翌年は三位と躍進し、卒業した四年後の第六〇回大会で、三〇年ぶりの総合優勝を飾った。

わたしは三年（三区）、四年（八区）と二度箱根駅伝を走らせてもらった。三年のときは二区の瀬古利彦から首位のタスキを受け継いだ。

毎年、大会直前に箱根駅伝のプログラムをもらうと、各大学の選手一覧表を見て、北海道出身者たちを探した。当時は、順天堂大学の重成敏史《しげなりとしふみ》さん（網走向陽高卒）、同竹《たけ》島克己《しまかつみ》さん（浦幌高《うらほろ》）、大東文化大学の小林雄二《こばやしゆうじ》さん（白糠高《しらぬか》）、駒澤大学の大越正禅《おおこししょうぜん》さん（浦幌高）など、各校のエース級が多く、北海道勢は存在感があった。

浦河《うらかわ》高校から国士舘大学に進んだ佐藤修《さとうおさむ》さんと初めて出会ったのは、わたしが中学三年、彼が高校一年のとき、空知《そらち》管内栗山町《くりやまちょう》で開かれた大会でのことだった。雨で水浸しのグラウンドで行われた一五〇〇メートルで抜きつ抜かれつの接戦の末、同タイムでゴールし、泥水で汚れた手で握手を交わした。

その後、わたしは怪我をして陸上競技から遠ざかり、佐藤さんも、新聞で見る限り、全道高校選手権の入賞者などに名前がなかったので、彼も陸上競技をやめたのだろうと思っていた。

大学二年の冬に箱根駅伝のプログラムを開いて、思いがけなく佐藤修という名前を発見したときは驚いた。向こうも、早稲田大学の選手の中にわたしの名前があるのを見て驚いたことだろう。

その年、佐藤さんは、一区を走って区間一一位、翌年も一区を務め区間二位の好成績を収めた。大学四年のときは一万メートルで二九分四八秒九という日本ランキング三七位の堂々たる記録を出し、実業団の電電東京（現NTT）に就職して走り続けた。在学中、話をする機会はなかったが、わたしの生涯最後のレースとなった大学四年の箱根駅伝のとき、沿道から大きな声で「金山（わたしの本名）、頑張れー！」と声をかけてくれた。それが佐藤さんの姿を見た最後になった。

長年の想いを叶《かな》え、自分の競技生活を『冬の喝采』（講談社）という自伝小説として書き上げたのは、昨年（二〇〇八年）秋のことである。本を書いたおかげで、大勢の人々から連絡をいただいた。わたしが大学四年のときに作った二〇キロの道路北海道記録を六年後に破った中野孝行《なかのたかゆき》氏（白糠高・国士舘大卒、現帝京大学駅伝監督）もその一人だった。

その中野氏に会ったとき、佐藤修さんが、一九九四年（平成六年）に三八歳の若さで癌で亡くなっていたことを知らされた。

佐藤さんのことを思うと、握手をした泥水で汚れた手や、彼がかけてくれた声援が、まるで昨日のことのように甦《よみがえ》る。今、この原稿を書いている机の上に、NTT東京陸上部が編んだ佐藤修さんの追悼文集がある。『冬の喝采』を読んだ浦河高校の同級生の方が送ってくれたもので、東日本縦断駅伝を力走する佐藤さんの写真で作ったテレフォンカードが付いている。ときどき執筆の合間に、七〇ページほどの文集を開き、一期一会という言葉を噛《か》みしめている。

「北海道新聞」二〇〇九年七月二〇日

打ち込むことの素晴らしさ

東伏見にあった早大競走部の合宿所を初めて訪れたのは、昭和五二年（一九七七年）三月二二日火曜日の午後のことだった。わたしはまもなく法学部の二年生になろうとしていた。北海道中学選手権の二〇〇〇メートルで優勝し、高校一年のときには全道高校選手権の五〇〇〇メートルで三位に入って三重県で開催されたインターハイに出場した。しかし、高校一年の冬に左足首の骨端線を傷めて、その後の競技生活は空白のままで、大学入学後一年間かけて怪我を治したところだった。

春の草の香りの中に佇《たたず》む合宿所は、火を点《つ》けると三〇分で全焼しそうな古い木造平屋建てだった。ちょうど練習が始まる前の時刻で、臙脂《えんじ》のジャージーを着た選手たちが、たくさん出入りしていた。トラックでは短距離の選手たちが野生のカモシカのような広いストライドで流しをやっていて「うわー、これが大学の選手か！」と胸がときめいた。

「すいません。僕、法学部一年の金山（わたしの本名）と申しますが、競走部に入れていただきたくてやってきました。マネージャーの方かどなたかに、お話をさせていただけないでしょうか？」

まもなく合宿所の中から、ジャージー姿の大柄な老人が姿を現した。当時六三歳の中村清監督だった。一五〇〇メートルの元日本記録保持者で、早稲田や東京急行の監督として実績を上げたが、個性の強さが災いし、一一年間近く陸上界から追われていた人物である。瀬古利彦という生涯の宝物を得て競走部の監督に就任したのは、五ヵ月ほど前のことだ。

「おまえは今度二年生になるけれど、一年間は準部員として一年生と同じに扱うよ。それでもいいか？　それから髪を切ってきなさい。髪が長くては陸上競技はやれんよ」

老人は皺《しわ》の多い蛇のような目でじっとこちらを見つめながらいった。

翌日、頭を丸坊主にしたわたしは、一学年下の新入生たちと一緒に、グラウンドに整列した。当時、部員は約一〇〇人で全員男である。そのうち中長距離ブロックは約二〇人だった。

そのころ、競走部は未曾有《みぞう》のどん底状態にあった。前年の箱根駅伝では予選会落ちし、わたしが入部した年の正月は、なんとか本番に駒を進めたものの一三位に終わった。一年生の瀬古は二区のエース区間を任されたが、まだスタミナ不足で区間一一位だった。また、前年の関東インカレでは総合一一位、全日本インカレでは同八位だった。

長距離ブロックの練習もまだ牧歌的な雰囲気があり、代々木公園の草地を走り、南門の近くにある坂を上り下りしながらもも上げをやり、途中に短いダッシュを挟み、再び草地を走る「ヒルトレーニング」が多かった。それ以外は、トラックで二万メートルを七割～九割の力で走ったり、五〇〇〇メートルを二本やったり、神宮外苑の絵画館の一周一・三二九キロメートルのコースを二〇周したりした。その合間に、休養を兼ねた三〇〜四〇分ジョッグと筋力トレーニングの日が入った。

月に走る距離は、朝練習を入れて四〇〇キロメートル強で、全国高校駅伝の強豪である中京高校や中津商業から入ってきた選手たちは、「これで大学の練習なの？」と笑っていた。しかし、高校二年から大学一年まで三年間のブランクがあった自分には、ちょうど良かった。

中村監督の情熱と狂気

練習前には、通常三〇〜四〇分、長いときは一時間半にも及ぶ中村監督の訓示があり、選手たちは整列して聞いた。話の内容は、陸上競技に留《とど》まらず、宗教、親子関係、エリザベス・サンダースホームを創設した澤田美喜《さわだみき》さんは偉いという話、戦後の焼け跡時代の想い出、銀座の女の股《また》を一万円札で撫《な》でると喜ぶといった類《たぐい》の話、自分が指導した選手たちのエピソード、他の陸上競技の指導者たちの悪口など、ありとあらゆることに及んだ。あるときは烈火のごとく選手を叱りつけ、あるときは駄洒落《だじゃれ》を交えた漫談調で、話の三割は下ネタだった。長い話が終わるたびに「はー、やっと終わった」とほっとした。しかし昨年（二〇〇八年）、自分の競技生活を綴《つづ》った自伝長編『冬の喝采』を上梓《じょうし》したところ、「若いころ流さなかった汗は、年老いて涙となって流れる」という中村監督の言葉がとても印象的だったという読者の感想がいくつもあった。この言葉は、当時、監督から耳にタコができるくらい繰り返し聞かされた無数の格言の一つである。感想を読んで、改めて自分たちが監督からいろいろなことを教えられていたことに思い至らせられた。

中村監督が最も頻繁にいっていたのは「天才は有限だが、努力は無限の力を引き出す」という言葉である。スポーツは主に素質だと思っていたわたしは、最初、この言葉を信じられなかった。しかし約三〇年を経て、今、この言葉の持つ真実をしみじみと嚙みしめている。大学二年のころ、わたしは二〇キロメートルを何度走っても一時間八分台だった。しかし、大学四年の秋には、一時間一分五八秒八の北海道新記録をマークするところまで力を伸ばすことができた。きっかけは、大学二年の冬に、瀬古が福岡国際マラソンで五位に入賞したのを目の当たりにして、「自分も極限まで努力しよう」と決意し、朝練習も含めて月間の練習量を六五〇〜七〇〇キロメートルまで増やしたことだった。社会人になってからも、火が出るほどに打ち込めば「努力は無限の力を引き出す」ことを何度か体験した。

監督は狂気の人でもあった。「おまえたちが弱いのは、この中村が悪いからだ」と自分で自分の頰を殴ってシャツの胸元を血染めにしたり、「監督が土を食えといったら、こうやって食うんだ！」と足もとの土を口に入れ、「髪を切ってこいというのになぜ切らん⁉」と床を何度も蹴《け》って自分の足の骨にひびを入れたりした。選手に何か気にくわないことがあると、何ヵ月も罵詈《ばり》雑言の嵐を浴びせ、わたし自身も怒られるのがほとほと嫌になって、大学三年のときに退部を申し出たことがあった。その一方で、選手たちが走っている間は、雨の中でも風の中でも、高血圧、糖尿病、心臓病を抱える老体に鞭《むち》打ち、最後の一人が走り終わるまでじっと立ったまま見守っていた。今振り返ってみると、監督は、わたしたちに打ち込むことの素晴らしさをなんとかわからせようと懸命だったのだと思う。

箱根駅伝の魔力

競走部の長距離選手にとって、最大の目標は箱根駅伝である。競技者として再起することだけを目標に競走部に入ったわたしは、監督やOBたちが口を酸っぱくして箱根、箱根というのに、当初違和感を覚えた。大学二年のときは、あと一歩で選手になれず、七区の選手の付き添いで箱根駅伝に参加した。走れないので、俺は箱根駅伝になんか興味がないというイソップ寓話《ぐうわ》の「すっぱいブドウ」のキツネのような心境で、小田原に向かった。しかし、中継所付近の光景をひと目見て、目から鱗《うろこ》が落ちる思いがした。半世紀以上の伝統が醸し出す雰囲気や、選手や観客の想いが渦巻き、独特なオーラが国道一号線を包んでいた。

早稲田のような伝統校の選手にとって、箱根駅伝を走るのは、神事に似た重みがある。

ミスをしてもチームメートがカバーしてくれる団体競技と違って、駅伝は襷《たすき》を繫《つな》げなければすべてがふいになる。襷を受け取ってからの一時間あまりの間、一〇〇年近い大学の歴史と名誉、四万人の学友と三〇万人のOBの期待のすべてが、自分の両肩と二本の足にかかってくる（少なくともわたしはそう思っていた）。たいへんな重圧がある反面、きちんと務めることができれば、一生胸を張って生きていけるだろうとも思っていた。

本番前日の一月一日は、午後の早い時刻に、絵画館コースでジョッグに加速走を交えて七キロメートルくらい走り、千駄ヶ谷《せんだがや》二丁目の中村監督宅で風呂《ふろ》を使わせてもらうのが恒例だった。風呂から上がると、ジャージーやセーターに着替え、一階の居間に全員で集まる。カーペットの中央に監督があぐらをかいて座り、その周囲に二十数人の選手たちが座る。窓から元日の薄明かりのような光が差し込む部屋で、監督の最後の訓示が厳《おごそ》かに始まり、「我々はどの大学にも負けない練習をやってきた。この一年間、おまえたちを支えてくれた両親、母校の先生方、競走部のOBたちへの感謝を忘れずに、明日《あした》とあさっての本番は、早稲田の強さを見せつけようではないか」という趣旨のことを三〇分ほど話す。訓示が終わると、監督を含む全員で「都の西北」を三番まで歌った。それはさながら戦《いくさ》に臨《のぞ》む、出陣の儀式だった。

監督の情熱と狂気と恫喝《どうかつ》に引きずられてわたしたちは練習を積み重ね、地の底に堕《お》ちていた競走部はめきめきと強くなった。箱根駅伝は、わたしが二年生のとき六位、翌年四位、四年生のときは三位だった（わたしが卒業した四年後の第六〇回大会で、中村監督の采配《さいはい》の下、三〇年ぶりの優勝を飾った）。関東インカレは、総合五位、五位、四位、全日本インカレは、三年連続で四位だった。わたし自身は、箱根駅伝に三年（三区）、四年（八区）と二度出場させてもらい、三年のときは、瀬古から首位のタスキを受けるという望外の役回りをもらった。

三〇年経って思うこと

中村監督は個性が強く、精神面を非常に重視していた。前近代的な指導者であるともいえ、わたしを含め、選手たちはずいぶん反発した。卒業後ずっと、あの複雑怪奇で常識外れの老人は自分たちにとって何だったのだろうと考えていた。しかし最近、わたしと同じ北海道出身の帝京大学駅伝監督の中野孝行氏と話していて「中村監督のような人物をどう思います？」と訊《き》いてみたとき、中野氏はただ一言「あれだけの情熱を傾けて指導してもらって、選手たちは幸せだったと思いますよ」といった。それを聞いて、ああ、確かにそうだなあと、卒業後三〇年近く抱いていたもやもやが氷解し、感謝の気持ちで胸がいっぱいになった。

早稲田の三〇年ぶりの箱根駅伝総合優勝を見届けた翌年、中村清監督は好きな釣りの最中に心臓発作を起こして七一年の生涯を閉じた。青山墓地の一角にある墓碑には「心、常に走る者と共にあり、全愛、皆を見守り導かん」と刻まれている。わたしたち選手の心には、監督と過ごした日々の想い出が刻み込まれ、生きる力となっている。あの世の監督は「わしのいうことが今ごろわかったか。だからおまえらは馬鹿なんだ」と笑っているに違いない。

「早稲田学報」二〇〇九年一二月号

社会の仕組み

一二月に入ると、箱根駅伝に出場する大学のチームはいい知れぬ緊張感に包まれる。当時の練習日誌を見ると、毎年一二月二〇日ごろに、選手選考の二〇キロのタイムトライアルがあり、その後は五〇〇〇メートルのインターバル走と、二〇キロ前後のスピード走を繰り返し、正月の本番を迎えていた。

大学三年のときわたしは三区だった。直前に腰を痛めていたので、かなり不安だった。それでなくても、長い伝統のある箱根駅伝は一種独特な雰囲気で、選手に重圧がかかる。戸塚《とつか》の中継所で待っていると、二区の瀬古利彦が二位の日体大に二分五二秒の大差をつけて姿を現した。長く低迷した早稲田が箱根の首位に立ったのは三二年ぶりだった。タスキをもらったわたしはまな板の上の鯉の心境だった。走り出すと目の前に先導の二台の白バイがあった。その先に報道車が走っていて、大きなレンズが大砲のように並んでわたしを狙っていた。（全国的な大会で首位を走るというのは、こういうことなのか！）と眼前の光景に衝撃を受けた。三区はしばらく下りが続き、やがて湘南の海に出る。快晴の日で、海がきらきらと銀色に光っていた。首位を守って四区の選手にタスキを渡したときは、涙が止まらなかった。

その年早稲田は総合で四位だった。一月三日に全日程が終わったあと、チーム全員で神宮外苑を走り、千駄ヶ谷の中村清監督の家に集まった。

「おい、金山（わたしの本名）と甲斐《かい》！　おまえら何てことしてくれたんだ！」

監督の家に入った途端、同学年のマネージャーに怒鳴られた。もう一人の甲斐鉄朗《てつろう》君は大分県の中津商業出身でわたしと仲が良かった五区の選手である。わたしたちはなぜ怒られるのか、まったく訳がわからなかった。

「おまえら、ゼッケンのスポンサー名のところを折って走っただろう！」

「えっ⁉　……は、はい」

わたしたちはゼッケンの上のほうにあった「asicsアシックス」という文字の部分を裏側に折って、ランニングシャツに付けた。

「馬鹿か、お前らは！　アシックスはスポンサーで、金出してるんだぞ」

「あっ……！」

当時の箱根駅伝はアシックスがスポンサーだった。早稲田のユニフォームはWの文字が大きく、阿呆《あほ》な学生のわたしたちは、大事なWの文字が全部見えるようにするため、ゼッケンを折って走ったのだった。今までスポンサーが付くような大きな大会に出たことがなかったので、ゼッケンに書いてある企業名の意味など考えもしなかった。すんません と坊主頭を掻《か》きながら、社会はそのような仕組みになっていたのであったかと思った。

現在の箱根駅伝は、サッポロビールがスポンサーである。特番として六時間を二日間、平均視聴率は二〇～三〇パーセントというお化け番組だ。テレビCM総枠の三分の一以上をサッポロビールが購入することで、番組タイトルに社名が冠として入り、かつゼッケン・スポンサーにもなれる仕組みだ。スポンサー料は約六億円といわれている。

最近、九州で中学校の先生をしている甲斐君と電話で話し、あのあと、中村監督がアシックスに謝ったと知らされ、再び深く反省した。この場を借りて、お詫《わ》び申し上げます。

「MONEY JAPAN」二〇〇五年二月号

太平洋に浮かぶ木の葉

先日、東京に二週間ほど滞在し、ある経済誌で九月から連載する小説『巨大投資銀行』の取材をした。一九八〇年代半ばに邦銀を辞め、米系投資銀行に移籍した日本人が歩んだ道のりを辿《たど》りながら、投資銀行を描きたいと考えている。舞台はニューヨーク、ロンドン、モスクワ、ブダペスト、アイルランド、ナイジェリア、東京など。今回東京では外資系投資銀行勤務の経験がある日本人金融マンたちを取材した。彼らのほとんどが大手邦銀の出身である。

日本で外資系金融機関が普通の就職先と認知されるようになったのはここ四、五年にすぎない。それ以前の時代に終身雇用制の繭《まゆ》を破って飛び立った人たちはさまざまな事情やドラマ、心の葛藤《かっとう》を抱えていた。多くの人が転職直後の心境を「太平洋に浮かぶ木の葉のような気持ちだった。必死で漕《こ》ぎ続けるしかないと思った」と語った。とりわけ一九八〇年代に外資に移った人たちにはそういう悲壮感が強い。

今回会った和製投資銀行マンの中にNさんがいる。わたしとは二〇年以上前に社外の語学研修で知り合った人である。一流の国立大を出て一流の都銀に勤務していたが一九八〇年代半ばに外資に移った。転職の原因は「第三次オンライン化」である。当時金融自由化や業務分野拡大に対応するため邦銀各行はコンピューターとは縁もゆかりもない行員を大量にシステム部門に投入し始めていた。Nさんも突然そうした部署に異動させられ、何ヵ月にもわたって真夜中まで意にそわない仕事をさせられ、ついに我慢の限界に達したのだった。そのころ別の都銀の支店に勤務していたわたし自身も海外勤務の希望が叶《かな》えられず転職を考えていたので、ある秋の夕方、銀行の自転車を漕いで神田にあったNさんが転職した英国系証券会社ロイズ・マーチャント・バンクのオフィスを見学に行った。Nさんは大きなトレーディング・デスクに座り、ロンドン本社と連絡を取りながら、「あっ、どうも、Nですぅ〜」と機関投資家に電話をして米国債などを売っていた。その会社は東京ではまだ駐在員事務所だったので、ビルの何階かにあった小さなオフィスに社員は数人しかいなかった。窓の外の街は暮れなずみ、時おり頭上のモニター・スクリーンを眺めながら蛍光灯の下で顧客に電話をするNさんの姿は、まさに太平洋に浮かぶ木の葉のように頼りなげだった。

それから半年くらいして仕事で大手町にある米系投資銀行の東京支店を訪問すると、受付のところにNさんがぽつねんと座っていた。勤務していた英国系証券会社が日本を撤退することになり、失業したので面接を受けに来たという。つい一年前までは大手都銀のエリート行員だったのが一転して失業者である。わたしは少なからず衝撃を受けた。ほどなくしてNさんはデリバティブ（金融派生商品）で鳴らしていた別の大手米銀に就職した。そこで彼は運を摑《つか》んだ。デリバティブ・ブームの波に乗り、人柄の良さと営業センスを遺憾なく発揮して機関投資家相手に収益数億円単位のディールを連発するようになったのだ。

ファーストクラスでロンドンに出張してきたNさんと再会したのはそれから七年くらい経ってからだ。場所はロンドンの金融街シティにあるわたしの勤務する証券会社のオフィスだった。Nさんは節税対策を講じなければならないほどの大金持ちになっていたが、スーツの上に安っぽいジャンパーを着て、謙虚な人柄は初めて会ったころとまったく変わっていなかった。差し出された名刺にはマネージング・ディレクターの肩書があった。そのときわたしはといえば、一四年間勤務した都銀を辞め、太平洋に漕ぎ出したところだった。

それから今日までさらに九年の歳月が経った。その間わたしは浮いたり沈んだりしながら、なんとか漕ぎ続けた。中央アジアの国々で油田の開発金融をやったり、ベトナムで駐在員事務所を作ったりした。マネージング・ディレクターにはなれなかったが、念願の作家になれた。Nさんもその後浮いたり沈んだりしながらデリバティブや不良債権ビジネスを手がけ、今も別の外資系証券会社でマネージング・ディレクターの地位にある。わたしが今回、東京で宿泊していた御茶ノ水のホテルまでNさんは足を運んでくれ、近くの喫茶店でデリバティブ営業について教えてくれた。同じ投資銀行マンでもトレーダー出身者などは言語能力が退化していて取材に大いに苦労させられる人もいたりするが、一流の営業マンであるNさんの説明は痒《かゆ》いところに手が届く懇切丁寧なものだった。

一時間ほどみっちり話してくれた後「そんじゃまた。お元気で」と人懐こい笑顔を見せてタクシーで走り去っていった。

今回取材した和製投資銀行マンたちの中には成功者もおり、そうでない人もいる。しかし全員に共通するのはNさんのように屈託なく自己責任で生きていることだ。邦銀のかなりの行員が今、憤懣《ふんまん》やるかたなく鬱屈《うっくつ》しているのとは対照的である。「邦銀では自分が何をやるかは組織が決めること。それを自分で決めようとすると『造反』とみなされる。しかし自分が何をやるかを決めるのは人間として最低限のことじゃないですか」。今回取材した人たちの中では最も成功した金融マンの言葉である。組織に命令されない代償として太平洋に漂う木の葉になった男たちはさまざまなドラマの中を生き抜く。そうしたドラマを描きつつ、読者が投資銀行とは何かをきちんと理解できる作品にしたいと思っている。

Kei Column「経 kei」二〇〇三年八月号

第四章　ロンドン金融街の小路から

わたしが遭遇した「ネット金融」犯罪

五月のある月曜日の朝、ロンドン市街に行くため家を出て、駅前の銀行に立ち寄った。わたしの銀行は一六年来HSBC（香港上海銀行）である。

わたしは三週間の日本取材から戻ったばかりだった。日本滞在中、二万ポンド（約四〇〇万円）ほどの金をHSBCに送金していた。印税がすべて日本にある銀行口座に円で振り込まれるので、イギリスでの生活費や税金支払いに必要な金はそこから送金しなくてはならない。

いつものように、CD（現金自動支払い機）で残高を確認する。

スクリーンに表示された数字は、二一〇〇ポンド余り。

思わずスクリーンを凝視した。日本から送金した分を含めて二万七〇〇〇ポンドくらいなくてはおかしい。いろいろな可能性を思い巡らしたが、まったく心当たりがない。

そのまま電車に乗ろうかとも思ったが、どうにも気分が落ちつかない。

結局急ぎ足で自宅に戻り、何が起きたのかを確認するため、銀行に電話した。

「ミスター・ベイグ（Beig）に八九〇〇ポンド、ミスター・アシュファク（Ashfaq）に八九〇〇ポンド、別のHSBCの口座に七〇〇〇ポンド送金されています」

テレフォンセンターの男性の答えに、わたしは愕然《がくぜん》とした。

「そんな名前は聞いたことがないし、自分はそんな送金もしていない。それは絶対にフロード（詐欺）だ！」

いつ送金されたのか訊《き》くと、今日だという。送金の指示はインターネットでなされていた。しかしわたしは、HSBCとはインターネットバンキングはしていない。

テレフォンセンターの男性は、あなたに身に覚えがないのであれば取り消しますという。

「ぜひ、そうしてください」

「取引店とも話しました。あなたの暗証番号を廃止し、インターネットバンキングもテレフォンバンキングも使えなくしました。暗証番号を復活し、詐欺に対処するには、取引店に行ってください」

わたしはすぐに支店に行くといって電話を切った。

ちなみに、HSBCのテレフォンセンターはウェールズかどこかの地方にあるらしく、訛《なま》りのある英語は聞き取りづらい。男性は「リバース（取り消す）」を「リベァース」、「デイタイム（日中）」を「ディータイム」と発音していた。

わが家の取引店は、金融街シティの一角にある。

わたしは電車に乗って四〇〜五〇分かけて支店に行った。

支店は全面ガラス張りのモダンな建物。一階は支払窓口とCDコーナー、二階にガラスの衝立《ついたて》で仕切られた顧客カウンターが四つある。

背の高い黒人女性行員が「なーに？」という感じで出てくる。こちらがたいへんな状況にあることは露ほども知らない様子。ああ、さすがイギリス、やっぱり連絡はいい加減だと思う。テレフォンセンターからの連絡も、わたしの顧客情報に「新しいパスワードをセットアップしなくてはならない」という簡単な但《ただ》し書きをつけただけの様子。

まず、小さなメモ用紙に自分のサインをさせられ、それを行員がスクリーンに表示される登録署名と照合し、本人確認をする。それからわたしは、こういうことが起きたと一から説明する。彼女は、最初はこちらの間違いか何かと思っていたらしく反応が鈍かったが、そのうち重大なことだとわかってきたようで、顔つきが段々と真剣になってきた。

口座の入出金明細を見ると、驚いたことにテレフォンセンターが三件の送金を取り消した直後に、再び送金が行われていた。今度は七八五〇ポンドが二件と八〇〇〇ポンドが一件である。今もどこかで犯人がネットで操作をしているかと思うと慄然《りつぜん》とした。目に見えない魔手との戦いである。

ふと嫌な予感がした。

家内の口座は大丈夫だろうか？

彼女に頼んで家内の口座を調べてもらう。

「こちらの口座もやられています」

キーボードを叩《たた》いてスクリーンを見た彼女が、げんなりした表情でいった。家内の口座も滅茶苦茶にいじられていた。当座預金《チェック・アカウント》だけでなく貯蓄口座からも出金され、ミスター・ベイグやミスター・アシュファクに送金されていた。このインド・パキスタン中近東方面風の名前の口座は、HSBCの別の支店の口座だった。

そのうちわたしと同年配の支店次長《アシスタント・ブランチ・マネージャー》の男性が現れた。支店次長は犯罪が起きたということは一応理解しているが、日本の銀行のように「すわ一大事」という感じでもない。このあたりは文化の違いだろう。

このような取引はしていないと文書に記入・署名し、わたしの顧客情報を警察に提供する同意書にもサインさせられる。

口座の動きを調べると、家内のほうから侵入されたようだ。家内の口座は単独名義だが、わたしの口座は家内との共同名義《ジョイント・アカウント》になっている。したがって家内の名義でインターネット取引ができれば、共同名義の口座にもアクセスできる。

間の悪いことに、家内は休暇で日本に一時帰国していた。

状況を説明し、対応策を取るため、銀行の電話を借りて日本にいる家内に何度も電話するはめになった。夫婦といえど本人の承諾がないと銀行も必要な手続きを取れない。四国の実家でのんびり羽を伸ばしていた家内は事件に仰天した。わたしの暗証番号を変え、家内の暗証番号は廃止してもらう。日本の銀行のように七面倒臭い喪失届けや新規暗証番号届けはいっさい不要で、すべて口頭で済む。新しい暗証番号は顧客がパソコンのスクリーンに入力して設定する。わたしが入力するとき、女性行員は後ろを向いていた。この辺はなかなか感心である。結局手続きに一時間半くらいかかったが、金は全部きちんと戻してくれた。顧客による詐欺や重大な落ち度がない限り、サービス提供者がきっちり責任を取るのはイギリスの伝統的ビジネス・スタイルで（当たり前の話ではあるが）、バーバリーの傘が壊れたり、チャーチの靴が壊れたりしたときメーカーに持っていけば、ほとんど何も訊かずに新品と取り換えてくれるのと共通している。

翌朝、HSBCから家内あてに一通の手紙が届いた。

インターネットバンキングの登録を受け付けたという、電子サービス部のマネージャーからの手紙だった。日付は前の週の水曜日、事件の五日前である。

まもなく日本にいる家内から電話があり、HSBCの支店次長から電話がかかってきて、また、いろいろ話したという。金がどこに行ったのかと訊いたところ、例の二つの口座のほか、トマス・クックに送金されているという。銀行で一度に大量の現金を下ろすと怪しまれるので、トマス・クックで外貨両替の形で金を引き出したのかもしれない。もし、そうだとすれば、犯人たちは周到に準備をしていたことになる。

午後、警察署に出かける。

これまで警察になど行ったことがなかったので、まずイエロー・ページで電話番号を調べる。二、三回の呼び出し音ですぐに出た。おっ、意外と早いなと思う。しかし、関係部署にお繋ぎしますといってから一〇分ほど待たされた。結局、コリンデール署に行ってくれといわれた。

コリンデールはわたしの住む街から地下鉄で二駅である。

警察署は駅から歩いて数分のモダンなデザインの新しい建物で、民間企業のオフィスのようだった。

　入るとすぐ、全面防弾ガラスの受付窓口が二つあり、番号の紙を取って待つ。ベンチでは一〇人ほどが順番待ちをしており、皆しょぼくれた顔をしていた。相当待たされそうだな、と思う。イギリスでは待つことが人生の一部である。

　一時間ほど待つと、ようやく順番が回ってきた。相手は肩章の付いた白い半袖《はんそで》のワイシャツを着た青年警官。持参した入出金明細を見せ、インターネット詐欺《フロード》に遭ったと説明すると、すぐ事情を理解してくれた。

　ではこれに記入してくださいと渡されたA4判の大きさの用紙は、「Cheque /Credit Card Fraud Report（小切手・クレジットカード詐欺レポート）」という標題が付いていた。こういう書式が存在するということは、この手の金融犯罪が多いということなのだろう。

　初めて見る書式なので、一瞬面倒臭いなと思う。すると青年警官は「ではわたしが記入します」と自分で記入し始めた。イギリスの役所は、こういうところは妙に親切だ。

以前も税金のことで税務署に電話したら、こちらのことを「お客様（カスタマー）」と呼び、わたしの疑問点を延々二時間にわたって説明し、その後解説の手紙まで送ってくれたことがある。

青年警官は、一〇分ほどで記入を終え、わたしは用紙にサインする。用紙には付表が付いており、問題の取引すべてを記入するようになっていた。これは銀行に記入してもらって、銀行から警察にファックスさせてくださいという。持参した口座の入出金明細は要らないのかと訊くと、要らないとの答え。特に緊迫感もなく、よくある無数の犯罪の一つとして、事務的に処理する雰囲気である。中年刑事がコートの襟を立てて現場に急行するのは、日本のテレビドラマだけのようだ。

その晩、シティにあるレストランで日本人の友人と食事をした。結構気温が高い日でビールが美味《うま》かった。ロイヤル・バンク・オブ・スコットランドに勤務する友人は「そんなもん、HSBCに行って、それはおまえらの責任だ、金は全部返せ、返さなけりゃ訴えてやる、と強く出ればいいんですよ」という。「いえ、金はもうちゃんと戻してくれましたから」とわたし。

食事を終え、帰りの電車の中で記入された用紙を再度読む。被害に遭った口座ごとに用紙を書かなくてはいけないのに、家内の貯蓄口座の分がないことに気づく。また、二つの用紙に誤って同じ口座番号が記入されていた。

わたしは電車をコリンデール駅で降り、二四時間営業の警察署に再び足を運んだ。

二週間後、家内が日本から帰ってきた。

二人ですぐＨＳＢＣの取引店に出向き、共同名義の口座を単独名義に変え、口座番号と暗証番号も変更した。それまで使っていたキャッシュカードや小切手帳はすべて破棄。待ち時間を含め、手続きに二時間を要した。

銀行も変えるのが一番いいのかもしれないが、そこまではしなかった。日本より遥《はる》かに転職が多いイギリスでは、収入が多いとか大企業に勤めているといったことでは金融機関の信用を得られない。長年銀行ときちんと取引して信用を積み上げていかなくてはならない。各銀行は顧客一人一人に点数《スコア》を付けている。一六年間積み上げてきたスコアをゼロにして、また一から始めるのは大変である。

それにしても犯人は誰だったのか？

例の二人の人物はＨＳＢＣの「ビジネス・カスタマー」だそうである。日本語でいえば法人・中小企業。おそらく今ごろは海外にいるのだろう。ネット取引は海外からやったのではないかという気がする。

どうして暗証番号が外部に漏れたのか？

大手メガバンクでリスク管理の責任者をやっている友人は、二つの可能性があるという。一つは内部の人間の関与。もう一つは顧客情報を持っているサーバーへのハッキング。ただし後者に関しては、通常、情報は暗号化されており、かつ厳重なファイアーウォールで保護され、さらに英国FSA（金融庁）は各銀行の顧客情報の保管方法はよく検査しているので、可能性は低いだろうという。

事件後、HSBCのテレフォンバンキングを使うと、以前に比べてセキュリティが厳しくなった感じがした。以前は生年月日と暗証番号だけで本人確認していたが、それ以外の個人情報も詳しく訊《き》かれた。また、支店で自分の口座の残高をプリントしてくれと頼んだところ、プリントした紙の数字のところだけを丁寧に手でちぎって、紙吹雪の一片みたいなのを渡された。

ただ、インターネットバンキングは、今でも顧客IDと暗証番号だけで取引できるようで、たとえば東京三菱銀行（現三菱東京UFJ銀行）が暗証番号のほかに乱数表を使っているのに比べると、セキュリティは弱いと感じられる。

今回たまたま事件に巻き込まれたが、米銀の知り合いなどによると、報道されていない類似の事件はたくさんあるらしい。手口もさまざまで、銀行を装って暗証番号などを偽のページに入力させるやり方や、インターネットカフェのPCに入力内容を読み取るソフトを仕掛け、うっかりインターネットバンキングをやった人の口座番号や暗証番号を入手するやり方などがあるという。

ネットバンキングは確かに便利だが、セキュリティに関しては発展途上で、利用者のほうでも油断はできないと思う。

「プレジデント」二〇〇四年七月五日号

［追記］

事件から九ヵ月ほどが経ったある日、突然英国中部レスターシャーの警察から電話がかかってきた。まったく縁のない地域なので、何事かと思って話を聞くと、ネットバンキング詐欺の犯人を捕まえ、裁判にかけるので家内に陳述書を書いてほしいという。わたしの事件の半年くらい前から大規模な金融詐欺が発生しており、「オペレーション・エクイティ」という作戦の下、捜査を進めていたという。

捕まった犯人は総勢四一人でＨＳＢＣのコールセンターの職員も含まれていた。メガバンクの友人がいった通り、内部の人間が関与した犯行だった。

家内は陳述書を提出し、結局、四一人のうち一一人が懲役一年から四年半の実刑判決、残りは電子タグ等を付けられての執行猶予刑になった。

それからまた一年くらい経った頃、再びレスターシャーの警察から連絡があった。今度は、金融犯罪について英国の民間テレビ局「チャンネル４」がドキュメンタリー番組を制作するので、被害者として出演してくれないかという。テレビに出て金を持っていると思われて（誤解されて、というべきか？）、また狙われたりすると嫌なので、こちらは丁重に辞退した。

ロンドンの7・7地下鉄テロ

(二〇〇五年)七月七日の午前中、わたしはロンドン郊外の自宅でいつものように仕事をしていた。午前九時半ごろ、あることを確認しようと東京の総合商社の為替《かわせ》部門で働いている知り合いに電話をすると「今、ロンドンで爆弾騒ぎがあったらしいですよ」という。かなり深刻な口調だった。しかし、わたしはたいして気にもとめなかった。この国では、爆弾騒ぎは別に珍しいことではない。昔からＩＲＡ(アイルランド共和国軍、北アイルランドの英国からの分離を目指す過激派)のテロがあり、わたし自身も一九九二年にシティでのテロに巻き込まれて両腕を縫った経験がある。また九〇年に起きた第一次湾岸紛争以降、小規模な爆弾騒ぎはよくあり、政府も市民に対して常に警戒を呼びかけている。ここ二年くらいの間でも、わたしの家から数キロしか離れていないアジトで爆弾を準備していたテロリスト・グループが警察に急襲されたりした。

ところがまもなく、金融街シティの日系銀行で働いている家内から電話があり「リバプール・ストリート駅の近くで爆弾騒ぎがあって、近くのＵＢＳ(スイス系銀行)は全員エバキュエート(避難)した」という。テレビをつけると、市内四ヵ所で爆発があり、地下鉄は全面停止し、バスもロンドン中心部では動いていないという。事態は相当重大である。

わが家はロンドン中心部から電車で三〇～四〇分、距離にして二五キロくらいあるので、ここにいるぶんにはまったく危険はない。しかし、家内のほうはどうやって帰宅するのか？　わたしは車を運転しないので、知り合いの白タクやタクシー会社何社かに電話したが、皆話し中か、予約でいっぱいか、「テロがあったのにロンドン中心部なんか行けるか」という反応だった。

　そのうち日本にいる両親や友人たちから安否を問う電話やメールが来始める。家内が席を予約していたロイヤル・オペラハウスからは「今日の公演は中止になりましたので、チケットを郵送してくれれば払い戻します」と丁寧な電話がかかってきた。

　結局家内は午後三時過ぎに帰宅を許され、それからしばらくインターネットなどで交通機関の情報を収集した後、午後四時ごろ、同じロンドン北部に帰る同僚三人と連れ立って職場を出て、歩き始めた。

　車道は車でいっぱいで、イギリス人たちも黙々と歩いていたという。日本ではあまり知られていないが、ロンドンの公共交通機関は実にひどいもので、地下鉄が三〇～四〇分遅れるのは日常茶飯事。雪でも降った日には全面的にストップする。そういうとき、人々はホテルに泊まるか、黙々と歩く。二年半前の大雪の日には夕方会社を出て、明け方家に辿《たど》り着いた人も少なからずいた。わたしも雪が降る凍った道を夜九時ごろまで黙々と歩いた。

家内によると、BR（英国鉄）はかろうじて動いていたので駅に行ってみたが、人で溢《あふ》れかえっていて、乗るどころではなかったという。イギリス人の中には、そのうちなんとかなるだろうとパブでビールを飲みながら時間をつぶす人たちもいたそうだ。二時間半くらい経ったところで電話がかかってきて、シティから七キロほどのカムデンタウンに着き、疲れたのでこれからイタリアン・レストランで休憩を兼ねて皆で夕食をするという。そのあたりからはバスが動いているので、たぶんバスを乗り継いで帰れる見込みだった。

テレビでニュースを見ていると、チャールズ皇太子が早々とテロで負傷した人たちを病院に見舞っていた。この国の皇室のフットワークの軽さは民間企業並みである。

午後一〇時ごろになっても家内からは電話がかかってこなかった（わが家は二人とも携帯電話を持っていない）。わたしは、酔っ払わない程度ならいいだろうとワインのボトルに手を伸ばす。一杯目のグラスを空けたところで家内が帰ってきた。時刻は一〇時二〇分になっていた。

翌日、家内は自宅待機となった。前の日、こぞって二〇一二年五輪のロンドン開催決定の歓喜を報じた新聞は、一転して大破した赤い二階建てバスや、ミイラのように顔を包帯で巻かれた女性の写真で溢れていた。友人たちから安否を気遣うメールがたくさんきたので、せっせと返信のメールを送る。

週明けの月曜日（七月一一日）の朝、家内は少し緊張して出勤していった。朝のニュースで、ロンドン市長のケン・リビングストンが地下鉄に乗って安全性をアピールしている様子を報じていた。わたしは雑誌に載せる自分の写真を撮る必要があったので、午前九時半に家を出た。電車は心なしかいつもより空《す》いていた。普段は携帯電話をかけている人を結構見かけるが、その日はほとんどいなかった。他の乗客の顔をそっと見たり、車両内部をそれとなく見回したりする人もいるが、たいていの人は淡々とした様子で、新聞を読んだり、静かに座っている。しかし、ディパックを持った人が隣に座ったりするとさすがに気味が悪い。写真撮影はシティの中心地バンク駅周辺で行われたが、警官が少し多い程度で、普段と変わった様子はほとんどなかった。

その後、テロの状況が徐々に明らかになってきているが、実行犯四人は自爆テロの可能性がある（ただし、まだはっきりしない）。中東でも八〇年代までは自爆テロは少なく、英国ではこれが初めてである。米国によるイラク攻撃やアフガニスタン侵攻がイスラム教徒の怒りの火に油を注いだのは間違いない。無論テロは容認されるべきではないが、事件の背景に、欧米の長年にわたるダブルスタンダードの中東政策に対するイスラム教徒の積もり積もった憤りがある。

バスで自爆したらしい犯人は、当初キングズ・クロス駅からノーザン・ラインに乗り換え、バンク駅の近くで列車を爆破しようと計画していたらしい。しかし、その日、テロとは関係なくノーザン・ラインが例によって大幅に遅れ、一部で運転を停止していたため、犯人は電車に乗れず、目的地を変更してバスに乗ったと見られている。

わが家はノーザン・ラインの北の終点にあり、家内は毎日同路線で通勤している。一九〇四年に開業された古い路線で、しょっちゅうシグナル・フェイリヤ（信号機の故障）や車両の故障、人身事故などで電車が遅れるが、今回はそれに助けられた形である。電車の遅れの理由にはスタッフ・ショーテッジ（職員不足）などという、日本ならば乗客一揆《いっき》が起きそうなものもある。

現在、爆破された地下鉄路線はまだ動いていないが、ロンドンの市民生活はほぼ平常に復した。二〇〇一年の9・11テロのときの米国人の激しい怒りに比べると、当地の人々の反応は平静である。犠牲者の数が格段に少ないことや、現場が地下で目に触れないこともあるが、理由の一つにはロンドン市民が長年テロの脅威と共生してきたことがあると思われる。今回の同時多発テロに対する大方の反応は、ショックや驚きではなく、「やっぱりきたか」という諦《あきら》めに似た感情だった。

ロンドンの地下鉄に乗るとよくわかるが、乗客の実に半分が非白人で、なかでもアラブ、インド、アフリカなど肌の浅黒い人たちが多い。こうした人たちの中にテロリストが紛れ込んでいれば見つけようがない。また、今回の爆弾は、人一人が運べる小型爆弾らしいが、この手のものを完全に防ぐのは困難である。以前からそうだったが、わたしも地下鉄に乗るときは、ある程度事故に遭う覚悟をしている。

「プレジデント」二〇〇五年八月一五日号

［追記］

個人でできるテロ対策は多くなく、テロ防止活動の主体はどの国でも政府が担《にな》うべきものだ。英国は二〇世紀初頭から新興国ドイツの軍事力に対抗しようと諜報《ちょうほう》活動に力を入れ、「００７」の映画ができるほど伝統がある。諜報活動を行っているのは、外相管轄下の秘密情報部（略称ＳＩＳ、旧ＭＩ６）と、内務相管轄下の情報保安部（ＭＩ５）である。前者は二千人を超える職員を擁し、海外での諜報活動を担い、後者は約四千人の職員を擁し、スコットランド・ヤード（ロンドン警視庁）等と連携して国内のテロ対策に当たっている。

日本には内閣情報調査室や公安調査庁があり、最近、外務省内に国際テロ情報収集ユニットも発足したが、組織は脆弱《ぜいじゃく》かつ役人的で、アラブ人をスパイにリクルートするなど、ダイナミックな諜報活動を行っている英国の機関とは比べものにならない。

しかし、ＳＩＳやＭＩ５もイスラム過激派対策では出遅れ、二〇〇五年七月のロンドン地下鉄テロ事件を許したのは苦い経験となった。これは英国の諜報活動が伝統的に旧ソ連とＩＲＡ（アイルランド共和国軍）対策に重点を置いていたためだ。また世界中から人、モノ、金、情報が集まるようにして、そこから派生する経済活動で食べていく国のスタイルも裏目に出た。そうした環境を作るために言論や宗教活動に寛容で、ロンドン市内のモスクでアブ・ハムザなどイスラム過激派の説教師が「米国人を殺せ、ユダヤ人を殺せ、英国人を殺せ。戦って死ねば天国に行ける」と説教し、若者たちを続々と海外のテロ組織に送り出していたのを黙認していたのである。地下鉄テロ以降、英国政府はSISやMI5の要員を増強してイスラム過激派対策に本腰を入れ、かなりの数のテロを未然防止している。(なおアブ・ハムザは、二〇〇四年に逮捕された後米国に引き渡され、オレゴン州に戦闘員訓練キャンプを設置しようとした等一一の罪で終身刑になった。)

しかし、取り締まりだけではテロの問題は解決しない。本来他民族に寛容で平和的なイスラムの教義に反するただのテロリスト集団であるアルカイダやイスラム国が滅ぼされるべきは当然だが、たとえ彼らを滅ぼしても、テロリストは次から次に現れるだろう。イスラム教徒のアラブ人がテロを引き起こすのは、長年欧米に裏切られた歴史や、米国の中東政策におけるダブルスタンダードへの憤りがあるからだ(例えば、シリア政府による市街地爆撃を非人道的と非難しながらヨルダンの非戦闘員に対するイスラエルの攻撃を支持するとか、核兵器の保有をイスラエルに認めるがイランには認めない等)。

今、英国ではIRAのテロはなくなった。それは英国と、IRAを含むアイルランド側の話し合いが一九九〇年代に進展し、一九九八年に和平合意が成立したからだ。これと同様に、欧米とイスラム教徒アラブ人の対話がない限り、テロの問題は解決しない。わたしは、それまで互いの存在すら認めていなかったイスラエルとPLO（パレスチナ解放機構）が相互承認した一九九三年のオスロ合意に接して、人類はこんなことができるのかとある意味で感動した。残念ながら、その後のイスラエルによるガザ地区やレバノンへの侵攻で、合意は相当傷ついたが、再びああいう話し合いが必要だと思う。

それから、雇用における人種差別とそれがもたらす貧困がテロリストの温床になっているので、この点も改善されなくてはならない。英国でも、アラブ系やイスラム教徒に限らず、有色人種に対する雇用差別は現実問題として存在する。白人の失業率は五パーセント程度だが、アフリカ系、バングラデシュ系、パキスタン系の失業率は一五～二〇パーセントに達している。有色人種は雇用で冷遇されるので、ユダヤ人、インド人、アラブ人などで優秀な人々は医師、看護師、会計士、IT関係など、手に職をつける。我が家の近所の病院も医師の多くはインド系とユダヤ系だ。また小学校で二〇×二〇までの暗算を習うインド人は数字に強く、郵便局の職員の多くを占める。それができない人々は、下働きや非正規雇用に甘んじるか、失業するしかない。こうした差別を是正するための雇用制度改革や、職業教育支援が必要である。

サンセット・パブのB52

米英軍がイラクを制圧した。一九九〇〜九一年の湾岸紛争のときもわたしはロンドンにいたが、当時に比べると街は静かである。前回は国を追われたクウェート人や日本企業の中東駐在員たちが多数避難してきており、一種騒然とした雰囲気が漂っていた。先日、通勤電車の中で新聞を広げると、米軍が開戦当初使用したB52爆撃機の写真が載っていた。両翼が異様に長い不気味な機体の写真を眺め、ふとベトナム駐在時代のことを思い出した。

わたしがベトナムの首都ハノイに赴任したのは、九六年八月のことだった。「ドイ・モイ（対外開放政策）」が本格化し、外国企業が続々とやってくる黎明期《れいめい》だった。ゴムサンダル履きで天秤棒《てんびんぼう》を担いだ女たちが行き交う街は、むせ返るような暑さで、火炎樹の緑の葉と燃えるような朱色の花が鮮やかだった。

ある晩、地元のバーに飲みに行くと、若いベトナム人のバーテンダーが珍しいカクテルを作っていた。小さなリキュール・グラスに焦げ茶色のカルーア（コーヒー豆の酒）を注ぎ、その上に透明なコアントロー（オレンジ果皮のエキスの酒）を注ぐ。二種類の酒は水と油のように分離してグラスの中で二つの層を作る。そこにベイリーズというコーヒー牛乳色のとろりとした酒を加える。ベイリーズは透明なコアントローを突き抜け、カルーアの上に新たな層を作る。上から透明、コーヒー牛乳色、焦げ茶色の三つの見事な横縞《よこじま》模様ができた。カクテルの名前を訊《き》くとバーテンダーはにやりとして「ビー・フィフティー・トゥー（B52）」と一言。よく見ると小さなグラスは下のほうが爆弾のように尖《とが》っている。北爆でハノイに襲いかかった「空の悪魔」をカクテルにしてしまうベトナム人のしたたかさに脱帽した。

そのバーは今にも朽ち果てそうな古いホテルの屋上にあった。ベトナム人女性と結婚したフィンランド人が開いたバーだった。竹を多く使った柔らかな感じの内装で、壁には世界各地の時刻を示す時計が無数に掛けられていた。名前は「サンセット・パブ」。下界の喧騒《けんそう》を忘れさせる清涼剤のような空間で、まだ娯楽の少なかったハノイで外国人や地元の若者たちの人気を博し、数百万円の開店資金は二〜三ヵ月で回収してしまったという。そこ以外にも、当時のハノイには一年程度で投資資金を回収したホテルやディスコがあった。回収した後は儲《もう》かる一方で、開国まもない国にはこういう手っ取り早い金儲けがあるのかと感心させられた。

解放後のイラクにも、こういうビジネス・チャンスがあるのだろうか。

「MONEY JAPAN」二〇〇三年七月号

グラフの季節

ウィンブルドンはロンドンの中心街から電車で南に三〇分ほど行ったところの高級住宅地である。日本企業の駐在員も多く住むこの街のテニスコートで、今年（二〇〇三年）も六月二三日から全英テニス選手権（通称、ウィンブルドン）が開催される。

この季節の英国は緑に溢《あふ》れ、風もさわやか。ウィンブルドンは、そんな初夏の英国を代表する風物詩だ。

わたしにとって、ウィンブルドンといえばシュテフィ・グラフである。わたしが英国に赴任してきた一九八八年に初優勝し、以後も全部で七回の優勝を飾った。初優勝したときはまだ一九歳になったばかりで少女の面影を残していたが、年を追うごとに王者の風格を備えていった。試合後のインタビューの謙虚な語り口やコートの外で見せるさわやかな笑顔が印象的な選手だった。

グラフの試合で最も記憶に残っているのが、九六年の準決勝だ。対戦相手は日本の伊《だ》達公子《てきみこ》。第一セットをグラフがあっさり取った後、第二セットに入ると白いハチマキをした小柄な伊達ががぜん健闘。ネットをぎりぎりで越えていく、ものすごいボールでグラフを押しまくった。グラフは風邪気味だったが、薬物検査を恐れて薬も飲まず、鼻をときどきかんでいた。グラフにサーブが回ると会場はかたずを呑《の》んでシーンと静まり返る。そのとき静寂を突然切り裂くようにスタンドから「Steffi! Will you marry me?（シュテフィ、俺と結婚してくれるか⁉）」という男のすっとんきょうな叫び。観客席がどっと沸いた。グラフは苦笑した後、うつむいて無言でボールを地面にポーン、ポーンと弾ませる。会場は再び静まり返る。グラフの横顔を映したテレビのスクリーンで中年の女性アナウンサーが「Does she have an answer?（彼女は答えるでしょうか？）」と呟《つぶや》く。その声が聞こえたかのようにグラフはやおらスタンドを振り仰ぎ「How much money do you have!?（あんた、いくらお金持ってるの⁉）」とやり返した。観客席は再びどっと沸いた。

　この日、第二セットを伊達が六―二で取ったところで試合は日没中断。翌日行われた第三セットはグラフが時速一〇〇マイルのサーブを復活させて伊達を六―三で下した。この年がグラフ最後の優勝の年となった。大きな丸い銀の女子シングルス優勝プレートを笑顔で掲げる姿を毎年見てきた者としては、グラフのいないウィンブルドンには一抹の寂しさを感じる。

　ちなみに今年の女子シングルスの優勝賞金は五三万五〇〇〇ポンド（約一億一〇〇万円）、準優勝二六万七五〇〇ポンド。準々決勝まで勝ち進むと六万五四〇〇ポンド（約一二〇〇万円）なので、出場までのトレーニング代やその他の経費を考えると、このあたりが損益分岐点だろうか。

「MONEY JAPAN」二〇〇三年八月号

ジャージーの休日

オフショア預金の島・ジャージーに家内と二人で短い旅行に出かけたのは、一九九六年のある夏の日のことだった。ヒースロー空港を離陸して三〇分もすると、コバルトブルーに輝く英仏海峡の波間に南北一〇キロ、東西二〇キロの小さな緑の島が見えてきた。島で一番大きな町はセント・ヘリエという港町で、わたしたちが泊まるホテルはそこにあった。ホテル前の船着き場で白いカモメがキューイ、キューイと鳴きながら、潮の匂いの中を乱舞していた。

島は第二次大戦中ナチス・ドイツに占領されたことがあり、ホテルの廊下には一九四五年五月にナチスから解放され、町にユニオンジャック（英国旗）が再び翻った日の写真が飾られていた。

セント・ヘリエの町には新鮮な魚介類を売り物にするフランス風ビストロが多い。わたしたちが見学に訪れた英国系金融機関のオフィスはそんな繁華街の一角にあるプレハブ風の建物だった。階段で二階に上がり、ガラス扉を入ると長い半円形のカウンターがあった。カウンターの向こうには二人の若い女性が座っている。一人はヘッドフォン型レシーバーをつけたオペレーターで、もう一人は新規口座開設の担当。がらんとした室内にはソファ以外にほとんど物がなく、その簡素さに拍子抜けした。口座開設申込書も表と裏に必要事項を記入するだけで、何の証明書類も要求されない。通帳もカードもなく、入出金明細表が年に一度送られてくるだけだという。思わず「こんなんで大丈夫なの？」と家内と顔を見合わせた。預金の金利はＬＩＢＯＲ《ライボー》（ロンドン銀行間取引金利）前後で、もちろん税金はかからない。日本の外貨預金が銀行に一パーセント以上金利をサヤ抜きされたうえに、手数料や源泉税まで取られるのに比べると、雲泥の差がある。

島に着いた日の夕食はフィッシュ・アンド・チップスにした。店では白衣姿の従業員七〜八人が鱈《たら》やおひょうを次々にフライにしていた。二人分で四ポンド六〇ペンス（当時約七〇〇円）。熱々を紙に包んでもらい、家内と近くの公園のベンチに座って食べた。一ヵ月後にわたしはハノイに単身赴任することになっていた。英国に残る選択肢もあったが、ベトナムに行けば心を揺さぶられる物語に出会えそうな予感がしていた。翌日、わたしたちは島じゅうの路線バス乗り放題の一日券を買い求め、別離の前のつかの間の休日を過ごした。

「ＭＯＮＥＹ　ＪＡＰＡＮ」二〇〇三年九月号

英国皇太子はタダ

英国では情報公開が進んでおり、多くの役所が美しくて見やすいホームページを作っている。

わたしが『青い蜃気楼～小説エンロン』（角川文庫）を書いた際には、英国の首相官邸を描写する必要があったので、官邸のホームページ「10 Downing Street」（ダウニング街一〇番地）にアクセスしたところ、建物内部の様子が写真付きで解説されていて、ずいぶん助かった。

英国では最近、チャールズ皇太子が会計報告書を公開したことが話題になった。

皇太子の公式ホームページ（www.princeofwales.gov.uk）を開くと、三枚の白いダチョウの羽をあしらった、プリンス・オブ・ウェールズ（英国皇太子）の紋章が付いたページが現れる。青紫色を基調にした美しいサイトである。皇太子の近況や、故ダイアナ妃の面影を目元と頰に宿すウィリアム王子の写真と一緒に、全二七ページの会計報告書がPDFファイル形式で掲載されている。

報告書によると、皇太子の昨年度の支出は五六三万ポンド（約一一億円）で、このうち三一三万ポンドが九一人の従業員の給与（一人平均三万四〇〇〇ポンド）だったそうだ。従業員の職種別内訳も付いており、執事やお馬係のほか、財務部長、人事・総務部長、広報官、ウェブ・エディターなどがいる。なお、IT関連はバッキンガム宮殿の職員をエリザベス女王と費用折半で共用している。

一方、収入は九九四万ポンド（約一九億六〇〇〇万円）で、前年比二七パーセント増。このほとんどが英国南西部にある商業ベースで運営されている皇太子の所領「コーンウォール公爵領」からの賃貸・投資収入で、国庫からはお金を受け取っていない。これに関して王室顧問の一人が、「女王のコストは国民一人当たり六〇ペンス（約一一八円）だが、皇太子のコストはタダである」という堂々のコメントを出している。

収入の内訳は、農地、山林、住宅および商業用不動産からの収入と投資収益である。収入増の要因は、皇太子が二〇〇一年から翌年にかけて株式ポートフォリオの大半を処分してギルト（英国債）や預金にシフトしたことや商業用不動産投資に成功したことだそうだ。皇太子はこうした資産運用に積極的に関与しているほか、昨年一年間に五〇〇以上の公式行事に参加し、一〇〇を超える食事会やセミナーを主催し、一万一〇〇〇人の客をもてなし、二五〇〇通の手紙を書き、三五〇の慈善団体を支援して七〇〇〇万ポンド（約一三八億円）の募金を集めたそうだ。アメリカ企業のCEO（最高経営責任者）も顔負けの大車輪の活躍である。

「MONEY JAPAN」二〇〇三年一〇月号

裁定取引

今小説の取材で、裁定取引について調べている。何やら難しく聞こえるかもしれないが、原理はシンプルで、本来同じであるはずの二つの商品の値段が異なっているとき、割安なほうを買って割高なほうを売り、その後両者が同じ値段になってきたときに反対売買（買ったものを売り、売ったものを買う）をして、リスクなしで金を儲《もう》ける方法である。

これを証券ビジネスに持ち込んだのが、「ウォール街の帝王」といわれたソロモン・ブラザーズのジョン・メリウェザーで、それを日本で最初に使ったのが、「日本一のサラリーマン」の異名をとった同社東京支店の明神茂《みょうじんしげる》氏であった。明神氏は時に取引規模を一兆円以上にして、国債や株式の先物が現物に比べて割高なときは前者を売って（ショート）後者を買い（ロング）、逆のときはその反対を行って、通算で二〇〇〇億円を超える利益を上げたといわれている。

わたしはトレーダーの経験はないが、偶然にも昔、こうした価格の歪《ゆが》みを利用した取引をやったことがある。銀行の日本橋支店で外回りをやっていた時、日経新聞の円金利の表を眺めていたら、円建て借入金利より邦銀のＣＤ（譲渡性預金）金利のほうが高いのに気がついた。「あれっ、こんなことってあるの？」と思ったが、どうやら一部の邦銀が大口顧客用であるCD獲得キャンペーンをやっていて、割高な金利をつけたらしかった。早速顧客である英国系証券会社ミッドランド・モンタギューに行って「マーケットがこんなふうになってますけど、ひと儲けしませんか？」と打診したら、「やろう、やろう」ということになった。わたしの銀行が円資金を市場から借りて同社に融資し、同社は他行（東海銀行）からCDを購入。一定期間後にCDを解約して円資金を返済することで、銀行も顧客も利ザヤを得る。数十億円規模の取引だったので、「まさか、計算間違いしてないだろうな？」と実行前に何度も電卓を叩《たた》いて確認した。ただ、わたしの勤めていた邦銀にはメリウェザーや明神氏がいなかったので、その取引をさらに大規模にやろうという発想はなかった。今思うと惜しいことをしたものだ。

　世の中を注意深く見ていると、こうしたチャンスが結構あるような気がする。わたしが都銀を辞めて英国にとどまる決意をしたのも、英国の住宅価格が日本に比べて非常に割安に思えたのが一つの理由だった。終身雇用や企業年金を捨てても（ショート）、日本の数分の一の値段で手に入る（ロング）住環境だけで十分価値があると思った。あれから九年。英国では不動産価格が三倍に、日本では半分になった。そろそろ反対売買をしても十分メリットは出るのだが……。

「MONEY JAPAN」二〇〇三年一一月号

香港から来た錬金術師

香港から来た黎《レオン》夫妻と知り合ったのは一〇年近く前のことだ。当時は一九九七年の中国返還を控え、英国やカナダ、オーストラリアに脱出する香港の資産家が多かった。夫妻は当時五〇歳くらい。夫のキースは医師で、香港で産婦人科クリニックを長年経営し、妻のクリスチーナが看護師兼事務長として一緒に働いていた。

英国移住当初の四年間は働くことが許されていないので、もの静かな性格のキースは家でもっぱら読書をし、活動的なクリスチーナは英会話や中国画を習っていた。妻同士が同じ英会話学校に通っていて知り合ったわたしたちは、住まいが近かったこともあってよく食事に招かれ、家内は魚の蒸し物や中国粥《がゆ》の作り方を教えてもらったりしていた。

二人を見ていて唸《うな》らされたのは、年季の入った金儲《かねもう》けの才覚である。英国に来た当初、不動産が安いと見た夫婦は、一軒二〇万ポンド（当時約三二〇〇万円）くらいの家を次々と四軒買った。購入資金はほとんどが借金で、家を他人に貸した賃貸収入でそれを返済していく形だ。今、それらの不動産は二〜三倍に値上がりした。

キースは競馬が好きで、香港に帰るたびに競馬に出かけ、「今回も旅費はキースが競馬で稼いだのよ」と、よくクリスチーナがいっていた。「なぜそんなに勝てるのか」と訊《き》いたら、とにかく賭《か》ける前は数週間を費やして徹底的に調査・研究をするのだそうだ。

夫婦は株なども当然やっており、わたしがバブルのころに買った日本株を売り損なったと話したら、「株は二〇パーセント下がったら、さっさと売らなきゃ」と笑われた。「中国株はどう思う？」と訊いたら、「中国企業なんて、中でどんなことをやらかしてるかわかったもんじゃない」と、まったく相手にしていない様子だった。

しかし黎夫妻にとって、友人もほとんどいない北の国の暮らしはさすがに寂しかったのだろう。五年くらいして英国籍が取れると、結局は香港に帰っていった。先日、「今ロンドンに来ているから、一緒にご飯を食べよう」と電話がかかってきた。持ち家の一軒を売る契約をしにやってきたそうで、当初二〇万ポンドで買ったのが四五万ポンドで売れたそうだ。

キースは香港に帰ってからしばらくクリニックをやっていたが、今は引退したという。「毎日何をして過ごしているの？」と訊いたら、「うん、僕は今、プロフェッショナル・ギャンブラーさ」と答えたので中華料理のテーブルを囲んだ皆で大笑いした。


「MONEY JAPAN」二〇〇三年一二月号

税金を払わない終身旅行者

「ハロー、ミスターK（わたしの本名）。ハウ・アー・ユー？」

トルコのイスタンブール空港で後ろから声をかけられ、振り向いたわたしはギクリとした。背後に、見覚えのある白髪のレバノン人政商が立っていた。

「お久しぶりですね」平静を装って答えた。「今回は何のお仕事で？」

「トルコからイスラエルへ石油を運ぶパイプラインの案件でね」

「ああそうですか」と答えながら、〝相変わらずご苦労なことだな〟と思う。

金融機関にいた八年ほど前、わたしのチームは、中央アジアの油田開発に関し、彼のアドバイザーを務めたことがあった。しかし、彼にはCIA（米国中央情報局）と結びついているとか、中東のある政府から指名手配されているといった噂があり、結局一年ほどで契約を打ち切った。（その後、元CIA職員ロバート・ベアが書いた暴露本『CIAは何をしていた？〈原題は〝SEE NO EVIL〟〉』（新潮文庫）の中に政商との生々しいやり取りが何度も出ていて、噂は本当だったのがわかった。）

彼と付き合っていて、一つ不思議に思うことがあった。常に旅をしているのだ。

欧州の住まいはパリのシャンゼリゼ通りにあるマンションだった。訪れると広い居間に通され、壁に張った大きな世界地図を前に、彼は「ここからここまでパイプラインを引いて、カスピ海の原油を地中海に運び出すのだ」と大言壮語していた。ニューヨークの五番街にも住居があった。そしてそれら二ヵ所以外にも、彼はしょっちゅう世界各地を仕事と称して旅していた。あるとき、緊急の用事で連絡しなくてはならず、大騒ぎで探し回ったら、QEII（クイーンエリザベス二世号）に乗って、悠々と大西洋を欧州に向けて航海中だった。

しばらくしてある本を読み、なぜ彼がいつも旅しているのかがわかった。どこの国にも一八三日以上滞在しない非居住者として、税金を払わずに済ませていたのだ。日本の芸能人などにも「日本とオーストラリアとカナダで、一年の三分の一ずつ暮らしている」などという人がいるが、あれも同じである。

作家専業になるにあたり、わたしもこれをかなり研究してみた。しかし、結局自分には向かないとわかった。理由は、終身旅行者をやるには年間で数百万円の費用がかかるが、そこまでして節税するほど所得がないこと。もう一つは、経済小説は執筆にあたって常に山のような資料を参照しなくてはならず、そんな資料を背負って年に何回も海外から海外へと移動する気にはなれないことである。

ただし、一〇〇万部くらいのメガ・ヒットが出れば、状況はずいぶん違ってくるのだが……。

「MONEY JAPAN」二〇〇四年一月号

オプション

昔々（一九八〇年代）、ある男がソロモン・ブラザーズというアメリカの投資銀行の東京支店で働いていました。あるとき日本の大手自動車会社に行くと、「日本の銀行が固定金利で期間一〇年の融資をしてくれるんですよ。しかも、うちはその融資をいつ返済してもいいんです」と財務部の人がいいました。男は〝ずいぶん結構な条件で借りているのだなあ〟と感心し、オフィスに帰って同僚の若い人にそのことを話しました。

「それはね、オプション（選択権）っていうんですよ」

若い人はいいました。

「金利が上がれば借り入れをそのままにし、下がれば返済できるというオプションです。邦銀が貸し出し競争をして、超優良顧客にオプションをタダであげるような融資をしているんです」

若い人はそういって、「ブラック・ショールズ・モデル」という難しい計算式を使ってオプションの価値を計算しました。そのころ、こうしたオプションの価値を計算できる金融機関はソロモンだけでした。計算すると、そのオプションはたいへん価値のあることがわかりました。

そこで男は自動車会社に行って、「そのオプションをソロモンが買い取りましょう。それでソロモンの儲《もう》けの一部を貴社に差し上げましょう」と持ちかけました。自動車会社は大喜びで、早速ソロモンと契約しました。〝これは儲かるぞ〟と気づいた男は、邦銀が貸し出し競争をしているような優良会社を次々と訪問し、多くの契約を取りました。そしてソロモンは大儲けし、男もたくさんボーナスをもらって大金持ちになりました。

（詳しくは、拙著『巨大投資銀行』をお読み下さい。）

この話を取材で聞いた作家の黒木亮さんは、出版社の編集者に会いました。その編集者は「黒木さん、ぜひうちで小説を書いてください。二年後でもいつでもいいです」といつもいっていました。でも出版社は、黒木さんの本が売れなくなったり、新しい部長が来て方針が変わったりすると、「いやー、ちょっと事情が変わりまして」と逃げを打つことがあります。一方、二年経っても出版社が黒木さんの本を出したいと思っていれば、「黒木さん、二年前の約束を早く果たしてくださいよ」と迫ってきます。これは出版社がオプション（詳しくいうと、「コール・オプション」）を持っている状態です。そこで黒木さんは、編集者に「何であなた方にタダでオプションをあげなきゃならないの？　オプション料を払え」といいました。すると編集者は、すごく嫌な顔をしました。

「ＭＯＮＥＹ　ＪＡＰＡＮ」二〇〇四年三月号

サイレント・ナイト

クリスマスの季節、ロンドンは出勤時刻でも外はまだ真っ暗で、オレンジ色の街灯が、すっかり葉を落とした街路樹の間に寂しげに点《とも》っている。

街には緑のヒイラギや赤いポインセチアが飾られ、商店の陳列棚にはシャンペンやカヴァ（スペイン産の発泡ワイン）の緑のボトルが並ぶ。人々は白く凍った道を踏みしめて、クリスマス・ギフトを買いに行く。

シティの金融マンだったころ、秘書のイギリス人女性は一二月になると、「クリスマスが来るのが楽しみだわ」と心から嬉《うれ》しそうな顔で「これはだんなに、これはダッド（父）とマム（母）に」といいながら、昼休みに買ってきたセーターや手袋などを机の上に並べていた。

この季節はまた、空き巣が活躍する季節でもある。

クリスマスが近づくと外出や外食の機会が多くなり、あるいは休暇を取って旅行に出かけたりするので、そのすきに入られるのだ。郵便物がたまっていたりして不在の兆候があると、ほぼ一〇〇パーセントやられる。

かつてわが家も短い間だが家を留守にしていたとき、郵便物がたまり、あっさり入られた。さらに悪いことには、外出するとき家のアラーム装置をオンにしていなかったので、保険の免責条項に抵触してしまい、何年間も毎年一〇万円近い保険料を払い続けていたにもかかわらず、保険金の支払いを拒否された。まさに泣きっ面にハチだった。保険金の支払い請求をすると、保険会社の若くて優しそうな調査員のお姉さんがやってきて、空き巣に入られたときの状況を訊《き》くので、正直にアラームのことを話したら、「そうですか」とうなずいてにんまりしていた。悔しい思い出である。

英国の保険はかなり細かく条件が付いており、アラームのほかにも、「窓やドアにはすべて錠前を付け、外出するときは必ずロックせよ」などと書いてある。もしこのうち一つでもやっていないと、たちどころに支払い拒否の憂き目に遭う。

このエッセイを書くに際して、日本の保険はどうなのかと思って家を持っている何人かの友人に電話で訊いてみたが、ほとんど全員が、自分が掛けている保険で何が免責条項になっているのかを知らなかった。「泣きっ面にハチ」予備軍である。

ロンドンでは、クリスマスの当日、地下鉄もバスも全面的にストップし、文字通りサイレント・ナイト(静かな夜)が訪れる。わが家は、今年もしっかり家にこもって聖夜を祝う予定である。

「MONEY JAPAN」二〇〇四年二月号

為替ディーラー

「……あのな、本部に行くと囲いの中にディーラーっていう人たちがいて、ドルや円を毎日売ったり買ったりしてるんやて。俺もそんな仕事したいなあ」

「ふーん、そんな仕事があるんですか。恰好《かっこう》いいですね」

もう二〇年以上も昔、千葉県船橋《ふなばし》市にあった銀行の古びた独身寮の食堂で、わたしは先輩の話を聞いていた。先輩は築地《つきじ》の魚市場の集金、わたしは千葉県の小さな支店の窓口係をしていた。

それから何年か経って仕事で本部に行き、高層階にあるリーディング・ルームに立ち寄ると、ガラスの向こうでディーラーになった先輩が恰好良く仕事をしていた。広い室内では、ワイシャツ姿の男たちが相場を示す緑色のスクリーンに目を凝らし、女性のカスタマー（顧客担当）ディーラーたちは賑《にぎ》やかに顧客と電話をしていた。

わたしはといえば、スーツを汗でぐっしょり濡《ぬ》らして都心を自転車で駆けずり回る外回りだった。何という不公平か！　頭にきたので銀行を辞めるといったら、すぐ人事部に呼ばれ、夕方、本部の食堂でビールを飲まされたり焼きソバを食べさせられ、数ヵ月後にロンドン転勤の辞令が出た。

「為替《かわせ》のディーラー？　あんなの金融業界で最も原始的な仕事じゃない」

先日、ロンドンで一緒に食事をした友人が笑った。

「僕らがやってたころのディーリングなんて、たまたま見たタクシーのナンバー・プレートがYEN238だったから、円が上がるとか、今日は満月だから相場が動くとか、そんな世界でしたからね」

その友人はもともと邦銀の為替ディーラーから出発し、外資系の銀行に移ってコモディティ・デリバティブ（石油製品や金属のデリバティブ取引）の修業を積み、今はロンドンにあるエネルギー・リスク管理会社のトップを務めている。経歴がこの二〇年間の金融業界の変貌《へんぼう》を象徴しているような人物だ。

「ただ、いくら金融工学を駆使してリスクを追い詰めても限界がある。……やっぱり最後に勝つのは相場の流れを読めるヤツなんですよ」

遠くを見るようなまなざしでいった友人の顔に、一瞬ディーラーの面影が甦《よみがえ》った。

先日、成田空港から都心に向かう電車の窓から昔住んだ銀行の独身寮のあたりを眺めたが、懐かしい四階建ての建物は影も形もなかった。ディーラーだった先輩は、今は銀行の投信子会社の部長をしている。

「ＭＯＮＥＹ　ＪＡＰＡＮ」二〇〇四年四月号

魑魅魍魎のスイス

チューリヒ郊外にある農家風レストランで、わたしは数人のスイス人たちと夕食をとっていた。

「……では、この中から好きな数字を一つ選んで頭に入れ、その数字があるカードをすべて抜き出してください」

食後のコーヒーの香りの中で、わたしは向かいに座ったスイス人の男に六枚のカードを差し出した。

それは数学の「二進法」を利用して作られたカードだった。

それぞれのカードに1から60のうち二八個の数字が、横七列縦四段で並んでいる。相手がどの数字を選んでも、その数字が書かれているすべてのカードの最上段左端の数字を合計すれば、選んだ数字がわかるようになっている。

「あなたが選んだ数字は〝31〟ですね」

わたしがにっこりいうと、相手は、

「どうしてわかるんだ⁉」と、おどけて見せた。

「どれどれ、僕にもやらせろよ」

隣の初老の男が葉巻をくゆらせつつ、わたしの手からカードを抜いていく。

（ん、また〝31〟？）

ふつうは皆それぞれ好き勝手に違う数字を選んでくるので、意外な感じがした。

「〝31〟ですね」

わたしがいうと、相手はよくわかったじゃないかという顔をした。

「じゃあ、今度はわたし」

彼の隣の中年女性がカードを選ぶ。

（……えっ、また〝31〟？）

彼女が選んだカードの数字を合計したわたしは、足し算を間違えたかと訝《いぶか》り、思わず手元のカードを見直した。

三人はわたしの様子を眺めながらにやにやしている。

食後の座興だったが、彼らは徹底してわたしの裏をかこうとしていた。戦乱の欧州を生き抜いてきた小国の、知恵としたたかさを垣間《かいま》見た思いがした。

翌日、チューリヒの有力プライベート・バンクを訪問した。

世界じゅうから資金を集める由緒ある銀行の応接室にはシャンデリアが点り、骨董品《こっとうひん》のような机と椅子が置いてあった。

「それはデクレアド・アセット（公表している資産）ですか、それともアングレアド・アセット（隠し資産）ですか？　後者であれば、弊行への送金はダミーの銀行を間に入れ、最終送金先がわからないようにすることをお勧めします」

執事のように黒いスーツを身にまとったスイス人バンカーは、平然といった。

その数ヵ月後、アメリカで同時多発テロが発生。テロの資金の運用にスイスの金融機関が関与した疑いがあると報じられた。


「MONEY JAPAN」二〇〇四年五月号

一〇万円の雪駄

初めてイランを訪れたのは、一九八九年の秋のことだった。

首都テヘランは海抜一五〇〇メートル前後の高地にある。エルブルズ山脈の四〇〇〇メートル級の山並みが間近に迫っており、その雄大な景観に思わず息を呑《の》んだ。街で見る女性たちは、皆黒いベールを被《かぶ》っていた。

当時、八年に及んだイラン・イラク戦争が終結してまだ一年しか経っておらず、ホテルの部屋にはクーラー、冷蔵庫はおろか、石鹼《せっけん》すらなかった。

着いた初日にホテルのレストランでチェロ・カバブを食べた。

羊肉を炭火で焼き、バターライスの上にのせた料理である。付け合わせは焼いたトマトに生の玉葱《たまねぎ》。玉葱をシャリシャリかじりながら、こんがりと焼けた肉汁たっぷりの羊肉を食べる。頭がくらくらするほど美味《うま》かった。

食べ終わってイラン・リヤル建ての勘定書きを見た。せいぜい一〇〇〇円くらいだろうと思って、一ドル＝七〇リヤルの交換レートで計算すると、なんと約二万円！　思わず「暴力バー」ならぬ「暴力カバブ」かと目を疑った。

その後、ホテルの売店に行ってリヤル表示の品物の値段を見ると、コカ・コーラが一缶＝約二五〇〇円、シャンプー一本＝約一万円。

「これは『一〇万円の雪駄《せった》』の世界だ！」と心の中で思わず叫んでいた。

わたしの学生時代（一九七〇年代後半）、一世を風靡《ふうび》した『嗚呼《ああ》!! 花の応援団』という漫画があった。その中に「一〇万円の雪駄」という、当時としては異様に高い値段の雪駄が登場し、それを巡って主人公の青田赤道《あおたあかみち》らがドタバタを繰り広げる話があった。

翌日、イラン中央銀行に行ったとき、奇怪な物価の原因がわかった。

闇レートの存在である。中銀のビルの前で、リヤルの札束を鞄《かばん》に詰め込んだ闇屋の男たちが客を手招きしていた。

中銀前で堂々と闇両替をやっているのに度肝を抜かれつつ、レートを訊《き》くと、公定レートの二〇倍の一ドル＝一四〇〇〇リヤル。コカ・コーラの本当の値段は一二五円、シャンプーは五〇〇円だった。政府が国民（特に貧困層）を輸入インフレから守るため、公定レートを無理にリヤル高に設定していたのだった。

こうした二重為替レートは、一方で輸出業者や外国の投資家に不利に働く。イラン政府は四年前から改革に乗り出し、現在では公定レートと闇レートの差は一パーセント程度しかなくなった。

かくして、わたしが見た「一〇万円の雪駄」の世界は幻となったのである。

「MONEY JAPAN」二〇〇四年六月号

海峡の街

青く澄み切った空にブルーモスクの尖塔《せんとう》が聳《そび》え、トプカプ宮殿の新緑の林を涼しい風が吹き抜ける。

初夏は、イスタンブールが一段と美しくなる季節だ。

ロンドンを午後のフライトで発《た》ち、イスタンブールのホテルにチェックインすると、だいたい真夜中。それでもわたしには行きたい場所がある。

ヨーロッパ側の高台に建つヒルトン・ホテル九階のバーである。

時刻は真夜中の一二時半過ぎで、客は誰もいない。

ボスポラス海峡を見下ろす広いガラス窓のそばの、小さなテーブル席に腰を下ろすと、テーブルの上で、ろうそくの炎が揺れていた。

「一時に閉めるの？」

わたしはバーテンダーに訊いた。

「一応そうですが、ここはあなたのホーム（家）です。いつまでもどうぞ」

旅人に優しい国である。

彼方《かなた》のボスポラス海峡は闇の中に黒く沈んでいる。

対岸のアジア側に家々の光が点《とも》り、それが時おり風に瞬《またた》く。

赤ワインは一杯八〇〇円ほど。

ぽろぽろと崩れるしょっぱいフェッタ・チーズとオリーブをつまみに飲むと、ああ、またトルコに来たなあと思う。

初めてこの街を訪れたのは、もう一八年以上も前のことだ。それ以来、主に仕事で七〇回くらい訪れた。

トルコは昔から、ハイパー・インフレの国である。

物価上昇率は常に年率五〇パーセント以上。そのため、トルコ・リラの為替《かわせ》レートがどんどん切り下がっていく。一〇年前は一ドル＝三万一〇〇〇リラだったのが、現在は一三三万リラ。毎年のように新たな高額紙幣が登場する。

厄介なのが、タクシーのメーターである。

インフレでどんどん桁《けた》が増えるので、数字の枠の数が常に不足しているのだ。一定の距離を走るとメーターがいっぱいになり、再びゼロから始まる。空港から市内まで行くときは、始終メーターに目を凝らし、何回転したか数えていなくてはならない。

インフレの原因は、政治家が人気取りの公共事業をやるため、国を借金体質にしてしまったことだ。かつて投資適格だったトルコの信用格付けは、今やシングルB。それでも人々は優しく、逞《たくま》しく生きている。

夜更けのバーでは、時の流れが止まっていた。

彼方に瞬くアジアの光を眺めながら、わたしはワイングラスを傾ける。

「MONEY JAPAN」二〇〇四年七月号

「揺りかごから墓場まで」

「イギリスは、揺りかごから墓場までなんでしょう？　いいですね」

よく日本の人にいわれる言葉である。わたしも子供のころ、イギリスでは福祉が充実していて、国が一生面倒を見てくれると学校で習った記憶がある。

今、イギリス人にこれをいうと「あんたはアホか」という顔をされる。

現在、国からもらえる年金額は月に三〇〇ポンドちょっと（約六万円）にすぎない。公的医療は確かに無料だが、医者は低賃金で酷使され、病院のサービスも良くない。単純な病気か金を節約したいと思うのでなければ、自分で金を払って民間の医者にかかる。現代のイギリスでは、自助努力で生きていかなければならないのである。

一九七七年、行き過ぎた福祉政策や非効率な国有企業のために経済が行き詰まり、イギリスはＩＭＦ（国際通貨基金）の支援を受けるという屈辱にまみれた。その二年後「鉄の女」マーガレット・サッチャーが首相に就任。市場原理に基づく改革を強力に推し進めた。労働組合の力を削《そ》ぎ、国有企業を民営化し、公共投資を削減し、福祉政策にもメスを入れた。年金も民間への移行が始まり、ファンドマネージャーが運用するようになった。

かくしてイギリスは甦《よみがえ》った。では福祉は切り捨てられたのか？

「僕はイギリスに骨を埋《うず》めます。この国は福祉が素晴らしいから」

ロンドンに住む日本人の友人の言葉である。揺りかごから墓場までが、とうの昔に過去のものになったと思っていたので意外な感じを受けた。

友人は、娘が自閉症なのだ、といった。イギリスではそうした問題を抱える子供たち一人一人に関し、地区の福祉担当者、学校長、担任の教師、医者、心理学者などが常に情報を共有し、親も交えて定期的に話し合い、きちんとかつ専門的な対応をするのだという。そうした子供たちが暮らすための施設もたくさんあり、民営化スキームの下、専門的ノウハウを持つ民間企業が運営し、国が子供一人当たり年間一〇〇〇万円程度の費用を支払っている。

「日本では横の連絡がいっさいないから、担当者に会うたびに娘のことを一から説明しなけりゃならないし、もちろんそうしたしっかりした施設もないからね」

イギリスの福祉は国民に自助努力を求める。しかし、個人の努力で克服できないところには手厚く資源を配分する。

友人の言葉を聞きながら、この国の懐《ふところ》の深さをしみじみと噛《か》みしめた。

「MONEY JAPAN」二〇〇四年八月号

クレムリンのダイヤモンド

クレムリン宮殿は、モスクワ川左岸の高台に建つ中世の要塞《ようさい》である。全長約二・二キロの高い城壁で囲まれた三角形の敷地の中に、ロシア大統領執務室や寺院、大宮殿などがある。

初めてモスクワを訪れたのは銀行マン時代の一九九二年。旧ソ連消滅の翌年である。融資をしていた旧共産圏の国際機関が金を返してくれなくなり、様子を見に行った。債務者は国際経済協力銀行（略称IBEC《アイベック》）と国際投資銀行（同IIB《アイアイビー》）という二つの銀行で、西側諸国の商業銀行から金を借り、東欧各国やキューバ、モンゴルなどに融資をする、いわば旧共産圏のIMFと世界銀行だった（今思い返すと、共産圏の経済強化のために日本の銀行がせっせと金を貸していたわけで、あんなことをやっていてよかったのだろうかと思う）。

二つの銀行はモスクワ市の北東に並んで建っていた。二つとも白壁の堂々とした一四階建てのビルで、正面入り口前に加盟各国の国旗が翻っていた。

しかし、建物の中は薄暗く、人の気配はあまりなかった。会ったのはチェコスロバキア人やブルガリア人の副総裁や局長。「チェコとハンガリー以外は金を返済してこない。

我々も金を返したいが、返済できない」といわれた。

帰りがけにエレベーターの中で、書類鞄《かばん》を提《さ》げた背の低いアジア人の男と一緒になった。色が浅黒く、がりがりに痩《や》せていた。「どこから来たの？」と訊《き》いたら、ベトナムだという。社会主義国で、IBECやIIBから金を借りていたのだ。

（ベトナム人って、こんな感じなんだ……）

数年後にベトナムに駐在する運命になろうとは、夢想だにしていなかった。

出張中、クレムリン宮殿を観にいった。トロイツカヤ塔という高い望楼の下に観光客用の入り口があった。

クレムリンで最大の見所は、ダイヤモンド庫である。暗い水族館のような部屋にずらりとガラスの陳列ケースが並び、黒いビロードの上で、米俵をぶちまけたような大量のダイヤモンドが眩《まば》ゆく輝いていた。ある陳列ケースのダイヤの総重量は三〇キロあるという。二〇カラット以上のものにはすべて「ヤクートの星」「トルストイ」「第二六共産党大会」といった名前が付けられていた。世界でこれだけの宝石があるのは、大英博物館とイラン中央銀行だけだそうである。

結局、二つの銀行に対する融資のほうは返済が期待できないので、ローンの流通（セカンダリー）市場で半額とか三分の一の値段で叩《たた》き売った。

二つの銀行に金を貸したのはわたしより一年上の先輩である。先輩はオリンピックの開会式などでブルガリアやキューバの選手団が入場してくると、「オリンピックに出られるなら金返せ……」とテレビ画面に向かって呟《つぶや》いていた。先輩にはクレムリン宮殿にダイヤモンドがたくさんあることは教えなかった。

「MONEY JAPAN」二〇〇四年九月号

「……でも私は、彼を帰してやりたい。だから私は、この海辺の扉を、さっき、私の手であけてやりました」

海辺の扉

わたしの好きな『海辺の扉』という宮本輝《みやもとてる》さんの小説のラストシーンは、ギリシャのミコノス島の夕暮れ。海は濃いすみれ色と描写されている。誤って幼い息子を死なせた男が、罪の意識を背負いながらギリシャで暮らす、哀しみと再生の物語である。

アテネのピレウス港から船に乗り、六時間くらい航海すると、紺碧《こんぺき》のエーゲ海に小さな島々がぽつりぽつりぽつりと見えてくる。島々には白い家々がぎっしりと建ち並んでいる。ミコノス島の桟橋ではホテルの客引きたちが待っていた。泊まったのは一泊約三六〇〇円の海辺のペンション。朝な夕なに海を眺めながら、数日間を過ごした。エジプト留学時代のことである。

それから三年後、わたしはロンドンに赴任した。赴任してすぐ、ギリシャ政府向け私募債の幹事団ミーティングに出された。国内支店の経験しかなかったので、みんなが何を話しているのかちっともわからず、住友銀行の人が「それはけしからん、うちは絶対に呑めない」などと激しくまくし立てているのをぼけっと聞いていた。

当時のギリシャはアイルランド、ポルトガルと並んで「ECの三貧《さんぴん》」と呼ばれていた。各行とも審査部から「もうこれ以上ギリシャには金を貸すな」といわれ、苦労しながら案件をこなしていた。そのギリシャも通貨統合のおかげで、今や格付けはシングルA。ちなみにアイルランドはトリプルA、ポルトガルはダブルAになった。

それでもやはりギリシャは貧しい。夏は金色に輝くアテネも、冬は灰色の薄汚れた街に変わる。ギリシャに行くなら夏である。アクロポリスの丘の麓《ふもと》の野外レストランで木漏れ日を浴びながら冷えたギリシャ産白ワインを飲み、魚介類やスブラキ（串焼《くしや》き肉）を食べ、夜はブズーキ（マンドリンに似た弦楽器）の音色を聴く。地中海沿岸の夏は人生の喜びに溢《あふ》れている。

ギリシャに旅行するという友人にわたしは必ず『海辺の扉』を貸す。ほとんどの人が帰ってくると「良かったです。旅行中に家内もわたしも読みました」といい、ウゾ（アニスという香草を原料とした焼酎《しょうちゅう》）なんかをお土産にくれる。わたしはそれを味わいながら、かつて訪れた海辺のペンションに思いを馳《は》せる。もう名前も場所も忘れてしまったが、またいつか訪れてみたいと思っている。

「MONEY JAPAN」二〇〇四年一〇月号

アフリカ・ファイナンス

コートジボワール（象牙海岸《ぞうげ》）の商都アビジャン空港の入国審査では、白衣姿の黒人職員が乗客一人一人のイエロー・カードをチェックしていた。ここ西アフリカは黄熱病の本場だ。カードを忘れてきたわたしは、その場で予防注射をされそうになったが、医者に五ポンドの賄賂《わいろ》を払って逃れた。地獄の沙汰も金次第である。

街なかで見る黒人たちは、米国のプロ・バスケットボールやプロ・ボクシングの選手によく似た顔があり、この一帯から米国に奴隷が送られたのがよくわかる。

彼《か》の地で、かつて同じ銀行で働いた三〇代前半の日本人に出会った。彼はＩＦＣ（International Finance Corporation ＝国際金融公社）の現地事務所で働いていた。世界銀行（正式名称は国際復興開発銀行）は発展途上国の政府や国営企業に期間一五年～二〇年程度の融資を行い、ＩＦＣは途上国の民間企業に対して出資や期間三～一〇年程度の融資を行う。両方とも世界銀行グループの機関で、米国のワシントンＤＣに本部がある。主な資金調達手段は両者とも債券発行で、日本でもときどき売り出されている。

その晩、市内の商業地区にある彼のアパートに招かれた。ビルの下で熱風が渦巻いていた。夫人と暮らす家賃一二万円のアパートは古く、エレベーターがよく故障するという。高層階のリビングの窓からは灰色に濁った入り江《ラグーン》が一望の下に見下ろせた。彼はアフリカ向けファイナンスを目指して銀行を辞め、フランスに留学後、ＩＦＣの契約コンサルタントになった。「銀行は金を貸したらそこで終わりですが、ＩＦＣは経営指導をしながら最後まで見届ける。そこが面白いんです」と夜遅くまで語った。

出張後、わたしはアビジャンに本社を置くエア・アフリカに融資をしたが、直後に西アフリカの通貨であるＣＦＡ（セーファー）フランが切り下げられ、債務不履行《デフォルト》になった。英国などの公的輸出保険付だったので損は出なかったが、回収が面倒臭くなった。

日本人の友人はその後ＩＦＣの正規職員となり、三菱商事が出資したモザンビークのアルミ精錬プロジェクト「モザール」など、大型案件を取りまとめて活躍している。

三年ほど前に彼がロンドンに出張で立ち寄ったとき、一緒にナイトクラブで飲んだ。若い日本人ホステスに「どこで働いているんですか？」と訊かれた友人は「ワシントンの世界銀行で働いています」とちょっと胸を張るようにして答えた。

彼女は少し考えてからいった。

「それって、世界じゅうでお金が下ろせる銀行ですか？」

「ＭＯＮＥＹ　ＪＡＰＡＮ」二〇〇四年一一月号

魚釣りセンター

外国に住むと、目から鱗《うろこ》が落ちて、生きる姿勢まで変わるような出来事に遭遇することがある。約二年間住んだベトナムは、そんな国だった。

あるとき、勤務していた証券会社の事務所開設パーティーの打ち合わせを、会場に使う地元のホテルのベトナム人従業員たちとしていた。たくさん来賓も来るので、縦横数メートルの会社の旗を作って会場中央に飾ろうということになった。ただ、どういう色で作れば映えるかわからないので、わたしは二つ作って実際に会場に飾り、そのうえで良いほうを選ぼうと提案した。無論、費用は二枚分払う。ところが、ホテルの人たちは、「そういうことはしません」と頑として受け付けなかった。

そのほか、日本大使館が来越する一人の大臣のために飛行機の席を二つ予約しようとしたところ、ベトナム航空の職員が絶対に受け付けようとしなかったとか、新聞社のハノイ支局長が列車の席を一人で二つ使おうとして予約しようとしたら断られたというような話をよく聞いた。無論、両方とも二人分の料金を払うと申し出てのことである。

ベトナムでは、物を粗末にすることは、親を粗末にするくらい不道徳なことなのだ。長い戦争の間、乏しい物資で耐えてきたためなのだろうが、現代にこういう生き方をしている人たちが存在するのを知り、心が洗われる思いがした。それ以来、わたしも物を大切にするようになった。

もう一つ「目から鱗」だったのは言葉である。ホーチミン市にNGUYEN HUEという名の通りがある。しかし、何度「グエン・フエ」と発音しても通じない。あるとき友人から「ウェンウェー」と短く、甲高くいえとアドバイスされ、半信半疑で「ウェンウェー！」と叫んだら、あっさり通じた。また、ハノイのHUNG VUONG通りも「フォンヴォンッ」とピアノの鍵盤《けんばん》を叩《たた》くように、短くリズミカルに発音しないと通じない。音の高低とリズムで言葉を認識する言語に初めて接し、新鮮だった。

先日、アジアに駐在経験がある日本人の友人にその話をしたら、彼も似たような経験があるという。シンガポールにWORLD TRADE CENTREというビルがあるが、いくらきちんと英語でいっても、タクシーの運転手に通じないのだそうだ。ではなんといえば通じるか？

「魚釣りセンター」

これで一発だそうである。

「MONEY JAPAN」二〇〇四年一二月号

ロンドンの地下鉄

ロンドンに来て以来、わたしは地下鉄ノーザン線沿線に住んでいる。金融街シティも通過する路線で、今年（二〇〇五年）でちょうど開業一〇〇年。トンネルは黒く煤《すす》け、五～六年前まで車体や床が木でできたクラシックな電車が走っていた。

英国では、電車が遅れるのは日常茶飯事だ。また、「due to staff shortage this window is closed（職員不足のため窓口閉鎖中）」という、日本では乗客一揆《いっき》が起きそうな看板が堂々と掲げられ、駅で切符が買えないこともしばしばある（そういうときは勝手に電車に乗り、降りた駅で理由を話せば、こちらのいうことを信じて料金の精算をしてくれる）。

こうしたことの原因の一つは、路線によっては民営化され、限られた経費で運営されていること。もう一つは、政府の予算の使い残しである。日本の役所では年度末が近付くと何が何でも予算を使い切ろうとするが、英国では必要がなくなった予算は使い残す。したがって日本のような巨額の財政赤字や政府債務はない。一方で「予算をきちんと使わないから公共サービスが良くならない。予算を使い残すな」といった批判記事が新聞に出たりする。

ロンドンの地下鉄駅のエスカレーターは長い。それに乗っていると、よく高校の英語の有富聖二《ありとみせいじ》先生のことを思い出す。三〇歳くらいの穏やかな男の先生だった。英語が好きだったわたしは、ときどき家に遊びに行ったりしていた。

昭和五〇（一九七五）年ごろ、北海道の小さな町の住人が海外に行ける機会はほとんどなかった。そんなとき、先生が文部省の研修か何かで短期間英国に滞在した。帰ってきてから教室で「ロンドンの地下鉄のエスカレーターはすごく長くて、天国の階段のようだった」と話してくれた。わたしたちはそれを聞き、未知の外国へ想いを馳《は》せた。

高校を卒業するとき、先生は一人一人に短い餞《はなむけ》の言葉を書いてくれた。早稲田大学に進学するわたしには「鳴らせ金山（わたしの本名）、早稲田の杜《もり》に」だった。

東京に出て間もないころ、手紙を書いた。先生からは葉書が来て「きみはもうTokyoite（東京人）になったかい」というようなことが書いてあった。

四年前に作家デビューしたとき、先生に本を贈ろうと思って勤務先の知床《しれとこ》の高校に電話したところ、つい最近亡くなられたと、思いがけない答えが返ってきた。卒業以来のことを話す機会は知らない間に永遠に失われていた。ロンドンの地下鉄の駅で天国の階段のようなエスカレーターに乗るたびに、そのことが悔やまれる。

「MONEY JAPAN」二〇〇五年一月号

市場経済化

「クォンタム・ファンド」の共同創設者ジム・ロジャーズ氏はバイクで世界を駆け巡った「インベストメント・バイカー」。及ばずながらこのわたしも、世界七〇ヵ国を訪れ、四五ヵ国で金融ビジネスをした自称「インベストメント・ライター」である。

ロジャーズ氏を真似たわけではないが、ここ数ヵ月の間に旧ソ連・東欧圏を訪れる機会があり、ソ連崩壊後の市場経済化の光と影を目の当たりにしてきた。

まず最初にキルギス。中国西部と国境を接し、天山山脈《テンシャン》の西半分を占める山岳国である。人口は約五〇〇万人。キルギス人は顔が日本人によく似ており、インターネットカフェのお姉さんが高校のときの憧《あこが》れの先輩にそっくりだったりする。首都ビシュケクは、キルギス人、ロシア人、ウイグル人、朝鮮人などが肩を並べて通りを歩く知られざる国際都市だ。一〇年前に訪れたときは、人々はどこで食料品を買っているのかと訝《いぶか》るほど街には商店が見当らなかった。しかし、今ではデパートに商品が溢《あふ》れ、昔は清掃が行き届いていた道路にはゴミが散乱し、貧富の差が激しくなって物乞《ものご》いが増えていた。

続いてチェコ。一二年ぶりにプラハを訪れて愕然《がくぜん》とした。かつて人影もまばらで、時がしっとりと流れていたヴァーツラフ広場は、世界じゅうのブランド・ショップ、洒落《しゃれ》たカフェ、両替店、観光客でごった返し、まるでシャンゼリゼ通りだった。昔、家内と二人で素朴な味わいのソーセージを食べた精肉店兼食堂は影も形もなかった。

二つの国で印象深かったのは、英語が通じるようになったことだ。

旧ソ連のキルギスは、一〇年前には英語が通じる可能性は皆無で、ロシア語の通訳なしには移動も食事も買い物もいっさいできなかった。そうした経験があったので、一年半前からロシア語を習い、今回は万全の態勢で臨んだ。ところが、今やホテルの従業員はおろか、道端のカフェのお姉ちゃんでも英語を喋《しゃべ》るではないか！　首都のビシュケクでは、米国務省やジョージ・ソロスが「中央アジア・アメリカン大学（The American University in Central Asia)」という立派な大学を一九九七年に建て、英語で授業をしていた。

チェコはキルギス以上に英語が通じる。プラハの商店では誰もが英語を話す。ブルノという地方都市の共産主義時代の面影を色濃く残す中央駅の食堂でも、まさかこの人がと思うようなくたびれた初老のウェイターの口から、流暢《りゅうちょう》な英語が流れ出てきた。

いい仕事を得るためには、まず英語。街には豊富な物資、広がる貧富の差、溢れるゴミ。日本を含め、世界はどこも市場経済化でアメリカになりつつある。これでいいのか、ミスター・ロジャーズ？

「MONEY JAPAN」二〇〇五年三月号

金融ジャーゴン

ある日、編集者Aから電話——。

「黒木先生、今度新人が経済小説を出すので、推薦文をいただけないでしょうか？」

「えっ、何で僕にいってくるの？　僕より有名な人いっぱいいるじゃない」

「はあ、あのー、ほかの人は結構いろんなところで推薦してますので……」

「なるほど。ダイリューションが起きてるわけね」

「いえ、わたしはぜひ黒木先生のご推薦文をいただきたいと思いまして」

ほんまかいなと思いつつ、じゃあ、とりあえずゲラを送ってくださいと伝える。


ある日、証券マンの友人と飲む——。

「ねえ、本って一年に何冊くらい出せるもんなの？」

「一冊の分量次第ですけど、年に一・五冊か二冊ですね」

「ふーん、そんなもん？　作家の仕事って、レバレッジ利かせられないの？」

「事務所に何人も取材要員を抱えてやってる人もいますけど……。僕は編集者やフリーの人にときどき手伝ってもらう程度なんで、せいぜい一・三倍ですね」

友人は、ふーむなるほど、といって猪口《ちょこ》の日本酒をすする。

ある日、編集者Bから電話——。

「黒木さん、今度の文庫ですが、初版二万部で、堅実に売らせていただけないかと……」

「それって、要は引受リスクを取らないってことじゃない。おたく、やる気があるんですか？　三万部フルアンダーライト、これでやってください。嫌ならマンデートは他社に出します」

編集者、ううう、と唸《うな》り、上と相談してお返事します、と電話を切る（後日、三万部でやりますと連絡あり）。

再び、証券マンの友人と飲む——。

「連載の話って、どれくらい前から決まるもんなの？」

「小説誌で半年から一年前、週刊誌だと一、二年前、新聞だと二、三年前ですね」

「へーえ。やたら長い先物をショートするんだ」

「そういうポジションを大量に抱えてると、書き下ろしでしか書けない暴露物系を書きたくなったときなんか困るんですよね。小説は差金決済できませんから」

友人は、なるほどなるほど、といって猪口の日本酒をすする。

（注）jargon＝わけのわからぬ言葉、専門用語、dilution＝株式の追加発行による一株価値の希薄化、leverage＝借り入れで投資収益を膨らませること、full underwrite＝全額引き受け、mandate＝融資団組成委任、short position＝売り持ち、差金決済＝現物の引き渡しを伴わない、売りと買いの差額による決済

「MONEY　JAPAN」二〇〇五年四月号

星の王子さま

黒木さんの小説は食事のシーンが多いですね、とよくいわれる。これには理由があって、外国に行ってその国を実感できるのは、食事、音楽、言葉、文字などに接したときなので、ある土地を描写しようとすると自然とこれらを書くことになる。

そうした物の一つにお札がある。わたしは外国に行くたびにその国のお札を持ち帰る。絵柄が細密で芸術性が高く、しかも国の歴史や文化が集約されているので、旅の想い出には一番である。トルコのすべてのお札には近代トルコの建国の父ケマル・アタチュルクが、フィンランドの旧一〇マルカ札には伝説の長距離走者パーボ・ヌルミが、エジプトのお札にはスフィンクスやピラミッドが、エチオピアのお札にはコーヒーの収穫作業が、ポーランドのお札には音楽家ショパンが印刷されている。なかでも群を抜いて目を引くのが、フランスの旧フラン札だ。ピンク、黄、青、緑、オレンジなど色鮮やかで、絵柄も大胆。特に五〇フラン札は、星の王子さまと作者のサン＝テグジュペリが描かれていて、お札とは信じられないほど可愛らしい。

しかしわたしの楽しみは、ＥＵ（欧州連合）の通貨統合参加一二ヵ国に限っていえば、二〇〇二年一月を境になくなってしまった。各国共通のユーロ紙幣と硬貨が導入されたからだ。先日もアイルランドを旅したとき、緑色のアイリッシュ・ポンドのお札が姿を消していて、寂しい気分になった。アイルランドは四季を通して全島が鮮やかな緑《ケリーグリーン》に覆われ、歴史的には常に英国の従者か弟分のような存在で、通貨も英国のスターリング・ポンドに比べて多少安く、お札もそんなお国柄を表していた。

一方でユーロの導入で便利になったこともある。旅行のたびにお金を使い切る必要がなくなったことだ。スペインでユーロを使い残しても、ほかの一一ヵ国でそのまま使える。

また、ユーロは長期の貯蓄手段としても良さそうだ。なぜかというと、一国の通貨の価値はその国の経済のファンダメンタルズに大きく依存するが、ユーロ参加国には、①財政赤字はGDP比三パーセント以下、②政府債務はGDP比六〇パーセント以下という、常に守らなくてはならない財政条件が課されているからだ。現在ドル安が問題となっている米国の場合、財政赤字はGDPの五・六パーセント、政府債務は同六四・九パーセント。日本にいたっては、それぞれ六・七パーセントと一五一・二パーセントという恐ろしい数字である。ユーロは導入後一時一ユーロ＝八〇円台まで下がったが、最近は一三〇円台まで回復している。やはり通貨はファンダメンタルズだなあと思う今日このごろである。

「MONEY JAPAN」二〇〇五年五月号

［追記］

その後、ギリシャの財政粉飾が発覚し、アイルランドやポルトガルにも飛び火して、ユーロ危機（二〇一〇年）に発展した。いくらよい制度を作っても守れなければ絵に描いた餅《もち》である。残念ながらユーロは今後もがたがたしそうで、見方が甘かったと反省している。やはりこの三ヵ国は「ＥＵの三貧」だったか……。

報酬は努力のうちに

マンハッタンから北に電車で四〇分の街グリニッジは米国の田園調布《でんえんちょうふ》。松の木の匂いが立ち込め、野ウサギがいる林の中に、大きなお屋敷が点在している。そこに住むのは、ウォール街で成功したインベストメント・バンカー、投資家、企業の元CEOなどで、個人資産は数十億から数千億円という人々だ。

離婚騒動が絶えない街でもある。二度離婚し、三度結婚などというのはごく普通で、小学校の保護者会に行くと六〇歳とか七〇歳の父親がたくさんいる。彼らは金と地位を手にすると、今度は若く美しい女性を新しい妻に娶《めと》る。こういう奥さんを「トロフィー・ワイフ」と呼ぶのだそうだ。大金を持ってセミリタイアし、トロフィー・ワイフとともにパーティやカリブ海クルーズに明け暮れる。一見羨《うらや》ましい暮らしだが、この人たちはいったい何を目指しているのだろうかと思う。

そうした人々とはある意味で対照的な生き方を描いた本を最近読んだ。『パーフェクトマイル』（ソニー・マガジンズ刊）という題名で、主人公は一九五四年五月に世界で初めて一マイル四分の壁を破った英国人ロジャー・バニスターである。当時はパディントンにあるセント・メアリー病院に勤務する二五歳の医学生だった。病棟での回診、血液検査のチェック、勉強、時には不在の産婦人科医に代わって新生児を取り上げ、その傍らのわずかな時間を割いてトレーニングしていた。そしてクリス・チャタウェー、クリス・ブレイシャーという二人のランナーをペースメーカーに、一マイル四分の壁を破った。その四ヵ月後の欧州選手権一五〇〇メートル優勝を最後にきっぱりと競技をやめ、やがて著名な神経学者となった。今も健在で、セント・メアリー病院の基金委員長を務め、わたしの家から六キロほどのハーローの街に住んでいる。街にはロジャー・バニスター・スポーツ・センターがある。

また、五〇〇〇メートルで世界記録を作ったチャタウェーは後に政治家になって通信大臣や産業開発大臣を歴任し、ブレイシャーは一九五六年のメルボルン五輪の三〇〇〇メートル障害走で金メダルを獲得したあと、著名なスポーツ記者となった。

「彼らは全員アマチュアだったのだ。小銭を出すのにポケットを探り、レースごとの食事や宿泊も主催者側をあてにするしかなかった。優勝賞品はたいてい、時計か小さなトロフィーだった。(中略)だが彼ら三人は、ただ挑戦のために戦っていた。報酬はその努力のうちにあった」(『パーフェクトマイル』より)

バニスター、チャタウェー、ブレイシャーの三人が孫たちに囲まれている三年前の写真がある。三人とも実にいい顔をしている。彼らはたぶん、揺るぎなく絶対的な報酬を得たのだろう。

「MONEY JAPAN」二〇〇五年六月号

ジェントルメンズ・クラブ

ロンドンで一番豪華な食事の場所は、「アラン・デュカス」（フレンチ）でも、「ノブ」（日本料理）でも、「ハッカサン」（中華）でもない。ジェントルメンズ・クラブと呼ばれる男性のための会員制クラブである。

先日、その一つで食事する機会があった。地下鉄ボンド・ストリート駅近くの奥まった通りにある「オリエンタル・クラブ」である。堂々とした白亜の建物で、天井には燦《きら》めくシャンデリア。広々としたレストランは一階にあり、テーブル席が三〇席ほどゆったり置かれている。ウェイターは黒い制服のインド人男性たち。ドーバー・ソールなど英国料理を出す。二階は貴族のサロンのような喫茶室、三階から上は会議室や宿泊施設になっている。

最近は高級レストランでもビジネス・カジュアルＯＫだが、ここではいまだにタイ・アンド・ジャケット着用が義務付けられている。入ってくる人々も有力政治家や老練な実業家がほとんど。アジア系はわたしとわたしを招待してくれた年輩の日本人男性だけだった。その方は、一九八〇年代に日本の準大手証券会社から英国系のジェームズ・ケーペル証券（現ＨＳＢＣ証券）に転身し、長く東京支店長を務めた人物だ。クラブ入会に当たっては、友人であるスタンダード・チャータード銀行の会長に推薦してもらったという。会費は年間三五〇ポンド（約七万円）程度だが、現会員の推薦がないと入れない。

ジェントルメンズ・クラブの発祥は一七世紀に遡《さかのぼ》る。富裕な男たちが集まり、賭《か》けトランプや、趣味や仕事の話をして寛《くつろ》ぐ場所だった。当時の身分ある英国紳士は、私生活を妻と愛人とクラブに三等分して過ごすとされた。クラブは妻と口論したときに憂さ晴らしする場所としても機能していたのである。それゆえか、いまだに女性禁止のクラブが多い。そのことを非難されるとクラブ側は「男が逃げ込む場所があってもいいじゃないか」と反論している。

ロンドンにはこういう英国紳士の真髄ともいうべき男のクラブが六〇余りある。もし知り合いに会員がいたら、是非一度招待してもらったらいいと思う。

「日刊ゲンダイ」二〇〇四年九月二八日

［追記］

スペイン北部のバスク地方には、男だけが集まって料理を作って楽しむ「美食倶《く》楽《ら》部《ぶ》」（バスク語で「チョコ」）がある。現在、サン・セバスチャンには約一二〇、パンプローナには約三五のチョコがあり、専用の建物に定期的に男たちが集まり、職業や年齢に関わりなく対等な会員たちが交代で料理に腕をふるい、食事をしながら親睦《しんぼく》を深めている。発祥の地はサン・セバスチャンで、一九世紀末に工業化で人口が流入し、住宅難になったのが理由である。バスク地方は伝統的に女が強い上に住宅難で家が狭くなり、居場所がなくなった男たちが自己解放の場として集まったのが始まりだという。ただしこちらのほうは、今では女性会員も受け入れたり、女性が会長になったりしているチョコもあるそうだ。

身元詐取

犯罪などのために他人になりすます不気味な話は、古くは江戸川乱歩の『双生児』や安部公房《あべこうぼう》の『他人の顔』、最近では宮部《みやべ》みゆきの『火車』などに出てくる。そうした「身元詐取（アイデンティティ・セフト）」が欧米で急増している。小説ではなく、現実の話である。

アジアの津波の犠牲者名がテレビやウェブサイトで発表されるや否や、詐欺師たちは選挙人名簿や不動産登記簿から犠牲者の年齢や正確な住所を割り出し、クレジットカードを作ったり、消費者金融で金を借りたりする。あるいは墓地に行って子どもの墓から名前や死亡年月日を拾い、出生証明書を入手して本人になりすます。郵便配達人を買収して手紙類を盗んだり、家庭のゴミ箱さえ漁《あさ》る（これを「ダンプスター・ダイビング」といい、我が家もやられたことがある）。

英国内務省はこの種の身元詐取で毎年一〇万人が被害に遭っていると見ており、特別の対策委員会を設け、ホームページで警戒や被害の際の対処方法を示している。米国に至ってはさらに凄《すさ》まじく、二〇〇三年九月の調査では、過去五年間で八人に一人の米国人が身元詐取の被害に遭っている。女性弁護士が、彼女を騙《かた》った詐欺師の犯した犯罪のため、いきなり逮捕された例もあるそうだ。

日本でも最近、ゴルフ場のロッカーに入れたキャッシュカードをスキミングされて銀行口座から金を引き出された事件があったが、これもまた身元詐取の一種である。

米国連邦通商委員会の調査では、身元詐取の六七パーセントがクレジットカードの悪用、一九パーセントが銀行口座の開設（そして小切手を振り出す）、九パーセントが電話による商品・サービス購入だという。

恐ろしい話だが、日本でもこの手の犯罪は増えて行くだろう。カード類、口座明細、印鑑、個人情報などの保管や破棄には細心の注意を払いたいものである。

「日刊ゲンダイ」二〇〇五年八月二七日

メディカル・ツーリズム

日本のメーカーは中国や東南アジアに工場をシフトし、欧米企業はコールセンターやＩＴ部門をインドに移す。今や安いコストを求め、ビジネスが地球を移動する時代である。

そうした流れの中「メディカル・ツーリズム（医療旅行業）」が注目を集めている。これは医療費が安い国で外国人に医療サービスを提供するビジネスだ。タイ、インド、マレーシア、キューバなどが力を入れている。タイでは年間約六〇万人、インドでは一五～二〇万人の外国人が利用している。

米国や英国には海外の病院を斡旋《あっせん》する業者（英国のタージュ・メディカル社など）がいて、病院の選定、ビザの手配、航空券や現地の移動、そして退院後の現地観光などの一切をやってくれる。病院はリゾートホテルのように豪華で清潔。出発前には現地の担当医と電話やメールで病状の相談もできる。これで旅費など一切を含め、先進国の半分から一〇分の一の費用ですむという。

わたしは海外に住んで二〇年だが、エジプトや英国で医者にかかった。日本人の友人の中には、奥さんがカタールで出産したり、トルコで手術を受けた人もいる。発展途上国でも先進国でも、優秀な医者は優秀だし、駄目な医者は駄目というのが実感だ。

高校の同級生の心臓内科医によると「日本では薬や治療器具に関する厚生労働省の認可が遅く、ステント（狭窄《きょうさく》した血管に入れる金網のチューブ）などは、中国、韓国、インド、タイに比べても出遅れており、治療用器具も流通コストが高いため米国の三〜五倍」だそうである。海外で医療を受けた方がマシな病気も少なくなさそうだ。

第二次大戦後、電源開発総裁や通産大臣を歴任した高碕達之助《たかさきたつのすけ》の私設秘書として活躍した日系三世の川本稔《かわもとみのる》さんは、八十何歳かのときに膝《ひざ》を手術する必要があったけれど、日本や米国の病院だと正座ができなくなるような切り方をするので、自分でインターネットで探してインドの病院で手術を受けたそうである。ハーバード大学と提携している病院で、ホテルのように立派かつ清潔で、執刀医は米国でも著名な外科医で、費用は日本よりずっと安く済んだという。

ちなみに欧州では、大量の遺体がドイツからチェコに運び込まれている。チェコの火葬費用は一体約八〇ユーロで、ドイツの三分の一。チェコの火葬業者はドイツの葬儀屋と提携し、ビジネス獲得に励んでいる。患者どころか遺体まで移動する時代になったということか。

「日刊ゲンダイ」二〇〇六年三月一一日

第五章　海外から見た日本

地方の闇　～詐欺師Xと夕張市

以前、親しい友人と食事をしていたとき、「俺の知り合いに、とんでもない奴がいるんだけど……」と、ある男のことを話し始めた。友人の独演会は延々二時間に及んだが、まったく退屈しなかった。

男の名前を仮にX《エックス》としよう。友人によると、「生涯一詐欺師」である。

高校時代、Xは本、ウォークマン、スキーウエアなどを万引きし、始業前の教室の「朝市」で売りさばいていた（進学校だったので、大学入試の過去問題集である「赤本」がよく売れたという）。また、老人を狙ったひったくりもやった（事件になって新聞に出たが、Xは尻尾《しっぽ》をつかませなかった）。

父親は公務員だったが、Xは「勉強して、一流大学に入って、公務員になるなんて最低だ。俺は親父のようなつまらない人生は送らない。世の中何でも金で買えるんだから、金儲《かねもう》けするのが一番手っ取り早い」といっていたそうである。このあたりは、証券取引法違反で逮捕されたホリエモンの先駆けである。

東京の大学に進学してからは、金持ちの女子大生を騙《だま》して財布を抜き取り、大学の学園祭では模擬店の店番をして売り上げを抜き取り、ヤクザがやっているゲーム賭博《とばく》の店番をして売り上げを抜き取り、といった生活を送った。相手にばれないように、抜き取る金額やタイミング、被害者へのトークにさまざまな工夫をこらすので、友人は傍《はた》で見ていて感心させられたそうである（ただし、ゲーム賭博の売り上げを抜いたときはバレて、ヤクザに鼻の骨を折られるなど、半殺しにされたという）。

大学を卒業後、サラリーマンになったが一年ほどで辞め、自分で事業を起こし、観光運輸業などを手がけた。中には上手《うま》くいったものもあり、それを売却して、また別の事業を始めた。資産家の娘を騙して結婚し、いったんは妻の実家が経営する会社の幹部に納まったが、従業員の女に手をつけて、子会社の一つを手切れ金代わりに与えられて放逐されたそうである。

一つ所に三年以上住まず、事業が成功するとすぐ売却して別の事業に注ぎ込み、資産を持たず、いつでも逃げられるように生活しているという。趣味は、マリファナを吸いながらクラシック音楽を聴くこと。

そのXが、数年前に手がけたのが、「村おこし詐欺」だったという。

日本では、地方自治体にさまざまな金が付く。特に過疎地は「過疎債」という、発行体は元本の三割だけ償還すれば良く、残りの七割は丸々もらえる債券を発行できる（残りの面倒を見るのは地方交付税である）。そのほか、農林水産省が所管する中山間地域総合整備事業、農山村地域就業機会創出緊急特別対策事業、農業構造改善事業、国土交通省が所管する都市公園事業など、さまざまな名目で出る補助金や交付金があり、たとえば、北海道の由仁町《ゆにちょう》（人口約六五〇〇人）はこうしたカネをフルに活用して、国内最大級のハーブガーデンを造った。総工費四〇億六〇〇〇万円のうち、町と地元の農協が出資したのは、わずか五五八〇万円である。

Xは「村おこしコーディネーター」という肩書を作り、関係者を接待して「村おこしをやって、町を全国的に有名にしましょう」と、ハコモノ事業を売り込んだ。

一年余り前、わたしは、Xが手がけた九州の農村のハコモノ施設を取材で訪れた。総事業費約一八億円をかけた、温泉、露天風呂、マッサージ室、レストラン、喫茶店、大小宴会場、売店、農作物直売所などがある一大複合温泉施設だった。資金の大半は、過疎債と地方交付税を積み立てた「ふるさと基金」でまかなわれ、村の一般会計からの拠出は二億円余りにすぎない。村は人口四〇〇〇人ほどの過疎の村で、日中は通りにほとんど人影がない。墓と、刈り取ったあとの水田ばかりが目立つ、死者の町のような土地だった。村に不釣り合いな大温泉施設を見た瞬間、この施設は赤字だろうなあ、と思った。案の定、取材を進めると、開業初年度から赤字を垂れ流しているという。

Xは施設運営の幹部に納まって、月給七〇万円余りを取った。それ以外に施設の内装工事や備品購入に関与した。すなわち、仲介して金を抜いていたと想像される。

Xは持ち前の人当たりの良さで、村の人々の間に入り込んでいった。わたしが取材した人たちは、Xの前半生の話を聞くと「本当にそんな人なんですか⁉　折り目正しくて、アイデアもある、優秀な人だと思っていましたが……」と当惑した。ただ一人だけ、社民党の年輩の村会議員だけは、Xをひと目見て「あの男は、絶対に駄目だ」と断言したという。その方は長年保護司（犯罪や非行を犯し、保護観察処分になった者の更生を助けるボランティア的仕事で、法務大臣から委嘱を受ける）をやっていたそうである。たぶん犯罪者に特有の匂いを、Xから嗅《か》ぎ取ったのだろう。

詐欺師の上をいく地方の金権体質

Xにとって計算外だったのは、「地方の闇」の深さだった。

X以上に温泉施設を食い物にした連中がいたのである。土建屋の社長である村長と、その娘婿である別の土建屋だ。二人は、地域一帯の土木・建設工事の談合を仕切っており、村長は、村の公共工事の入札指名業者の名前を自筆で書き加え、地元のゴロである娘婿のほうは、工事に群がってくる暴力団などを抑える役割をしていた。Xの手がけた温泉施設も、総工費のうち、五割強は大手ゼネコンが受注したが、それ以外のかなりの工事や備品の納入を村長の娘婿の会社が受注した。また、施設の警備・清掃は、警備・清掃業の実績がない村長の娘の会社が受注した。さらに、ゼネコンから村長に金が流れていたともいわれる。

欧米では、こういう公私混同をしただけで、村長はクビである。東京や大阪でも問題になるだろう。ところが、地方では、共産党の村議や一部の人々を除いて、こうしたことをほとんど問題視しないのである。

やがて、施設の赤字補塡《ほてん》のため、村が追加財政支出を余儀なくされる事態になり、経営にメスを入れる調査特別委員会が村議会によって設置された。委員会は一四回開かれ、延べ一三人（村長は二回、Xは一回）が参考人として呼ばれた。五ヵ月間にわたる調査の末に出された結論は、内装工事、備品購入、商品の仕入れ、警備・清掃、屋外のテント施設（売店）の建設と撤去などに問題があり、経営は放漫で、施設を運営する第三セクターの社長である村長は責任放棄をしているというものだった。わたしも報告書を読んだが、なかなか厳しい内容だった。

ところが、問題の追及はこれきりになってしまったのである。共産党や社民党の村議が中心になって、調査を継続するための決議案を村議会で二度提出したが、反対多数で否決された。反対派は「過去のことをほじくり返すより、今後どうするかが重要」とうそぶいたという。また、第三セクターの帳簿は、村の監査委員以外見ることはできず、当の監査委員は調査の継続に反対した。

こうした状況の中、警察が動いた。村の自浄能力のなさに、業を煮やしたのだ。備品購入に関する不正入札（公文書偽造）の疑いで、役場の企画財政課長と、家具を納入した会社の社員を逮捕した。役場にも捜査が入り、小さな村に激震が走った。役場の課長は高卒の苦労人で、真面目に仕事をしていた人だったが、村長らに命じられるまま書類を作っていた。

その直後、Xも逮捕され、約三週間勾留《こうりゅう》されて検察の取り調べを受けたが、従属的犯行で関与の度合いが低いとして、不起訴処分となった。友人いわく「すべてを役場の課長がやったかのように、Xが書類を作っていたに違いない」。なお、役場の課長が逮捕された日、村長は悠々と件《くだん》の温泉施設で風呂に入っていたそうである。

まもなく、村長も偽造有印公文書作成・同行使容疑で書類送検された。村では村長辞任を求める声が上がったが、「信頼回復に努力していく」として居座り、村議会の追及に対しては「判を押したのは事実だが、入札が偽装だったとはまったく知らなかった」「たくさんの書類を決裁しているので記憶にない」と、のらりくらり逃げた。村議会では、村長の辞職勧告決議案が出されたが、これもまた反対多数で否決された。

さらに村長は、役場の課長を救うため、刑事事件で有罪になった職員でも、執行猶予付きなら失職を免れることができるとする村の分限条例（職員の身分に関する条例）の改正案を議会に提出した。これに対して、大学教授などの識者は「言語道断であり、当該職員と共謀したとされる村長が提案するのは、二重にふざけている」とし、新聞などマスコミもいっせいに糾弾した。しかし、村長派の議員が「熱心に職務に取り組む職員ほど、法令違反に近づく」という、訳のわからない賛成論をぶち、村議会はこの条例改正案を可決してしまった。

村長は、自分の役割は、公共事業を仕組んで、それを（賄賂《わいろ》で掠《かす》め取った金を含め）

村の人々に分配することだと信じており、悪いことをしたとはまったく考えていなかったそうである。村議会は一貫して「臭い物には蓋《ふた》」の態度を取り続けた。東京などの大都市やその周辺では、ガバナンスということがいわれ、もはや田中角栄的金権政治は通用しない。しかし、地方では、行政も住民の意識も、まだ昭和三〇～四〇年代なのである。一つの表れが、自治体の首長に、建設業出身者が選ばれることだ。わたしも北海道の片田舎の出身だが、やはり建設会社の社長は町の名士で、町長を務めていた。

さて、Xが関与した温泉施設の話だが、村長や村議会の態度に警察がカチンときた。そんな反省のない態度なら今度は徹底的にやってやる、とばかりに、二県をまたぐ捜査本部を設置し、別件の汚水処理施設建設工事にからむ受託収賄の疑いで、村長と娘婿を逮捕した。村長はそれでも職に居座ろうとしたが、さすがに村議会でも批判が強まり、辞職勧告決議案が可決される見通しになった。村長はついに観念して辞職した。警察関係者によると、村長の自宅の二階には大きな金庫があり、一億円以上の現ナマが入っていたそうである。いったん改正された分限条例は、元に戻された。

裁判では、村長、娘婿、役場の課長ともに有罪になった。村長は村民に「お詫《わ》びの手紙」を出し、今は小さくなって暮らしている。娘婿は別の事業をやり、失職した元課長は、気の毒に思って世話をしてくれた人の紹介で、地元の会社に職を得たそうである。

温泉施設はダーティーイメージが付き、客足は相変わらず伸び悩んでいる。

Xは、司直の手からは逃れたが、「地方には懲《こ》りた。俺は地方にはもう手を出さない」

といっているそうである。最近は、別のビジネスをある大手企業と手がけるため、ちょくちょく上京しているそうなので、もしかすると、あなたのそばにいる男かもしれない。なお、Xの物語は、『カラ売り屋』（幻冬舎文庫）の中の一編、「村おこし屋」に詳しく書いてある。

負債膨張を招いた地方自治体の「安全神話」

Xが複合温泉施設を手がけた村に比べると、今、話題になっている夕張市は、多少事情が違う。

かつて石炭の町として栄えた夕張市は、一九七〇年代から次々と炭鉱が閉鎖され、最盛期に一一万七〇〇〇人いた人口は、今では一万三〇〇〇人弱になった。炭鉱の町として開発され、大規模農業にも向かない土地で、石炭産業以外に見るべき産業もない。そこで、一九七九年から二〇〇三年まで六期二四年にわたって市長を務めた中田鉄治《なかだてつじ》氏が、「炭鉱から観光へ」を合い言葉に、石炭博物館、遊園地、めろん城、ロボット大科学館、マウントレースイスキー場といった、一件当たり一〇億〜三〇億円のハコモノ事業を次々と起こし、町を再生しようとした。一九九〇年には市長の発案で「ゆうばり国際ファンタスティック映画祭」が始まり、過去一七回で約三四万人を集めた。ちなみに『幸福の黄色いハンカチ』（高倉健・倍賞千恵子主演、一九七七年）は、夕張が舞台である。

夕張の町おこしは、バブル期には国から豊富な交付金を受け、一時的に成功した事業もあった。しかし、バブル崩壊とともに交付金や観光客が減り、旧産炭地への支援を定めた産炭地域振興臨時措置法（一九六一年）も二〇〇一年に失効した。資金繰りに窮した市は、ヤミ起債（「空知産炭地域総合発展基金」からの不正融資）や粉飾まがいの財政（年度末の出納整理期間を利用しての普通会計と各会計間の債務の付け替え）でやりくりしていたが、ついに支えきれなくなって、二〇〇七年度から国の指導の下に財政再建を目指す「財政再建団体」となることを総務省に申請した。

夕張が今後、本当に財政再建できるかどうかは、まったく覚束ない状況である。福岡県の赤池町《あかいけまち》（現・福智町《ふくちまち》）は一九九二年度に財政再建団体になり、二〇〇一年度に再建が完了したが、同町は人口約一万人で、負債額は三二億円だった。これに対して夕張市は、人口一万三〇〇〇人弱で、負債額は六三〇億円超である。

負債膨張に拍車をかけたのは、地方自治体はデフォルト（債務不履行）しないという「安全神話」だった。その根拠は、地方債を発行する場合、元利償還に要する財源の確保がされていることが条件で（実質公債比率や赤字比率が一定以上になると起債が制限される）、起債が許可制度（二〇〇六年からは起債協議制度に移行）であることだった。

ＢＩＳ規制（銀行の自己資本比率規制）上も、地方自治体に対するリスク・ウェイトは〇パーセントとされ、銀行も安易に与信した。しかし、前述のチェック機能はきちんと制度化されておらず、実は絵に描いた餅《もち》だった。
ひたすら進軍ラッパを吹き、勝ち目のない博打《ばくち》を打ち続けた中田元市長は、市長を退いて間もない二〇〇三年九月に、肝細胞癌《がん》で死去した。

地方の権限を強化する前に、暴走を止める仕組みが必要

夕張市もXが複合温泉施設を手がけた農村も、地方特有の問題点を浮き彫りにしている。

すなわち、
①公共事業に依存する体質。中田元市長は、もともと市職員であり、土建屋ではない。そもそも公務員（役人）は金を使うのには慣れているが、金儲けの経験がない職種である。また、ハコモノ事業の恩恵を受けた人々が元市長の周辺にたくさんいた。
②両者とも、採算性のない事業を無責任に推し進めた。件《くだん》の村長も中田元市長も、自分の金だったら、はたしてああいう事業をやっただろうか？
③そうした事業を助長する「もらい得」の交付金や補助金が存在した。
④ガバナンスが欠如し、「臭い物には蓋」をして問題を直視しない行政や住民の体質が存在した。

両自治体とも、過疎に悩む気の毒な地域ではあるが、それが無責任なハコモノ事業を推進する理由にはならない。そうした自治体に、安易に金を付けてきた政府の姿勢も問題である。

Xの村や夕張市に限らず、当事者能力のない自治体は少なくない。Xの村の事件でこれでもかというほど見せつけられた地方の体質からいって、自律・自浄作用は期待できない。現在進められている「三位一体改革」では、政府の財政負担を減らす目論《もくろ》みで、地方の権限を強化する流れになっているが、その前に、当事者能力のない地方自治体の暴走に歯止めをかける仕組みを作るべきではないか。

「日経ビジネスオンライン」二〇〇七年二月二二日

アフリカの航空機ファイナンス

アフリカと縁ができたのは、ロンドンに赴任して半年くらい経《た》った一九八八年秋ごろだった。日本の都銀に勤務していたわたしは中東・アフリカ地域の担当者として融資案件を必死に探していた。アフリカの国々は一般的にいって信用力が低いので、担保が不可欠だ。担保は外貨に換金でき、かつその外貨を国外に持ち出せなくてはならない。代表的なものが航空機だ。

最初にアフリカでやった航空機ファイナンスはエジプト航空向けだった。アメリカのアービング・トラスト銀行が組成した国際協調融資に参加した。万が一エジプト政府の妨害や不手際で航空機を差し押さえられなくても融資した金が返ってくるロイズの保険が付いていた。ボーイング737やエアバスA300など一〇機余りを買うための総額五億ドルという巨額案件で、一九八九年の夏に調印された。邦銀はエジプトはリスクが高いと見ており、勇敢にも参加したのはわたしの銀行だけだった。外銀の参加も少なく、融資団の半分以上が日本の総合商社だったのには驚いた。調印した後で、これは引当金を積まなくてはいけないんじゃないかと銀行内で議論になり、本店の審査部は慌てたらしい。大蔵省の検査のときも指摘されそうになったが、保険が付いてますからと説明して、納得してもらったと聞いた。

その次にエチオピア航空に取り組んだ。エチオピア航空は知る人ぞ知るアフリカの優良航空会社で、国の外貨収入の何分の一かを稼いでいた。

一九八九年に初めて訪れたエチオピアは貧しい国だった。街に物資は少なく、家々はほとんどあばら家で、走っている車は皆解体寸前だった。首都のアディスアベバは標高二四〇〇メートルの高地にあり、見渡す限り背の高い木々が繁る、どこか神秘的な街だった。国営の陸上競技場に行くとマラソンの英雄アベベの肖像画が掛かっていた。エチオピア航空は社屋こそ質素だったが、職員は優秀で、予想損益表などを示しながら事業計画を丁寧に説明してくれた。リスクは取れるはずだという確信を持ってロンドンに戻った。

支店内で案件の説明をすると「エチオピア⁉　……それだけはやめてくれないか。飢餓で苦しむ最貧国にいきなり何千万ドルも融資するなんて」と支店長にいわれた。それでも諦《あきら》めきれず、休日に上司と二人で支店長の社宅に山ほど資料を持っていって説明したりした。やがて支店長も稟議《りんぎ》書に判子をつきそうな気配になってきた。最後に「わかったから、とにかくもう一度だけ現地の情勢を確認してきてくれないか」といわれ、上司と二人でエチオピアの日本大使館に電話をした。電話をスピーカー式にして現地の一等書記官の人に「今現地の情勢はいかがでしょうか？」と訊《き》くと「あー、今大変ですよ」という。「何か起きてるんですか？」と訊くと「今エリトリア軍が攻めてきて、アディスアベバから一〇〇キロくらいのところまで来てます」。上司と二人で仰天し、融資は見送った。結局その案件は旧長銀などが幹事となって実行され、その後内戦が激化したときエチオピア航空は本社をケニアのナイロビに移して営業を続け、融資は無事返済されたと聞いている。

それ以外では西アフリカ地域の国々が共同出資するエア・アフリカにも融資した。本社はコートジボワール共和国の第一の都市アビジャンにあった。調査で現地に行ったとき、途中乗った飛行機が給油したモーリタニアの首都ヌアクショットの焼けつく砂に街全体が覆われている光景が強烈な印象に残っている。エア・アフリカは融資した途端に現地通貨のCFA（セーファー）フランが大幅切り下げになったため、外貨建ての返済ができなくなり、いきなり債務不履行になった。幸い機体が欧州製のエアバスで、英国とフランスの公的輸出保険が付いていたので当方の損失はゼロだった。

当時邦銀は元気で、今はなき北海道拓殖銀行などもベルギー現地法人から活発に航空機ファイナンスに参加していた。わたしが組成したサウジアラビア航空向け融資には富士銀行（現みずほ銀行）や北陸銀行が参加してくれた。今ではわたしがいた都銀も航空機ファイナンスはやめてしまった。

航空機ファイナンスの担保になっている機体には、コックピットの壁などに「この機体は〇×銀行が事務幹事《エージェント》で実行した△〇ドルの融資の担保になっています」と書かれた小さな銀色のプレートが付いていることが多い。飛行機に乗ってそういうプレートを発見すると「ああ、これは自分が融資した機体だ」と古き良き時代を懐かしく思い出す。

「北海道新聞」二〇〇二年一一月七日

アテネの日本書店

エジプトのカイロに銀行のアラビア語研修生として留学していたのは一五年ほど前のことだ。カイロ・アメリカン大学に通い、住まいはナイル川の中州にあるビルの一五階のフラットだった。ときどき米や砂糖が突然町から姿を消し、しばらく口に入らなくなった。断水も多かった。

そんな暮らしの中でのささやかな楽しみは数ヵ月に一度のギリシャへの買い出し旅行だった。

アテネへはカイロから飛行機で二時間ほどである。パルテノン神殿の麓《ふもと》のプラカ地区にある一泊二五ドルくらいの安ホテルを定宿《じょうやど》にしていた。昼間はパルテノン神殿や考古学博物館を見学したり、アクロポリスの丘の麓の木陰の屋外レストランで冷えたギリシャ産の白ワインを飲みながら食事をしたりして、つかの間の休息を楽しんだ。汗と残飯と羊肉を焼く臭いに満ちた埃《ほこり》だらけのカイロから来ると、アテネは何もかもが清潔で近代的だった。市内に「ABCパシロポロス」という名のスーパーがあり、なぜか棚一つ分のスペースに海苔《のり》や醬油《しょうゆ》など日本の食料品を売っていた。「美智子《みちこ》」という日本料理店では、カウンターで山崎《やまざき》さんというおじさんの寿司職人と「僕、カイロから来たんです」「へーえ、そうかね」「すいません、納豆巻きありますか？」「そんなもんがあったら、わたしが食べたいですよっ！」などと話をしながら寿司を握ってもらった。

　夜になるとプラカ地区ではあちらこちらのレストランからブズーキ音楽が流れる。バーには赤やピンクの灯が点《とも》り、宵闇の通りを歩いていると呼び込みの男たちに腕を引っ張られた。あるバーに入ると三〇歳くらいのホステスが隣について「わたしも酒を飲んでいいか？」と訊くので、いいよと答えると、女は小さなグラスに三ミリほど赤い酒をついで一口か二口で飲んだ。その調子で女は二〇杯くらい酒を飲んだ。ずいぶん変わった飲みかたをするもんだなぁと呑気《のんき》に考えていたが、帰る段になって勘定をしたとき訳がわかった。女が飲んだ一杯、一杯がすべてチャージされ、しめて六〇〇ドルという勘定だった。当時はまだ二〇代で元気があったので、店のおやじを突き飛ばして、暗い通りを走って逃げた。

　プラカ地区には日本書店もあった。間口一間の小さな店に置いてある本の数は申し訳程度で、これでやっていけるのかなあと人ごとながら心配した。いつも店の奥に座っている店主は三〇過ぎの、中背・痩《や》せ型の日本人男性で、何か俗世間を超越した恬淡《てんたん》とした雰囲気があった。どんな生い立ちを経てこんな日本から遥《はる》か遠い異国の地で本屋なんかやっているのだろうかと思った。「ここの本は航空便で来るんですか？」「いえ、だいたい船便ですね」「昨日バーに入りましたけど、勘定が六〇〇ドルでした」「この辺のバーはみんなぼったくりですよ」。穏やかな口調の人だった。ギリシャのことなどもいろいろ親切に教えてくれた。そこではよく文庫本や日本の雑誌を買った。雑誌はだいたい何ヵ月か前のものだったが、日本語に飢えている身には旱天《かんてん》の慈雨だった。

カイロでの研修を終えて一年半ほど東京の日本橋支店に勤務した後、ロンドンに転勤になった。

ロンドンに赴任して二ヵ月後の一九八八年四月、日本の新聞を読んでいたわたしは、思わずあっと声を上げた。あのアテネの書店主がアメリカで逮捕されたという記事が出ていたのだ。ニュージャージー州で三個の殺傷用消火器爆弾を積んだ車を運転していたところを捕まり、パスポートも偽造であったという。「あの穏やかな人が何でまた⁉」

日本赤軍メンバー菊村憂《きくむらゆう》。それがあの書店主の素顔だった。菊村は一九七四年に日本を出国、過去にもオランダに爆発物持ち込みの前歴があり、首や手首の傷痕《きずあと》からＦＢＩは重信房子《しげのぶふさこ》らと中東で軍事訓練を受けていた可能性もあるとみて捜査していると書かれていた。「人は見かけによらないとはこのことか……」ただただ呆然《ぼうぜん》とした。爆弾は、同年六月にカナダのトロントで開催された第一四回先進国首脳会議（トロント・サミット）でテロを起こすためのものだったといわれる。

それから一年くらいして、出張でアテネに行く機会があった。

バーの灯が点るころ、あの日本書店があった場所に行ってみた。店は雑貨屋に変わっていた。

「ここに日本の本屋があったはずだけど、どうなったか知ってるかい？」

寄ってきた太った中年の客引きに訊いてみた。

「ああ、あの本屋かい。あの日本人はいい奴だったが……。何か悪いことが起きて、店を畳んだらしい」

本当の事情を知ってか知らずか、ため息まじりで悲しげに首を振った。

「ところで、どうだい。俺のバーが近くにあるが、一杯やっていかないかい？」

「いや、今日はやめとくわ」

わたしは両手をポケットに入れて、ぶらぶらと歩き始めた。昔の想い出がなぜか胸に甦《よみがえ》ってきた。

宵のプラカ地区はカイロ留学時代と変わらず賑《にぎ》わっていた。

「本の旅人」二〇〇一年四月号

［追記］

その後、重信房子のほうも逮捕され、懲役二〇年の刑が確定し、現在、八王子医療刑務所で、転移した癌の治療を受けながら服役中である。わたしの『法服の王国』を読んで、彼女を支援する会の会報に長い書評を書いてくれたことがあった。読みごたえのある面白い本で、作品の時代が自分たちが学生運動で変革を求めていたことと重なると書いてあった。

国債暴落リスク

一六年前、わたしがロンドンに赴任したころは「ジャパン・アズ・ナンバーワン」の時代だった。その後、バブルが崩壊して日本経済は混迷。一九九八年の初めに大蔵省のノーパンしゃぶしゃぶ接待がフィナンシャル・タイムズなどで報じられたころから、日本は先進国失格の烙印《らくいん》を押された感がある。

最近、大手米銀JPモルガン・チェースのアニュアル・レポートを見て、そうした思いを強くした。そこには、メキシコ、ブラジル、インドネシア、南アフリカなど、同行が比較的多くエクスポージャー（投融資などの取引でリスクにさらされている残高）を抱えている国々が発展途上国を中心として一〇ヵ国（二〇〇一年度版は八ヵ国）リストアップされていた。その中に先進国で唯一挙げられているのが日本だった。そして同行は日本向けエクスポージャーを二〇〇〇年末一四四億ドル、二〇〇一年末一〇七億ドル、二〇〇二年末九四億ドルと減らしている。

各国のカントリー・リスク評価に関して英国で最も権威ある機関の一つ、エコノミスト・インテリジェンス・ユニット（略称ＥＩＵ）は、最近のレポートで「日本の最も深刻な脅威はマクロ経済リスクである。経済の不均衡が景気低迷の継続、デフレ、その結果として円の暴落（sharp downward correction）の可能性を増加させている」と指摘している。

日本国内では経済統計の微細な変化をとらえて景気回復の兆しが見えてきたといったような議論がされているが、しらける思いがする。かつて経済企画庁で働いた人は、官庁が発表する統計数字が政治的に操作されていると公然と本に書いている。最近中央官庁を辞職した友人は「統計の誤りの長期隠蔽《いんぺい》に、我慢の限界に達した」とメールを送ってきた。

国際金融の世界では、そのような数字はアテにしない。政府が発表するマクロ統計や対外債務・外貨準備の数字は一応の目安にすぎない。国際融資をするうえで頼れるのは「疑いようもない事実」である。日本に関していえば、五〇〇兆円のGDPに対して国と地方の借金が七〇〇兆円あり、増え続ける借金に対して政府が何ら有効な対策を取っていないという事実だ。借金が増えすぎれば返せなくなるのは政府も家計も同じで、そうなれば国債の支払い停止か通貨増発によるインフレしかない。現状の政策が続く限り、国債と円が暴落するのは、単純に時間の問題である。

日本にいる国際金融マンたちと話すと、皆一様に「早く金をためて海外に逃げ出したい」という。香港の銀行では現金が詰まった鞄《かばん》を提《さ》げて訪れる日本人が増え、外資系金融機関が日本で開く海外投資セミナーも盛況だという。国の経済がダメになるとキャピタル・フライト（資本逃避）が起きる。わたし自身一九八八年に経済政策に失敗したヨルダンで、一九九七年にはアジア通貨危機のタイやインドネシアで、羽が生えたようにお金が海外に逃げ出して行くのを目撃した。日本でもじわじわとキャピタル・フライトが起きているようだ。

「フジサンケイビジネスアイ」二〇〇四年三月二日

［追記］

最近、日本には巨額の貯蓄があるから将来も国債の発行には何の問題もないとか、借りれば借りるほどよいといった暴論をマスコミが面白おかしく取り上げているが、極めて無責任である。大前研一氏は、「仮に政府が毎年四〇兆円を食い潰せば、財政的にやり繰りできるのはあと四年」と指摘し（「プレジデント」二〇一一年三月二一日号）、野口悠紀雄《のぐちゆきお》氏（早大大学院ファイナンス研究科教授）や藤巻健史《ふじまきたけし》氏（元モルガン銀行東京支店長、参議院議員）も日本国債のリスクを前々から指摘している。アベノミクスは失敗すれば経済の大混乱を招く大博打《ばくち》なのだから、最悪を想定した準備を個々人でしておくことが必要だ。

今から約一三年前の一九九一年夏、わたしは、トルコの砂糖会社（国営企業）と一億ドルの国際協調融資の主幹事獲得交渉をしていた。そこに降ってわいたように「リスク・ウェイト」なる概念が登場したため、その案件のリスク・ウェイトがゼロなのか、二〇パーセントなのか、一〇〇パーセントなのかで大騒ぎになった。銀行の本店に訊《き》いても確たる回答が得られず、最後はアンカラのトルコ中央銀行に電話して確認しなくてはならなかった。結局一〇〇パーセントであると判明し、急遽《きゅうきょ》、引受額を七五〇〇万ドルに減らして融資団を組成した。これがわたしのBIS規制との出合いである。欧米流のこのルールが、邦銀凋落《ちょうらく》の一因となったことは、今では広く知られている。

一九九〇年代半ばから関わったアジアの証券市場でも、似たような現象を目撃した。一九九〇年代の初め、ゴールドマン・サックスやメリルリンチといった米系投資銀行は、香港に一〇〇人程度を置いているだけで、案件があるたびにニューヨークやロンドンからやってくる「スーツケース・バンカー」だった。しかしアジアが急成長を始めると急激に人員を増やし、同時に欧米のルールを持ち込んだ。その一例がIPO（株式上場）である。

それまでアジアのＩＰＯは入札方式で、基本的には投資家から多くの注文を集めた証券会社が多くの株を割り当てられた。ところが米系投資銀行が「質の高い」投資家に新規上場株を優先的に割り当てるとして、「ブック・ビルディング方式」（投資家の需要を積み上げた上で、誰にいくら配分するかを決めるやり方）を持ち込んだ。株式を長期保有する欧米の年金基金などが「質の高い」投資家とされ、そうした投資家を多く抱える欧米系証券会社（投資銀行）が多くの株式を割り当てられるようになった。野村證券や大和証券が持っていた華僑《かきょう》や中東の投資家は「質の低い」投資家とされた。かくして、日系証券会社は多くのＩＰＯ案件から弾《はじ》き出された。現在大手米系投資銀行各社は香港に一二〇〇人規模の陣容を擁しているのに対し、野村は三〇〇人弱、大和ＳＭＢＣは一〇〇人しかいない。

現在、別の新たな金融標準ルールが策定されつつある。二〇〇六年末から適用される新ＢＩＳ規制である。

新ルールでは、国際的に一流、すなわちリスクのある高度な業務を行える銀行は全世界で二〇行程度に絞られる見込みである。また、従来の信用リスク、市場リスクに加え「オペレーショナル・リスク」の概念が導入される。これは、事務、ＩＴ、法務、災害といったさまざまなリスクの総称である。国際一流銀行の「クラブ」に残ろうとする銀行は、自分たちのデータに基づいて独自の信用リスクとオペレーショナル・リスクの計測方法を策定し、それが正しいことを立証しなくてはならない。

シティバンクなどはこの分野で相当先行しており、新ＢＩＳ規制下では現在の資本の六割程度で足りるともいわれる。しかしながら邦銀は、ごく一部のメガバンクを除いてあまり準備が進んでいないように見える。聞こえてくるのは不良債権隠しや金融庁との摩擦の話ばかりで、新ＢＩＳ規制に対する危機感は薄い。金融標準戦争で邦銀は再び赤子のように手を捻《ひね》られるだけなのだろうか？

「フジサンケイビジネスアイ」二〇〇四年五月七日

なぜ日本の政治は腐敗するのか

去る（二〇〇四年）六月一〇日に英国で欧州議会議員やロンドン市長の選挙が行われた。

選挙に先立って、わが家の郵便受けに各政党のチラシが何通か届けられた。どれもA4判の半分ほどのサイズの薄っぺらい紙の表裏に印刷されており、近所のピザ屋やシシカバブ屋が時おり投げ込んでいくチラシと変わらない。その安っぽいチラシを見て、ああ、選挙があるんだなあ、と気づく。

英国の選挙では、街角に候補者の顔をでかでかと張り出したり、宣伝カーがやってきて自分の名前を連呼したりすることはない。そもそもこの国では、街の景観を損ねたり、公共の場で大きな音を流したりすることは、反社会的行為である。

国会議員の選挙では、候補者一人当たりが選挙費用として使えるのは一五〇万円くらいに制限されている。所得の多寡にかかわらず、有能な人物が政治家になれるようにとの配慮からだ。選挙活動は、その金額の範囲内でチラシを作り、電話をしたり、戸別訪問をしたりというごく質素なものである。以前、国防相を務め将来の党首候補といわれていた保守党の大物政治家マイケル・ポーティロの選挙活動をテレビで見たことがあるが、肩からタスキをかけ、手にチラシを持って「マイケル・ポーティロです。よろしくお願いします」「マイケル・ポーティロです。よろしくお願いします」と、有権者に握手を求めながら住宅街を独りぼっちで歩いていた。時おりお婆さんに「ふん、あんたとなんか、握手しないわよ」と冷たくあしらわれたりもしていた。それを見て、これが本当の民主主義の姿なんだろうなあ、と感心した。

日本では選挙に数千万円（人によっては何億円）という金がかかる。それゆえに、選挙で使った金を取り返そうと、政治が腐敗するのである。これは選挙に莫大《ばくだい》な費用がかかるアメリカも同じだ。その一例が二〇〇一年に破綻《はたん》したエンロンで、共和党のブッシュ・ファミリーに多額の寄付をして、自分たちに都合の良いエネルギー政策や金融規則を作らせていた。一方、英国では政治家の汚職や企業との癒着、および利益誘導型の政策決定といったものは格段に少ない。

英国で政治腐敗が少ないのには、もう一つ理由がある。それは国会議員が行政に介入できない仕組みになっていることだ。

日本では公共事業やＯＤＡ（政府開発援助）を計画・実施する役人を政治家が呼びつけて、さまざまな要求をするのが日常化している。選挙民もまた、公共事業や補助金を地元に持ってきてくれる議員が良い議員であると思っている。しかし、英国では役人が自分の所属官庁の大臣や副大臣以外の国会議員に接触することは禁じられている。パーティーやジェントルメンズ・クラブでばったり遇《あ》っても、政策の話はできない。これは政治の介入を排除して、より国家的、客観的な立場で政策を計画・実施するためである。地元から陳情を受けた議員ができるのは、所轄大臣に手紙を書いて地域の実情を訴えることくらいである。その訴えに十分理由があると認められれば行政に反映され、そうでなければ取り上げられない。選挙に際し国民が重視するのは政党で、「支持政党であれば豚が立候補しても投票する」といったりする。

英国の政治・行政が完璧《かんぺき》であると思っているわけではないし、有力政治家の地元ではやはり公共事業が多いという話を聞くこともある。それでもこの国に一六年住んで思うのは、日本がもっと取り入れていい仕組みがたくさんあるということだ。

「フジサンケイビジネスアイ」二〇〇四年六月二三日

日本衰退の原因

　日本人が敗戦の虚脱感からまだ立ち直れていない頃、世界最新鋭の銑鋼《せんこう》一貫製鉄所を千葉市に建設し、高度成長時代の扉を開いた川崎製鉄初代社長の西山弥太郎《やたろう》さんや、清貧に甘んじながら馬車馬のように働き、水島《みずしま》工業地帯開発をはじめとする数々の政策で県民の生活向上に命を捧《ささ》げた岡山県知事三木行治《みきゆきはる》さんの、志高く、私心なき生き方を『鉄のあけぼの』（日経文芸文庫）で描いたところ、二人の友人から自分の親族にも同じような人がいたといわれて驚いた。昔は、そういう人たちが結構いたらしい。

　一人は、今も東証一部上場の鉱山会社で終戦直前に社長になった人物である。東大法学部卒で、北海道の鉱山では所長として、小刀を懐に忍ばせた囚人労働者たちと渡り合い、台湾の鉱山の所長時代には地元の人々を守るために日本の憲兵と対峙《たいじ》。自分の母親が重篤な病気に罹《かか》り、医者から「台北の大学病院に送ったほうがいい」と勧められても、「自分の家族だけを特別扱いにはできない」と断り、看病していた妻に「筋をとおしすぎる」となじられた。終戦直後、本社の社長として大量の解雇をせざるを得なかったが、ともに現場で働いた従業員たちは「あの方に首を切られるなら」と納得して辞めていった。本人はその後公職追放になり、死後発見されたのは、大量の借用証書の山。追放後、友人たちから借金をして歩き、解雇した人々の生活を支援していたのだった。

もう一人は、昭和の時代の箱根の温泉旅館の経営者。人にはよくしても自分自身は徹底的に質素で、小田急《おだきゅう》のロマンスカーを使うこともなく、自分の宿直室は建物内で最低の部屋。社員を叱るときは愛情を持って叱ったので、反感を持たれることはなかった。職場ではいつも作業服で腰にタオルを下げ、自ら掃除や修繕をしていたので、知らない人はまさかその人が社長とは思っていなかった。人に語る自慢話は「従業員にこれこれのボーナスを払った」「従業員の誰それが家を買った」という類《たぐい》の話ばかりだったという。

残念ながらこういう人たちは今ほとんど見かけない。昨今、日本の政治、外交、経済などの劣化が指摘されるが、結局、我々日本人が変わってしまったのが最大の原因ではないだろうか。

「神戸新聞」二〇一二年八月二九日

日本の投資銀行業務は米系の独壇場

昨今、ライブドアによるニッポン放送の敵対的買収などを契機に、投資銀行という言葉がよく使われる。普通の日本人には耳慣れない言葉である。

銀行という名前が付いているので紛らわしいが、投資銀行は証券会社である。これは一九二九年のウォール街の株価大暴落（ブラック・サーズディ）の反省から、米国で商業銀行業務（預金と融資）を行う金融機関と証券業務を行う金融機関を分離し、後者をインベストメント・バンクと名づけたことに由来する。その日本語訳が「投資銀行」というわけだ。

投資銀行の三大業務は、株式、債券、M&A（企業の合併・買収）である。それにその時々の流行の不動産投資とか、不良債権取引とか、プリンシパル・ファイナンス（自己勘定による投資）といった業務がくっついたり消えたりする。また、日本の証券会社がどこも同じようなことをやっているのに対し、米国の投資銀行各社はそれぞれ得意分野を生かしたビジネスをやっている。メリルリンチであれば株式のブローカレッジに強く、かつてのソロモン・ブラザーズは債券の自己勘定取引が収益の大半で、モルガン・スタンレーはM&Aに強い。

日本に投資銀行が本格的に入ってきたのは一九八〇年代半ばである。東証の会員権が外資に開放され、大手町、丸の内、虎ノ門、溜池《ためいけ》（アークヒルズ）などに続々と東京支店が開設された。当時は日本のバブル最盛期で、日本企業の海外証券投資や企業買収が盛んだったので、投資銀行はそれで儲《もう》けた。

また、日本の証券市場が未発達で、さまざまな価格の歪《ゆが》みがあり、ソロモンなどはそれを利用して、ぬれ手でアワの利益を上げた。たとえば、同じ国債でも指標銘柄だけは理由なく高いとか、株式の現物に比べて先物が割高であるといったことだ。ソロモンはこうした商品で、割高な物を売り、割安な物を買う「裁定取引」のポジションを数千億円から一兆円積み上げ、多いときで年間二〇〇〇億円近く儲けていた。

バブル崩壊後、これらに取って代わったのが、日経平均インデックスを組み込んだインデックス・リンク債などハイリスクの仕組み債券で、低金利下で運用難に悩む生保や株式の含み損を博打《ばくち》で取り返したい機関投資家に大量販売された。こうした債券では、最低でも元本に対して数パーセントの鞘《さや》抜きができたので、たとえば大手生保に一〇〇〇億円の債券を売れば三〇億円とか五〇億円儲かった。九〇年代後半（特に九九年以降）になると、企業再編ブームで日本は巨大なM&A市場となり、ゴールドマン・サックスなどが日本経済における存在感を飛躍的に増し、今日に至っている。

一方、日本の金融機関における投資銀行業務（単なる証券業ではなく、M&Aとかデリバティブといった法人相手の証券業務）はといえばお寒い限り。一時、興銀や野村證券が日本のM&Aで主要プレーヤーになったと宣伝していたが、外資が見向きもしない小さな案件をやったりしていたというのが実態である。
ゴールドマン・サックス東京支店でM&Aをやっていた人物は「日本の金融機関なんかまったく眼中にありませんでした」といい、大手事業法人のM&A担当者は「日本の金融機関をアドバイザーに使おうとは思いません」と断言する。米系投資銀行と日本の金融機関の間には、ノウハウの蓄積、人材、商品の品ぞろえ、情報テクノロジーなどで大きな開きがあり、これらの解決なしには、日本の投資銀行業務は永遠に米系の独壇場だろう。

「フジサンケイビジネスアイ」二〇〇五年四月二五日

［追記］
投資銀行各行は二〇〇〇年前後から、米国のサブプライムローンを組み込んだ証券化商品の販売やトレーディング、プリンシパル・ファイナンスと呼ばれる証券や企業・事業への自己勘定投資などで、世界的に絶頂期を謳歌《おうか》していた。しかし、サブプライムローン・ブームで支えられていた米国の不動産バブルの崩壊や、二〇〇八年のリーマン・ショックで一挙に窮地に陥った。
含み損を抱えた中堅投資銀行ベアー・スターンズがJPモルガン・チェースに買

収され、一六〇年以上の歴史を誇る名門投資銀行リーマン・ブラザーズが経営破綻《はたん》し、メリルリンチがバンク・オブ・アメリカの傘下に入り、米国政府は約七〇兆円もの公的資金を投入して、大手保険会社ＡＩＧ、モルガン・スタンレー、シティグループ、バンク・オブ・ニューヨーク・メロンなどを救済し、モルガン・スタンレーは三菱ＵＦＪフィナンシャル・グループからの出資も受け入れ、欧州でも数多くの金融機関が公的資金で救済される事態になった。

リーマン・ショックで投資銀行各行が大きなダメージを蒙《こうむ》ったのは、借入金で資産を膨らませ、リターンを極大化する「レバレッジ」を無制限に利かせ、クレジット・デフォルト・スワップやオプションなどのデリバティブ取引で大きなリスクをとっていたところに不動産バブルが弾《はじ》け、資産内容と資金繰りが急速に悪化したのが原因だ。

その背景には、一九九〇年代になって「物言う株主」が力を持つようになり、本質的に貪欲《どんよく》な投資銀行の経営者が尻《しり》を叩《たた》かれ、収益追求に走ったことがある。

元々投資銀行は、債券や株式の引受、Ｍ＆Ａといったオーソドックスなビジネスを手がける従業員数百人から千人程度の小ぢんまりした金融機関だった。一九七〇年代後半から米国の金融自由化が始まり、ウォール街が「ロアリング・エイティーズ（疾風怒濤《どとう》の一九八〇年代）」と呼ばれた時代に、金融工学の導入と、業界再編による投資銀行の「バルジブラケット化（巨大化）」が起き、手っ取り早く金を儲けられるデリバティブ取引に急傾斜して行った。

リーマン・ショックで、レバレッジを利かせて野放図にリスクをとるビジネスモデルは破綻《はたん》した。二〇一〇年七月には、米国で金融規制改革法（ドッド・フランク法）が成立し、「ボルカー・ルール」と呼ばれる金融機関の自己勘定投資規制が二〇一五年七月に完全実施され、投資銀行各行は軒並み自己勘定部門を閉鎖し、人員を一〜三割削減した。

しかし、証券市場がある限り、株や債券の引受、M&Aといった投資銀行業務はなくならない。ゴールドマン・サックスやモルガン・スタンレーは銀行持株会社に移行し、リスクテークに歯止めをかけて投資銀行業務を行っていく「原点回帰」をした。

日本でも一時就職人気が高く、一流大学出の優秀な学生たちが、数千万円から億を超える年収に魅《ひ》かれ、こぞって入社した「投資銀行バブル」は弾け、リーマン・ショック前に比べると人員は全体で二、三割減少した。かつては儲かりそうなものは何でも手を出していたが、取引先を絞ってメリハリのきいた業務を行うようになった。以前は新卒採用が少なかったミドルオフィスやバックオフィスの新卒採用人員を増やし、会社によりコミットした人材を採り、日本に根付いた形で業務を行おうという姿勢が窺《うかが》われる。

かくしていったんは絶頂から滑り落ちたものの、この分野で米系投資銀行に伍《ご》していく力量を持つ金融機関は見あたらず、彼らの優位は揺らいでいない。ゴールドマン・サックスの二〇一四年度の税引き後利益は八四億七七〇〇万ドル（一兆一四五億円）、モルガン・スタンレーは同六一億三七〇〇万ドルだった。ゴールドマン・サックスは、野村證券、三菱ＵＦＪモルガン・スタンレー証券、ＪＰモルガン証券とともに、二〇一五年一一月に実施された日本郵政民営化（株式上場）という超大型案件のグローバル・コーディネーターの座も射止めた。

英国の郵便事業と日本の郵政民営化

ここ三年ほど（二〇〇〇年代前半）で英国の郵便局の数がかなり減った。残っている郵便局も小さなものに変わった。わが家の近くの郵便局も以前の半分ほどの広さになり、残りのスペースはコンビニにリースされた。

英国における郵便事業はロイヤル・メールの独占事業で、同社は政府全株保有の特殊法人である。労働党は一部民営化も考えているふしがあるが、去る五月の総選挙でロイヤル・メールを民営化しないとマニフェストに謳《うた》ったため、これを大きく逸脱することはできない。

ここ三年の変化は、大手スーパーマーケット・アスダの販売部長として実績を上げた人物を会長に、大手広告代理店サーチ・アンド・サーチで共同CEOなどを務めた人物をCEOに据え、この二人が民間的手法で合理化策を行ったためだ。その結果、英国全土の郵便局数は一万七五〇〇から一万四六〇九へと一六・五パーセント減らされ、職員数も二二万九〇〇〇人から一九万六〇〇〇人へと一四・四パーセント減らされた。

日本で郵政民営化が議論されているが、英国では別に民営化しなくてもクビ切りはできる。一人当たりの平均給与が二万三〇〇〇ポンドとすれば、クビ切りだけで年間約七億六〇〇〇万ポンドの経費を削減できる。一方で、郵便料金は一～三割値上げされた。

その結果、三年前に三億一八〇〇万ポンドの赤字だったロイヤル・メールは、二〇〇五年三月期の決算で五億三七〇〇万ポンドの黒字に転換。アダム・クロウズィアCEOには五〇万ポンド（約一億円）の基本給に加え、二二〇万ポンド（約四億四〇〇〇万円）のボーナスが、全従業員にも一律一〇七四ポンドのボーナスが支給された。

ただ、利用者の側から見て、サービスが向上したという実感はない。郵便物がなくなるのも相変わらずで、これが郵便制度発祥の国とはとても思えない。

後半戦に突入した日本の郵政国会。利用者の立場に立った議論がはたして尽くされているか。

「日刊ゲンダイ」二〇〇五年七月二〇日

韓国人とトルコ人

日本人が海外で最も親しくなりやすいのが韓国人とトルコ人だ。三民族ともルーツを中央アジアに発し、言葉の文法もほぼ同じで、単語を覚えて日本語の要領で並べれば通じる。情に厚く、家族や長幼の序を重んじることも共通している。

その一方で違う点もある。ビジネスにおいて、日本人が常に最悪を想定するのに対し、韓国人とトルコ人は最良を想定して話をする。たとえば、四日間でできる仕事であれば、日本人は念のため「六日かかります」と答えるが、韓国人とトルコ人は、事が予想以上にうまく運ぶ場合も考え「二日でできます」という。もし二日でできなくても「可能性はあり努力もしたんですが、今回は残念ながら」となる。わたしなどはトルコ人と長年仕事をしたので、この辺は調整しながら話を聞く。

わたしの日本人の友人は、かつて日本に買い付けにやってきた韓国の繊維会社の通訳を務めた。取引先の日本人が「その期限での納品は、難しいですねえ」といったのを「ハルスイソヨ（可能性は少しはありますが、できません）」ではなく、「ハルスオプスミダ（できません、可能性もありません）」と訳したところ、韓国の人が「それは、やる気がまったくないということか！　この日本人は韓国人には物を売りたくないいんだろう！」と激怒。そのうち日帝支配三六年とか豊臣秀吉の朝鮮出兵まで持ち出されたので、友人も腹を立て「今の暴言は許せん！　取り消せ！」と大喧嘩《おおげんか》になったという。

しかし、翌朝ホテルに迎えに行くとその韓国人に抱きつかれ「あなたは韓国の血が流れているのではないか」と満面の笑みでいわれたそうだ。いつも「いやまあ」「すいませんねえ」といった煮え切らない日本人の態度に不満を持っており、青筋立てて怒った友人に誠意と真実味を感じたのだ。

わたしのデビュー作『トップ・レフト』はトルコが舞台だが、「感動しました」と手紙をくれたのは早稲田大学に留学中の韓国人学生だった。

韓国人とトルコ人、わたしの好きな人たちである。

「日刊ゲンダイ」二〇〇四年九月二〇日

ホテル考　〜日本の常識は世界の非常識

今、この原稿をイスタンブールのホテルで書いている。

今回はトルコ人一家経営の一泊五〇〇〇円ほどの安宿に泊まっている。朝食をお母さんと息子が用意してくれたりして、自分の家にいるような温かみがある。

外国旅行の楽しみの一つはホテルである。ただ、国ごとに予期せぬ規則や出来事もある。以前、イランのホテルは現地通貨でしか宿泊料を受け取ってくれなかった。わたしの同僚がイラン中央銀行の幹部に苦情をいうと「ドルで払っても問題ありません」という手紙を書き、中銀のスタンプまで押してくれた。同僚が意気揚々とホテルの会計係に「ほら見ろ、中央銀行がドルで払えるといってるぞ」と手紙を示したところ、「こんなものは関係ない」とべりべりと破り捨てられ、目が点になったという。

アルジェリアのホテルでは、夕方仕事が終わって部屋に戻ると、女性のブラジャーが浴室に干してあった。「いったいなぜこんな物が？」と訝《いぶか》ったが、日本大使館の人に事の次第を話すと「それは掃除のおばさんの誘いです」と苦笑された。

ベトナムで二年近く滞在した国営ホテルでは、レセプションの若い女性がもじもじしながら「折り入ってお願いがあるんですが」といってきた。フランス語もできる小柄で可愛らしい女性だったので、交際してほしいとでもいわれるのかと少し期待したが、「実は、あなたの宿泊代には一〇パーセントのコミッションが含まれています。それをわたしがもらえるようにしてくれませんか」という。ベトナムでは正規の月給は五〇ドルくらいだが、それを補塡《ほてん》するいろいろな仕組みがある。ちなみに、コミッションは、客が指示すればその従業員のものになる。そうでない場合でも、客の個人的な世話をしたりするとその従業員のものになる。同じホテルに長期滞在していたTさんという日本人の水道コンサルタントは「どうも俺のコミッションはガー（「月」を意味する女性名）がもらっているらしい。俺が風邪をひいたときに、あいつがミカンを持って見舞いに来たが、それが理由のようだ」と苦笑していた。件《くだん》のレセプションの女性からいわれたとき、わたしは意味がよくわからず、戸惑った。彼女はわたしが怒っているか何かしていると思ったのか「いえ、すいません。今いったことは忘れて下さい」といった。今でもたまに思い出して、彼女がもらえるようにしてやればよかったと後悔している。

日本で品川プリンスホテルに泊まったりすると、フロントの若い女性がマクドナルドの店員そっくりの機械人間で、話していて情けなくなる。あれではホテルでも何でもない。日本でもベトナム方式を採り入れてはどうか？

「日刊ゲンダイ」二〇〇四年九月二七日

ニッポンの怪現象「置き鞄」と「グラスワイン」

新作の取材で日本に来ている。移動に使っているのは「ジャパン・レールパス」である。これはユーレイルパスのように日本国外在住者が買えるJR全線乗り放題切符だ。値段は期間二週間で四万五一〇〇円。「のぞみ」以外すべて乗れ、改札口でパスポート大のパスを見せると、駅員さんが「どうぞ」と通してくれる。水戸黄門の印籠《いんろう》のようで気分が良い。

現在は博多に来ている。駅のホームに立ち食いそばならぬ立ち食いラーメンの店がある。味は無論豚骨味である。

海外に一八年近く住んでいると、日本でさまざまな珍現象に遭遇する。

その一つが荷物を放置したまま長い間どこかに行く人が多いこと。先日も東京の「キンコーズ」という事務サービスの店で順番待ちをしていたら、黒い大きな書類鞄《かばん》が放置されていて、中には財布も入っていそうだった。足元に置いた鞄でも置き引きされる海外では、まずありえないことだ。また、この手の鞄は爆弾であることもあり、欧米人は条件反射的に逃げるかその場所の管理者に知らせる。

「これ、どなたの鞄ですか？」

わたしが顔を引きつらせて訊《き》くと、店員は「え、何か問題ですか？」と気にも留めない表情。そのうちトイレに行っていたらしい初老の男性が戻ってきて、何で俺の鞄をじろじろ見ているんだという顔をした。日本は平和である。もし海外なら三〇秒以内にかっぱらいか警察が鞄を持ち去っている。

日本で驚き呆《あき》れるのはグラスワインの量である。ほとんどの店がグラスの底に三センチ（五〇～六〇cc）くらい注いで平然としている。思わず「これがグラスワインか！」と怒鳴りたくなる。香港でもパリでもベトナムでもグラスワインはグラスにたっぷり注ぐ。英国では度量衡法で「グラスワインは一七五cc」と定められており、パブなどの壁にその旨表示されている。日本でもこういう（酒飲みにとって）大事なことはきちんと立法化してほしいものである。

「日刊ゲンダイ」二〇〇四年一二月一〇日

海外旅行と国際経済小説

わたしは国際経済小説ファンである。大学時代から城山三郎さんの『輸出』『生命なき街』、深田祐介さんの『神鷲《ガルーダ》商人』『革命商人』、堀田善衛《ほったよしえ》さんの『19階日本横丁』など、海外で仕事をする日本人企業戦士の話が特に好きで熱心に読んできた。

国際経済小説は、経済や人間ドラマだけでなく、まるで現地でその国の匂いを嗅《か》いでいる気分にさせてくれる、最も手っ取り早い海外旅行だ。

三〇歳でロンドンに赴任して、鞄一つで中東、アフリカ、アジアを飛び回る金融マン生活を一五年やったが、そのときは『ミステリで知る世界120ヵ国』（渡邊博史著）という六二六冊のミステリー本と冒険小説を国ごとにリストアップした案内書を買い、出張先の国を舞台にした小説を手に入れて旅の大いなる楽しみにした。絶版になった本も多く、当時は入手に苦労したが、最近はアマゾンなどのネット書店で古本が簡単に検索・入手できるようになった。

バブル崩壊後、日本ではあまり国際経済小説が書かれなくなった。日本人が内向きになり、国内の問題により関心が移ったからだといわれる。また、海外を舞台にした物語は制作費がかかるので映像化されにくく、国際経済小説の書き手は昔から生き残るのが難しいという問題もある。ファンとしては、しばらく寂しい思いをさせられ、やがて仕方なく自分で書き始めた。

ところが最近、わたしがまさに求めていた国際経済小説を一〇年以上前から書いている作家がいることを知った。熊谷独《くまがいひとり》さんというサントリーミステリー大賞を受賞したこともある方である。最新作は三年前に出た『ロシア黙示録』（文藝春秋刊）。旧ソ連というシステムにからめ取られていく日本の中小商社の運命が克明に描かれ、足もとから恐怖が這《は》い上がってくるような小説だ。熊谷さんはかつて専門商社和光《わこう》交易で、モスクワ駐在一〇年を含め長年旧共産圏貿易を手がけた商社マンだ。『モスクワよ、さらば』（文藝春秋刊）というノンフィクションもあるが、その中のレニングラードの造船所で、納品したプロペラ加工機が動き出すシーンなどは、読んでいて背筋がぞくりとした。国際経済小説ファンの方には是非一読をお勧めする。

「日刊ゲンダイ」二〇〇四年一二月一七日

新年の誓い

三が日も明け、再び世の中が動き出した。考えてみると、正月を三日間も休むのは世界で日本くらいだ。欧米ではクリスマスが年間の最大行事で、多くの国で一二月二五日と二六日が休みになるが、新年の休みは一月一日だけである。イスラム教国では、イスラム暦に則《のっと》って、毎年巡ってくる断食月明けが数日間の休み。東南アジア諸国ではチャイニーズ・ニューイヤーが最大のお祭り。両者とも、正月の休みはやはり一月一日だけである。

とはいえ、どの民族も新しい年は一つの区切りと感じている。わたしが住むロンドンでも、大晦日《おおみそか》の夜にはトラファルガー広場に人々が集まって新年のカウントダウンをする。世界の人々も日本人と同じように新年の誓いを立てる。英語では「ニューイヤーズ・レゾリューション」という。

一〇年余り前の一月一日、ロンドンからバルセロナまで英国航空で旅行した。ガターンと荒っぽい着陸をすると「ただいま当機はバルセロナ国際空港に到着しました。ハッピー・ニュー・イヤー・トゥー・ユー」と英国人機長のアナウンスが始まった。続けて「皆さんの今年のニューイヤーズ・レゾリューションは何でしょうか？　わたしのニューイヤーズ・レゾリューションは、着陸技術の向上です」といったので、乗客たちは爆笑した（日本で機長がこういう発言をすると大変なことになりそうだが）。

日本人同様、外国人も新年の誓いは長続きしない。わたし自身は若いころ、日記をつけようと思っても、たいてい途中でやめた。一五年ほど前に「いくら自分でも、これくらいは」と思い、博文館《はくぶんかん》の三年日記を買った。手帳サイズで、一日分は縦横約四センチとごく小さい。さすがにこれは今も続いている。持ち運びが楽で、いつ何をしたかも簡単に調べられるので便利である。

われわれ凡人の新年の誓いは「いくら何でもこれくらいはやろう」という程度が間違いないのではないだろうか。

「日刊ゲンダイ」二〇〇六年一月七日

英国に戻る

日本で長い取材旅行を終えて英国に戻った。スーツケースは資料でいっぱいだ。

ヒースロー空港に着くと、ミニキャブが迎えに来ていた。ブラックキャブ（黒い箱型のタクシー）より安い普通の車のタクシーだ。パキスタン系の運転手の顔を見てわたしはひそかに気合を入れる。たいてい「飛行機が遅れたので待ち時間が長かった」とか「駐車料金は別」などといい出す。きっちり反論しないと、たちまち料金を上乗せされる。日本を一歩出たら生きることは戦いである。

空港からわが家まで車で約一時間。玄関を入り、英国の家は広いと改めて実感する。家は「セミデタッチト」というスタイルで、一戸建ての左右にそれぞれ別の家族が住んでいる。ごく標準的な大きさだが、天井の高さは二・七メートルある。物音一つしない居間のソファで一息つく。窓から見える大きな古いリンゴの木はすっかり葉を落とし、庭は冬景色。明日からまたここで、ひたすら執筆の毎日だ。

スーツケースを解き、要らない包装紙などをゴミ箱に捨てながら、ふと違和感を覚えた。日本にいる間、ゴミは可燃物、不燃物などに分別していたが、イギリスでは分別しない。この点は日本のほうが進んでいる。こちらで分別するのは「グリーン・ウェイスト」といって、庭の芝とか花など植物だけだ（夏場は結構な量になる）。ゴミを捨てに表に出ると、道は広く、通行人も少ない。近所には公園や緑地が多く、自然が身近にある。これだけでも英国に居を定めて良かったと思う。

以前、石川啄木《たくぼく》の故郷、岩手県渋民村《しぶたみ》（現盛岡市玉山《たまやま》区渋民）を訪れたことがあるが、細い田舎道まで徹底的に舗装されていて唖然《あぜん》とさせられた。司馬遼太郎《しばりょうたろう》さんは土建屋によって日本の美しい景観が破壊されたことをとても嘆いていたという。

友人にそれを話すと「黒木さん、安心してください。日本は土建国家ですから。そのうちアスファルトを普通の道に戻す工事が始まりますから」。

「日刊ゲンダイ」二〇〇六年一月一四日

経済全体を刺激した欧州格安エアライン

日本でもここ数年航空券がずいぶん安くなった。しかし、欧州の格安航空会社にはまだ及ばない。

二〇〇四年の一二月、『巨大投資銀行』の取材でアイルランド南西端の町ケリーを訪れた。ロンドンからの距離は東京・大阪間の一・六倍。しかし、往復運賃は二六ポンド、税金その他が二五ポンドで、合計五一ポンド（約一万五〇〇〇円）で済んだ。使った航空会社はアイルランドの新興民間航空会社、ライアンエアーである。同社のサイトを見ると、現在、ロンドンからストックホルム、フランクフルトなど二〇都市への片道航空運賃は一〇ペンス（約二〇円）からとなっている（料金は需給関係で異なり、週末や直前の予約は高くなる）。

低料金の秘密は、離着陸料金が安い都市や空港への就航、予約の九六パーセントがインターネットという省力化、機内食はなく飲食物の機内販売は有料、整備が最小限で済むよう椅子はリクライニングしない、機体の効率運用のため目的地に着陸してから四〇分程度で再び離陸することなど。タダ同然の料金でも客を乗せるのは、たとえ飛行機がカラでも払わなくてはならない離着陸料金（税金）だけでも払ってもらえればプラスだからだ。

本当に着陸後四〇分で飛び立つのか興味を持って見ていたが、その通りに飛び立ったので感心した。機内の清掃をやるのは客室乗務員たちだが、飛行中も大きなビニール袋を持って何度も通路を往復してゴミを集め、着陸するや否や、乗客の見送りはせずに、床に這いつくばって清掃を始めた。

ライアンエアーは毎年二億ユーロ（約二八三億円）程度の利益を上げ、安定した経営を続けている。二〇〇五年八月には乗客数で英国航空を追い抜いた。また、同社の登場で一九九一年には年間一七〇万人だったロンドン・ダブリン間の旅行者が、二〇〇三年には四四〇万人へと激増した。確かにこれだけ安ければ気軽に旅行しようという気になる。一つの会社の工夫が経済全体を刺激する好例である。

「日刊ゲンダイ」二〇〇六年二月一一日

中国援助を取り返せ!

中国が日本から多額のODA(政府開発援助)を受けながら、北朝鮮やアジア、アフリカ、中南米諸国などに援助をして囲い込みを図っているのは別のエッセイで述べた通りだが、「外務省が土下座外交で続けてきた中国援助を、トヨタなんかのメーカーが中国向け輸出で取り返してるんですよ」とは友人の弁だ。「メーカーだけじゃなく、三井物産も結構やってますね」というので、思わず「へぇーっ?」となった。

聞いてみると、三井物産の英国にあるエネルギー・デリバティブの子会社が、中国国営のチャイナ・エイビエーション・オイル社(略称CAO)相手に、莫大《ばくだい》な利益を上げたというのだ。CAOはジェット燃料の輸入会社だが、燃料価格のリスクヘッジで始めた石油のデリバティブ取引(先物やオプション)にはまり、一年余り前に五億五〇〇〇万ドルをすって破綻《はたん》した。このCAOの大口取引相手が三井物産の英国子会社だったのである。

同社のトップは日商岩井《にっしょういわい》や外資系企業で金属やエネルギーのトレーディングの腕を磨いてきた百戦錬磨の日本人。二〇〇四年には三八億円の純利益を上げた。CAOの一件は、博打《ばくち》好きの素人中国人が、日本人のプロに手玉に取られたと業界では評判だそうである。ジェフリー・アーチャーの小説に『百万ドルをとり返せ！』というのがあるが、「中国援助を取り返せ！」といったところだろうか。

わたしはこの一件を『エネルギー』（角川文庫）という小説の中で描いた。CAOのトップは陳久霖（チェン・ジウリン）という中国人だった。湖北省《こほく》の寶龍《ほうりゅう》村という片田舎の出身で、灯油ランプの明かりの下で蚊を追い、暑さに耐えるため両足を甕《かめ》の水に浸《つ》けながら猛勉強をし、北京大学に入学した。CAOの見かけだけの成功で、一時は数億円の年収を得たが、最終的に、粉飾決済などの罪で三三万五〇〇〇シンガポールドルの罰金と懲役四年三ヵ月の刑に服した。

取材で訪れた寶龍村は、湖北省の省都武漢《ぶかん》市から車で二時間あまり行った草深い田舎だった。畑の中の農家は家畜臭が漂う赤茶色の煉瓦《れんが》造りで、土埃《つちぼこり》がもうもうと上がる道端で少女が鍬《くわ》で干草をひっくり返し、鋤《すき》を担いだ男や天秤棒《てんびんぼう》を担いだ女が水牛や鶏と一緒に歩いていた。小さな村だったので噂の主の家はすぐに分かった。

小さな豚小屋がある家のそばまで車で行くと、黒っぽい服装をしたずんぐりむっくりの老人が立っていた。陳の父親であった。アポイントメントなど取っていなかったので驚いたが、七〇代の父親は「メシでも食っていくか」と家の中に招じ入れてくれた。老妻と二人暮らしをする老人は、軽い脳梗塞《のうこうそく》を患ったことがあるようで、事件のことを知っているのか知らないのか分からない口調で「久霖は忙しくて、しばらくは帰ってこられないらしい」と語った。がらんとした倉庫の一角のような居間には毛沢東の大きな肖像画が飾られ、床の赤いプラスチックバケツの中に籾殻《もみがら》が敷かれてヒヨコが二羽飼われていた。わたしは話を聞きながら、陳が世に出るために辿《たど》ってきた長い長い道のりに想いを馳《は》せた。

「日刊ゲンダイ」二〇〇六年二月二五日

東日本大震災とリビア空爆にエネルギー市場はどう反応したか

二〇一一年三月に発生した東日本大震災に対してエネルギー市場は、かなり意外な反応をした。仔細《しさい》に見てみると、ここ一〇年ほどの世界的エネルギー事情の変化を象徴する反応だった。

三年八ヵ月前の二〇〇七年七月、新潟県中越《ちゅうえつ》沖地震で東京電力の柏崎刈羽《かしわざきかりわ》原発が七基全部停止したとき、代替の火力発電所用燃料として東京電力が血眼になってLNG（液化天然ガス）の買い付けに乗り出した。当時、同社に調達を依頼されたある大手総合商社は、スペインのイベルドローラやユニオン・フェノサ（電力会社）、ガス・ド・フランス、BG（旧ブリティッシュ・ガス）の米国拠点といった大口ユーザーや、アルジェリアのソナトラック（国営炭化水素公社）等のサプライヤーに軒並み打診し、玉《ぎょく》をかき集めた。その結果、日本向けLNGのスポット価格が（一〇〇万BTU当り）一〇ドルから一挙に二〇ドル超に暴騰した。ガスの液化設備に莫大な投資を必要とするLNGは、二〇年程度の長期契約が伝統的な販売形態である（それがプロジェクトに対する融資の担保になる）。そのためスポットで取引される量は極めて少なく、容易に暴騰する。

東日本大震災後、東京電力は、事故に見舞われた福島第一原発の代替発電所として、計画停止や定期点検中だった横須賀《よこすか》火力三、四号機（石油焚《だ》き）、品川火力一号系列第一軸、横浜火力七号系列第二軸（以上ガス焚き）などの運転を再開する。したがってLNG市場でもてっきり以前と同じことが起きると思っていた。

ところが、LNG価格は震災前の一〇ドル前後から一一ドル台へと、わずかな上昇にとどまった。その理由は二つある。①二〇〇七年に比べて、供給が潤沢になり、スポット市場といえど買い手市場になっていたこと、②サプライヤーやメジャー（国際石油資本）が日本支援という観点から、従来のように足元を見て値段を吊《つ》り上げるような行為をしなかったことである。

①については、二〇一〇年一二月に、世界最大のLNG出荷国であるカタールが、すべてのプロジェクトを完成し、年間生産能力七七〇〇万トン体制（世界シェア三〇パーセント）に入ったことが大きい。そのほか、二〇〇〇年代に入って技術の進歩やエネルギー価格の高騰で、北米のシェールガス（頁岩《けつがん》層から採掘される天然ガス）の生産が飛躍的に増加した「シェールガス革命」や、二〇〇八年のリーマン・ショックやその後のユーロ危機による世界景気後退の影響もある。②については、多くのLNGサプライヤーが、日本救援という観点からいたずらに価格を高騰させない立場をとり、欧米メジャーもコーポレート・レピュテーションの観点から、これに追随した。こうしたことは過去に例がなく、非常に予想外だった。これはサプライヤーに「新セブンシスターズ」

（ペトロナスやガスプロム等）と呼ばれる国営石油会社等ソブリン（国家）を代表する企業が多く、政治的判断で行動できたのが理由だろう。

中越沖地震で停止したのは東京電力の柏崎刈羽原発だけだったが、東日本大震災では東京電力や東北電力の東日本太平洋側発電所が火力も原子力も軒並み壊滅的な打撃を受けた。そしてほぼすべての電力会社が燃料確保に乗り出し、とりわけ東京電力は二四時間体制を組んで調達したため、総合商社の燃料部門は真夜中でもメールが飛んできて、その対応に追われた。しかし現在は、船舶運送費の便乗的な値上げや、放射能を恐れて日本に寄港したがらない船舶があるといった問題はあるものの、状況はかなり落ち着いてきている。東京電力は、四、五月のLNGについては、主として日本の他の電力会社や韓国からの融通で確保した模様である。

一方、原油市場は、もともとスポット取引が中心で、流動性が高く、大きな市場であるため、日本の電力会社の調達によって価格が暴騰するということはない。今回の震災に対する市場の反応は、震災によって合計で日量一四五万バレル程度の製油所が運転を停止し、日本経済がダメージを受けて原油需要が後退するのではないかとの思惑から、直前に一〇七ドル近くを付けていたWTIは一〇一ドル台まで急落した。

その約一〇日後、多国籍軍によるリビア空爆がWTIを再び一〇六ドル台まで押し上げた。リビアは日量一七〇万バレルというアフリカ第三位の有力産油国であり、生産に支障が出れば、当然のことながら価格押し上げ要因になる。また、リビア産原油は軽質低硫黄《ていいおう》の高品質原油であるため、類似の北海原油（ブレント）などは他の油種に比べ、値上がりが顕著となった。原油市場は二〇〇〇年頃から年金資金をはじめとする投資・投機資金が流入し、値動きが激しくなっている。

リビア情勢が今後どう展開していくかは予断を許さない。フランスが中心になって急遽《きゅうきょ》安保理決議をまとめたのは、リビアが混乱すると地中海を渡って難民が押し寄せてくると恐れたためといわれる。それ以外の理由としては、再選を目指すサルコジ大統領の野心、石油利権（二〇〇五年からリビアが行った鉱区の入札は条件が厳しく、外国企業に旨味《うまみ》がなかった。また、英国はメキシコ湾原油流出事故で青息吐息のＢＰを助けたいという動機がある）、エジプトに代わるイスラエル防衛のための橋頭堡《きょうとうほ》の確保等ではないかと推測される。

今後、多国籍軍によってカダフィが追い出されたとしても、中東・北アフリカ諸国の中でも特に部族色が強いリビアが一つにまとまっていけるのか、下手をすると内戦状態に陥るのではないかという懸念が残る。また、反政府勢力の中にアルカイダ関係者がいるとの情報があり、欧米は支援に及び腰になってきている。

リビア一国の石油生産（世界シェアの約二パーセント）が停止するくらいであれば、サウジアラビアの増産で代替は可能である。エネルギー市場が本当に恐れているのは、チュニジアに始まり、エジプト、イエメン、バーレーン、リビアなどに飛び火した民主化革命の流れがＯＰＥＣの盟主サウジアラビアに達することだ。アサド父子が強権政治で国を支配し、四八年間にわたって戒厳令下にあるシリアで反政府運動が起きるのはある程度想定内だったが、穏健なスルタン・カーブースの統治下で、安定した秩序を誇っていたオマーンでも民主化を求めるデモが複数回発生したことは、中東関係者の間でちょっとした驚きをもって迎えられた。今回取材した、日本の外務省幹部、中東のメディア関係者、中東在住者なども、サウジまで飛び火する可能性を指摘し、楽観論はあまり聞かれなかった。一説によると、今後一年以内か、今のアブドラ国王が死去する頃が危ないともいう。

以上のとおり、今後のエネルギー価格の行方は、上昇要因としての中東情勢の先行きに、ポルトガルをはじめとする欧州景気の不透明感やエネルギー価格が上昇した場合の景気失速懸念などが下落要因として絡み合っていく展開となろう。これを書いている時点で、WTIは一〇四〜一〇八ドル前後で小康状態を保っているが、市場は次のイベント（価格変動要因の出現）に備え、息をひそめている。

「日経ビジネスオンライン」二〇一一年四月五日

（注）

・BTU（British Thermal Unit）は熱量の単位で、天然ガスなどの取引量に用いられる。1BTUは約〇・二五キロカロリー。一〇〇万BTUは原油〇・一七二バレル、電力二九万三一〇〇キロワットアワーに相当する。

・ＷＴＩは米国テキサス州西部で産出される、硫黄分が少なく、ガソリンを多く取り出せる高品質原油。ＮＹＭＥＸ（ニューヨーク・マーカンタイル取引所）に先物取引が上場されており、世界最有力の原油価格指標になっている。

大震災で見直された日本人

二〇一一年三月一一日に発生した東日本大震災（東北地方太平洋沖地震）は、英国でも新聞やテレビで一週間にわたってトップニュースで報道された。日本では被災者の感情を考慮して、ショッキングな写真や映像は使わないが、当地のテレビでは、真っ黒な大津波が町を呑み込む様子や福島第一原発が爆発する映像が音声付きで繰り返され、日本にいるよりも怖さが伝わってきた。地震や津波がほぼ皆無の英国でも、文房具屋の店頭に手動式懐中電灯が箱入りで並んだくらいなので、英国人でさえ不安になったのだろう。英国のメディアの特派員たちは「自分は三〇年間にわたり二〇の戦争を報じてきたが、これほど大規模な災害は見たことがない」「誇張抜きで、これは（被爆直後の）広島だ」と事態の深刻さを伝えた。

一方で彼らの報道のあちらこちらに、日本への敬意や高い評価が垣間《かいま》見えた。

一つは、日本の進んだ科学技術に対するもので、震度六強でも仙台市街の道路や建物が影響を受けなかったことや、東京の高層ビル群が高度な耐震技術で無傷だったことに、畏敬《いけい》に近い感情を抱いていた。もう一つは、日本人のペイシャンス（辛抱強さ）とオーダー（秩序）に対するもので、未曾有《みぞう》の非常事態でも略奪などが起きず、避難所では互いに譲り合って行動している様子を見て、「日本人ほど自分たちのことにきちんと対処できる人々は世界にいない」（ザ・タイムズ）と賞賛している。「日本人は敗戦の焦土からあれほどの復興を成し遂げた民族だから、今回の災害も乗り越えるだろう」という論調も多かった。

わたしが英国に赴任した一九八八年二月は「ジャパン・アズ・ナンバーワン」の時代だった。日本に対する世界の見方は「よく分からないエコノミック・アニマル」で、わたし自身よくそういう視線を感じた。しかし、それから二三年が経ち、日本に対する世界の理解は深まり、食文化・モノづくり・技術・和の心など、日本は「独自の文化と神秘的な力を持つ国」として一目置かれるようになった。これは成熟した先進国の一員として世界に迎えられるようになったということだろう。

一方、今回の震災に対し、欧州では、福島第一原発の行方がどうなるかに高い関心が持たれている。地球温暖化対策として、欧米のみならず世界中で原発への依存度が高まっているが、反対の声も根強い。英国における震災報道の三分の一は福島原発に関するもので、BBCなどの番組で、原発賛成派と反対派の討論会も行われている。

過去、大規模な原発事故は一九七九年のスリーマイル島と一九八六年のチェルノブイリがあった。しかし前者は一九七〇年代という昔の話で、後者は管理も杜撰《ずさん》な旧共産圏の事故だった。ところが今回は、国際的な技術水準を有する二一世紀の先進国での事故である。福島原発の行方は今後の世界の原発の流れに大きく影響し、日本の国際的評価をも左右する。政府と東京電力だけでなく、国民全員が責任を自覚して事態収拾に向けて努力していかなくてはならない問題である。

「産経新聞」二〇一一年三月一八日

安倍政権の風圧を受ける「ガラス鉢の金魚」たち　～裁判官とはいかなる人種か？

三権の一翼を担い、正義の最後の砦《とりで》となるべき重要な役割が与えられているにもかかわらず、裁判官たちの実像はほとんど世に知られていない。弁護士や裁判所職員でもない限り、裁判官を個人的に知っているという人はほとんどいないだろう。
裁判官たちの生身の姿を白日の下に晒《さら》してみたいと思い、『法服の王国』を今般上梓《じょうし》した。取材では、元最高裁判事や元高裁長官から任官数年目の判事補まで二四人の裁判官（元裁判官を含む）と一二人の弁護士に会った。

酒を飲んで留置所に入り、麻雀卓をひっくり返し……

裁判官になるには、国家試験中最難関といわれる司法試験に上位で合格し、かつ司法研修所の卒業試験（通称・二回試験）でも好成績を収めなくてはならない。任官後は外の世界と接触せず、「ガラス鉢の金魚」のような日々を送るが、彼らも人の子であることに変わりはない。
ひたすら書面を読み、法廷に出て、合議体（訴訟を担当する三人の裁判官）内で議論をし、ひたすら判決を書く仕事はストレスが溜《た》まりやすく、発散するために酒を飲む裁判官は多い。酔って警察の留置所で一晩を過ごし、知り合いの検察官に出してもらった裁判官もいるという。地方支局勤務時代に裁判官と付き合いがあった新聞記者は「世間ずれしていないぶん、彼らは酒の飲み方が下手ですね」と苦笑する。

最高裁判事（在任昭和五四〜六一年）も務めた木下忠良《きのしたただよし》氏は、戦後リベラル派裁判官の牙城《がじょう》・大阪地裁の所長などを務めたが、いつも鳥打帽をかぶって出勤し、所内の慰安旅行で若手の裁判官たちが部屋にこもって麻雀《マージャン》をしていたのに怒って、麻雀卓をひっくり返したこともあるという。また大の阪神タイガース・ファンで、試合を観に行った若手の裁判官たちが下品な野次を飛ばす男がいたので、誰だろうと思って見たら、木下氏だったそうである。ある著名な女性裁判官は、気に入らない部下を路上で平手打ちにし、慰安旅行で男性の同僚裁判官と浴衣《ゆかた》姿でキスをしている写真を撮られたりするような奔放な性格だと聞いた。

ヒラメ裁判官を産み出す人事制度

ＤＮＡ鑑定技術の向上で無実が明らかになった「足利《あしかが》事件」に見られるように、日本の裁判ではしばしば冤罪《えんざい》が産み出されてきた。裁判を経験した人なら、どうしてこんなおかしな判決が出るのかと驚かされた人も少なくないはずだ。わたし自身、かつて勤めた銀行の過剰融資裁判に巻き込まれ、目の前で堂々と居眠りをした裁判官にやっつけ仕事のデタラメ判決を出されて愕然《がくぜん》としたことがある。今回取材してみて感じたのは、こうしたことの最大の原因は、裁判官が過剰労働状態にあることだ。

裁判所では、事件の処理件数が「売上げ」と呼ばれ、人事評価の上で大きなウェイトを占めている。民事裁判官を例にとると、一人の裁判官が担当している事件数は、おおざっぱにいって一五〇件程度の単独事件と一〇〇件程度の合議事件である。単独事件に関しては、月に二五〜三〇件処理しなくてはならない。しかし、しっかりした内容の判決が書けるのは、せいぜい月に五、六件で、懸命に頑張ったとしても、七、八件が人間の能力の限界である。そこで判決を書けない事件をどう処理するかというと、和解である。「とにかく和解に全力投球です」とは、取材したある裁判官の弁である。

裁判当事者から提出される書面は膨大であるため、よほど要領のいい一部の人たちを除いて、裁判官たちは常に過剰労働状態にあり、午後一番の法廷では、眠気に襲われる。法廷で一度も居眠りをしたことがないという立派な裁判官もいるが、その人の腕には、眠らないようにペンで刺した無数の痣《あざ》があるという。

かくして、上（最高裁）と横（同僚の処理件数）を見ながら汲々《きゅうきゅう》とする「ヒラメ裁判官」たちは、真実発見や当事者の運命など二の次で「売上げ」競争に血道を上げる。

時代錯誤のエリート主義

裁判官の数を増やすには法廷の数も増やさなければならないので、予算の問題もあるのだろうが、元凶は裁判所（最高裁）の時代錯誤の少数精鋭主義だ。「戦後司法界最大の大物」といわれ、平成の司法制度改革の青写真も作った故矢口洪一《やぐちこういち》元最高裁長官（在任昭和六〇年〜平成二年）は、裁判官の数を増員すべきと進言した人事局長に対し、「忙しいからといって、お前は人事局長を二人にしろとはいわないだろう？　二人にすれば、価値は半分になるんだぞ」と一喝したという。

司法制度改革で弁護士の数だけが激増したが、裁判官の数を今の二〜三倍にしないと、まったく意味がない。作品を書いて最も強く感じたのはこの点だ。

弾圧される「人権派」裁判官たち

民間企業や行政官庁同様、裁判所にも明らかな出世コースとドサ回りコースがある。前者は、あまり裁判の現場には出ず、最高裁事務総局のスタッフ（いわゆる司法官僚）、司法研修所教官、最高裁調査官などを務めながら最高裁判事や高裁長官へと上り詰めて行く「エリート組」だ。一方、後者は全国各地の裁判所（特に地家裁の支部）を転々としながら、実際の裁判にあたる「現場組」である。
取材では、「エリート組」、「現場組」の両方の裁判官たちに会い、作品の中でそれぞれを代表する二人の主人公を登場させて、全体像が分かるように努めた。「現場組」の主人公・村木健吾《けんご》の人物造形の端緒になったのは、平成一八年に自殺した大阪高裁の竹《たけ》中省吾《なかしょうご》裁判長である。尼崎公害訴訟をはじめ、難民認定訴訟、医療過誤訴訟、証券会社に対する投資家の損害賠償請求訴訟など、数多くの裁判でリベラルな判決を出した名裁判官だった。自殺したのは大阪高裁で住基ネット違憲判決を出した三日後で、自分が出した判決や合議体内での議論に納得がいかないために、発作的に自宅で首を吊《つ》ったようである。

竹中氏以外にも立派な裁判官が数多く存在し、彼らの要素を主人公に投影した。浦和地裁熊谷《くまがや》支部でじん肺（粉じん吸入による肺の病気）訴訟の指揮を執った石塚章夫《いしづかあきお》裁判長は、被告（会社）側代理人に会うときは必ず原告（患者）側代理人に「これから被告側代理人に会います」と連絡を入れ、患者の意見陳述のときは、必ずまっすぐ患者の目を見て話を聴き、陳述が終わると深々と一礼し、むやみに和解を勧めることもなく、審理を尽くした上で初めて判決に近い和解案を提示したという。

しかし、こうした現場組の裁判官のうち、青年法律家協会（略称・青法協）の会員裁判官たちは、裁判所内で徹底した冷遇を受けた。青法協は、昭和二九年に憲法を擁護し、平和・民主主義・基本的人権を護《まも》ることを目的として、東大の三ヶ月章《みかづきあきら》助教授（民事訴訟法）、東京学芸大の星野安三郎《ほしのやすさぶろう》助教授（憲法）、弁護士ら一〇〇人あまりが発起人となって設立された法律家の団体で、当初は裁判官も数百人規模で加入していた。しかし、左翼的色彩があるということで自民党から敵視され、裁判所側も予算獲得に際して自民党の保守派議員から後押しを受けていたため、青法協会員裁判官を徹底的に弾圧した。彼らは裁判官にとって一般的な出世のゴールである地裁や家裁の所長はおろか、裁判長の肩書すら与えられず、北から南まで全国各地の家裁や支部を転々とする生活を強いられた。

政権の力を映し出す原発訴訟という鏡

裁判所（最高裁）による弾圧は、自衛隊や原発といった国策を否定する裁判官にも及んだ。その典型例が、昭和四八年九月に長沼《ながぬま》ナイキ訴訟の一審で、札幌地裁の裁判長として自衛隊違憲判決を出した福島重雄《ふくしましげお》判事（青法協会員）である。判決の翌年四月に東京地裁の手形部という日の当たらない部に異動させられ（手形訴訟はもっぱら形式の審理で、よほどの抗弁でもない限り裁判官としての能力は必要とされない）、その後も、裁判長の肩書を失ったまま、福島家庭裁判所や福井家庭裁判所など地方の家裁を転々とし、定年を待たずに退官した。彼に対する徹底した冷遇ぶりを目の当たりにした裁判官たちは、国策に反する判決を出すことにしり込みするようになった。

自衛隊と並ぶ大きな国策である原発の訴訟において住民側が勝ったのは、志賀《しか》原発二号機一審（金沢地裁）ともんじゅ控訴審（名古屋高裁金沢支部）の二つしかない。その二つすらも上級審で覆され、原発訴訟は国と電力会社の完全勝利という結果に終わっている。『法服の王国』ではサブテーマとして原発訴訟を扱ったので、取材で伊方《いかた》原発訴訟や志賀原発訴訟の記録を読んでみたが、記録を読む限り、原子力委員会の安全審査がいい加減なことは立証されており、原発の危険性も相当程度立証されている。それでも国や電力会社が勝つということは、裁判官が国策に対して遠慮をしているためとしか考えられない。「福島重雄の悲劇」が裁判官たちの心理に暗い影を落としているのだろう。結果として、東日本大震災による福島第一原発事故が引き起こされた。

震災の直後は、裁判所側から「今度のような事故を目の当たりにすると認識は甘かったと感じる」（毎日新聞の取材に対する元裁判官のコメント）といった反省の弁も出され、判決の流れが変わるかに見えた。ところが最近、それぞれ別の原発訴訟に関わっている二人の弁護士から聞いたところでは、「裁判所の姿勢がまた震災前に戻って来ている」というので驚いた。政治の風向きを見るに敏な「ガラス鉢の金魚」たちは、安倍政権の原発推進の姿勢を早くも先取りしているようだ。

「現代ビジネス」二〇一三年七月二六日

COP21「パリ協定」が日本にとって意味するもの

二〇一五年一二月一二日、パリで開かれていた第二一回国連気候変動枠組み条約締約国会議（COP21）で二〇二〇年以降の地球温暖化防止の新たな枠組みとなる「パリ協定」が採択された。今後各国の批准手続きを経て、二〇一六年四月頃に発効する見通しである。

主な内容は、①すべての国が二〇二〇年以降の温室効果ガスの削減目標を自主申告し、目標値を五年ごとに（削減量を増やす方向で）見直す、②今世紀後半に温室効果ガスの人為的排出と吸収の均衡（実質排出ゼロ）を達成し、地球の気温上昇を産業革命前比で一・五度未満に抑える（現在は同〇・九～一度）、③途上国の地球温暖化対策に対して先進国が二〇二〇年まで年間一千億ドルを支援し、それ以降も資金支援を約束する、といったことである。

主要各国の思惑

一九九七年の京都議定書以来一八年ぶりの国際的な合意となるパリ協定が採択された

のは、二大排出国である米国と中国が事前協議や会期中も首脳電話協議を行ったことと、開催国フランスのオランド大統領が根回しのために米・中・インドなどを訪問し、会議が始まる前から首脳レベルの同意を取り付けていたことが寄与した。

米国のオバマ大統領は、任期中のアフガニスタン駐留米軍の完全撤収を見送らざるを得なかった失点を、キューバとの国交回復（二〇一五年七月）やイランとの核合意（同）で挽回《ばんかい》しようとした。今回の協定参加には、それに続く外交面でのレガシー（実績）作りという動機が働いていた。

一方中国の習近平主席は、去る九月に鳴り物入りで訪米したものの、極めて冷淡な扱いを受けるという「カノッサの屈辱」を味わい、人工島建設を進める南シナ海に米第七艦隊のイージス駆逐艦や爆撃機を派遣された。地球温暖化対策は、中国が米国にすり寄ることができる数少ないチャンスだった。また二〇〇九年のCOP15（コペンハーゲン）に、世界一一九ヵ国の首脳が集まったにもかかわらず合意が成立しなかったとき、戦犯扱いされた苦い経験もある。経済力がつき、途上国として金をもらおうとしても無理な立場にもなった。国内の大気汚染も深刻で、いずれにせよ温室効果ガス対策はやらなくてはならない状況だ。

フランスのオランド大統領にとっては、経済力のあるドイツにEU内の主導権を握られ、パリの同時多発テロで傷ついた国家の威信を回復する機会だった。一二月一二日までの協定採択にこだわったのは、極右政党の優勢が伝えられていた一三日のフランス地方議会の第二回（決戦）投票に間に合わせるためだった。

パリ協定の特徴

京都議定書と今般のパリ協定の大きな違いは、①京都議定書では先進国・市場経済移行国四〇ヵ国と一地域（EU）にだけ温室効果ガス削減義務があったのに対し、今回は一九六の全参加国・地域が削減目標を自主申告する、②京都議定書の削減義務は法的義務で未達成の罰則もあったが、今回は自主目標であって義務ではない、という二点である。

各国の削減目標は、基準年も削減率もまったくバラバラである。米国は二〇〇五年比で二〇二五年までに二六〜二八パーセント削減、EUは一九九〇年比で二〇三〇年までに四〇パーセント削減、ロシアは「森林による吸収量を最大限に算入できることを前提に」一九九〇年比で二〇三〇年までに二五〜三〇パーセント削減、日本は二〇一三年比で二〇三〇年までに二六パーセント削減する、といった具合である。

中国の目標は、現状のひどい大気汚染と、パリ協定があろうとなかろうと取らなくてはならない対策を考慮すれば、目標ともいえないような代物で、二〇〇五年比で二〇三〇年までにCO2の「GDPあたり」の排出量を六〇〜六五パーセント削減し、二〇三〇年頃にCO2の排出量が上限を迎えるようにするというものだ。

削減が法的義務でなくなったのは、米中が当初から受け入れられないとしていたためだ。特に、米国は議会にかけず、大統領権限で協定を締結することを望んでいた。したがって義務を果たせなくなって、京都議定書から離脱したカナダのように開き直ることも可能だ。しかし、言葉の持つ意味が非常に重い国際社会においては、国の信用を失う。

原子力をどうするのか？

日本にとって第一に問題になるのが、原子力をどうするかという根本的な課題だ。排出量削減目標を達成するために、政府は、発電全体における原子力発電のシェアを、現在のほぼゼロから、二〇三〇年に二〇～二二パーセントに高めるとしている。

しかし、再稼働申請中の原発の大半が稼働しても、運転開始後四〇年で廃炉にするという新規制にしたがえば、二〇三〇年の原発のシェアは一五パーセント程度にしかならない。しかも順調に再稼働できないかもしれないし、玄海《げんかい》原発や浜岡原発などは使用済み燃料プールが数年以内に一杯になり、保管場所がなくなるという差し迫った問題がある。世論の動向からいって、原発の新設や、「特別点検」による最長六〇年までの運転延長も容易ではない。

さらに二〇一五年一一月に、原子力規制委員会が高速増殖炉「もんじゅ」の運転主体を日本原子力研究開発機構から別の組織に代えるよう勧告するという衝撃的な出来事があった。電力会社は昔から高速増殖炉に関わることを嫌っているので、代わりの組織など見つかるはずがない（ちなみに東電福島第一原発の所長だった故吉田昌郎《よしだまさお》氏が電気事業連合会に出向していたときの仕事の一つが、高速増殖炉事業の一部を電力業界で引き取って欲しいという科学技術庁からの要請を断ることだった）。そうなると日本の原発政策の前提である核燃料サイクルが崩壊するわけで、国の原子力政策をいったいどうするのかという根本的な問題が改めて浮上してきた。

国富流出リスク

第二に問題となるのは、日本の政府や企業が新たな財政負担を強いられることだ。COP21において安倍首相は、官民合わせて年間一兆三〇〇〇億円の対途上国資金支援を表明した。支援の内容が無償資金協力（贈与）なのか借款（融資）なのか、両方ならその比率はどうなるのか、官民の民とは誰なのか（民間企業が無償援助や儲《もう》けの少ない借款を供与するとは思えない）、といった詳細は不明である。

いずれにせよ、世界に類を見ないGDPの二〇〇パーセント超という巨額の公的債務を抱え、消費税をどんどん上げなくてはならない状況に追い込まれている国とその企業が、また新たな金銭的負担を背負い込むことになるのである。

さらに削減目標が達成できない場合、政府や企業（主に電力会社、鉄鋼会社）が再び排出権を買わなくてはならなくなる可能性がある。

京都議定書で日本は二〇〇八年から二〇一二年の「第一約束期間」に一九九〇年比で六パーセントの温室効果ガス削減義務を負った。しかし、排出量が減るどころか、一・四パーセント増えるという結果に終わった。そのため一五六二億円の税金を投じて海外から排出権（排出量、排出枠ともいう）を買わざるを得なかった。主な購入先は、排出権ビジネスで世界シェアの半分を握っていた中国だ。

そもそも排出権取引は一種のまやかしである。欧米の金融機関やコンサルタントが金《かね》儲《もう》けのためにあえて複雑な制度を作り、そこに組織を肥大化させたい国連マフィアが乗っかった野合の産物だ。市場メカニズムを活用するなどと綺麗《きれい》ごとをいって、要りもしない制度を作り、それを飯のタネにするのは欧米の悪習だ。こんなものを作って、余分なコストをかけるより、その分を途上国支援に回したほうがよほどましだ。排出権を買わないと達成できないような削減目標を掲げたりせず、最初から身の丈に合った目標にしておけばよいだけの話である。

今さら日本だけが反対しても多勢に無勢で、排出権制度は認めざるを得ないだろうが、手続きを簡素にするとか、排出権価格を高騰させないような制度を作るといった努力が必要である。

ＥＵに大きく出遅れている日本

パリ協定で、世界全体が地球温暖化対策に取り組むことになり、世界最高のエネルギー効率を持つ日本企業にとって、今後、ビジネスチャンスも数多く生じるというのは、確かにそうだろう。省エネ家電、地熱発電、石炭ガス化複合発電、バイオ燃料、蓄電池、ＬＥＤ、ゼロエネルギー住宅・ビル、といった省エネ製品・技術の開発や売り込みが期待できる。

その一方で、日本はＥＵに比べて温暖化対策が二〇年くらい遅れているといっても過言ではない。ＥＵは二〇〇五年から今日に至るまでＥＵ‐ＥＴＳ（欧州連合域内排出量取引制度）をずっと途切れなく実施し、加盟各国と域内の一万以上の施設に温室効果ガス削減義務を課し、達成できないときは罰金まで科して力を付けてきた。

わたしが住む英国で実施されているプロジェクト・ファイナンスを見ても、実に半分から三分の二が、風力発電、太陽光発電、ゴミ焼却発電（バイオマス）といった環境案件である。しかも風力発電であっても数百メガワット級という原発並みの巨大プロジェクトが目白押しである。

二〇〇七年に英国のトニー・ブレア首相が、二〇二〇年までに全エネルギー消費に占める再生可能エネルギーの割合を一五パーセントにするという目標をＥＵに対して約束したとき、国民の誰もが懸念を持った。当時、英国の同割合は一・八パーセントに過ぎなかったからだ（発電に占める割合は五・六パーセント）。しかしその後政府が毎年進《しん》捗《ちょく》状況を報告しながら、ぐんぐん再生可能エネルギーの比率を伸ばし、二〇一四年時点で全エネルギー消費に占めるシェアを七パーセントまで高めた。また発電量における（水力を除く）再生可能エネルギーのシェアは二〇一五年第3四半期で二二・一パーセントに達している。

これに対して日本は発電量における（水力を除く）再生可能エネルギー比率はまだ四・四パーセントと、英国の五分の一で、毎年の伸び率もはるかに低い。日本では風向きが一定ではないなどの理由で風力発電が難しいという問題等もあるが、やはり本気度が違うのではないだろうか。国民的合意のないまま、安易に原発に頼ろうとする政府や経産省の姿勢には大いに疑問を感じる。また、日本ではごみ焼却発電があまり実施されていない。これは産業廃棄物処理事業に新規参入が難しいからで、この点も要改善だろう。

ＥＵは、二〇一二年から、域内に乗り入れる外国の航空機にも排出量制限をかけようとし、米国の航空会社が訴訟を起こしたり、反発した中国がエアバス機を買わないよう自国の航空会社に働きかけたりする騒ぎになって、完全実施を棚上げしたが、ＥＵ加盟国の航空会社には厳しく適用している。最近は、ＥＵ域内の空港間（たとえばフランクフルト－ヘルシンキ間）で航空機を運航する米国の航空会社がＥＵの排出量規制を順守するようになり、米国では環境団体が航空機に対する排出規制を求めて訴訟を起こし、二〇一五年六月には米国環境保護庁が航空機の排出規制対策が必要であると結論付けるなど、航空機に対して規制をかける動きは世界的趨勢《すうせい》になっている。

日本は東日本大震災で原発が停止したことなどから京都議定書の第二約束期間（二〇一三〜二〇二〇年）の不参加を決め、政府も企業もほっと一息ついて、のんびりしていたように見える。しかし、パリ協定の採択で、否応《いやおう》なく温暖化対策に本腰を入れるべきときがやって来た。

「現代ビジネス」二〇一五年一二月二〇日

東電・吉田昌郎が歩んだ原子力の道

〈愛国心の名のもとに、幾多の人が死んでいった戦争から、25年経った今、またもやその言葉が用いられるようになった。安全保障条約や沖縄問題・北方領土問題をつきつめていくと、必ず出てくる問題、それが愛国心だ。では、愛国心とは何なのだろうか。愛国のために、人間が死んでいってもよいものなのだろうか。〉

集団的自衛権や尖閣《せんかく》諸島という言葉を入れれば、そっくり現代にもあてはまりそうなこの作文を書いたのは、東電福島第一原発の所長だった故吉田昌郎氏である。中学三年にしては早熟なこの文章を書いたとき、四一年後に自らの愛国心を顧みる余裕もないまま修羅場に立ち向かう運命を背負わされているとは、むろん知る由もなかった。

わたしは、福島第一原発事故でリーダーシップを発揮した吉田氏が、どのような環境と時代を生きたのかに興味を持ち、一年間の取材を経て、今般『ザ・原発所長』を上《じょう》梓《し》した。吉田氏は、サンフランシスコ講和条約で日本が独立を回復した昭和二七年から三年後の昭和三〇年二月生まれで、その生涯は、日本の原発発展史と軌を一にしている。

大阪の商業地区で育まれた個性

福島第一原発事故の記録を読んで感じるのは、吉田氏のリーダーシップとユーモア、そして芯《しん》の強さである。「限界なんていうなよ。俺たちがやらないと誰もやる人間がいないんだぞ」と叱咤《しった》したかと思うと、「それ、大《だい》、欲しいです！」と冗談まじりで本店とやり取りをする。誰もが怯《おび》えた菅《かん》首相に対しては一歩も退かなかった。

リーダーシップは一人っ子ゆえの我の強さ、ユーモアは吉本新喜劇、芯の強さは大阪の商業地区の躾《しつけ》からきているようだ。この三つの特質は彼の生涯を通じて見られる。

大阪のミナミのすぐ東側に松屋町《まつやまち》筋という、菓子、玩具《がんぐ》、紙器などの問屋や小売店が軒を連ねる商店街がある。米軍の爆撃で一帯は大半が焼失し、今でも路地や長屋や地蔵の祠《ほこら》が多い。吉田氏が通った金甌《きんおう》小学校の地下には、立ち入り禁止の防空壕《ぼうくうごう》跡があった。近くの空堀《からほり》商店街は、江戸時代から続く活気に満ちた庶民の市場である。子どもの躾は大阪商人流で非常に厳しく、大人たちは、よその家の子どもでも遠慮なく叱った。

当時の小学校は土曜日も午前中授業があり、子どもたちは放課後一目散に帰宅して毎日放送で吉本新喜劇を観るのが慣《なら》わしだった。岡八朗《おかはちろう》、花紀京《はなききょう》、西川ヘレンらが演じるどたばた劇で、本音を笑いに包んでしっかり伝える大阪流の話術を覚えるのである。

3・11の危機のさ中、ヘリコプターで福島第一原発に駆け付けた東電の技術者を迎えた吉田氏の第一声は「あーら、〇×さんじゃ、あーりませんか」という、チャーリー浜《はま》のギャグだったそうである。

吉田氏の父親は地元で商品・営業企画の会社を経営し、カメラが趣味だったという。両親は一人息子の吉田氏のために、同級生やその親に「うちの昌郎と遊んでやって下さい」とよく頭を下げていたそうである。息子の教育には人一倍の情熱を注ぐ一方、レーシング・カーなど高価な玩具も買い与えていた。小学校の同級生によると、吉田少年は非常に勉強ができ、親分肌で、自分の意見を押し通す性格だったという。

父親は、平成の中頃に仕事を引退し、地縁も血縁もない鹿児島県の霧島《きりしま》高原の別荘地に家を建て、夫婦で移り住んだ。近くに温泉はあるが、ちょっとした買い物にも車が必要な山の中で、父親はタクシーの運転手におぶわれて病院通いをしていたという。一流企業で出世街道を歩く一人息子に、面倒をかけたくないと思っていたのかもしれない。

ブルーバックス世代

吉田氏が小学校に入学したのは昭和三六年だった。その前年に日本原子力発電㈱が、日本初の商業用原発・東海発電所一号機の建設に着工し、同四一年に営業運転を開始した。小学校卒業前後には、東京電力福島原発（のちの福島第一原発）一号機の建設も始まった。敷地は海から約三〇メートルの高さに切り立った荒漠たる原野で、東電の社員たちは、マムシやシマヘビ退治から始めた。

昭和四二年に、吉田氏は難関の大阪教育大学附属天王寺《てんのうじ》中学に進み、同四八年に同高校を卒業した。生徒の自主性を重んじ、受験勉強はさせず、生徒が何をやっても叱らないというユニークな学校である。吉田氏の同級生が授業をさぼって喫茶店でたむろしていて教師にばったり遇《あ》い、さすがに叱られると思ったら、コーヒーをおごってもらったというエピソードもある。吉田氏は「iPS細胞の山中伸弥《やまなかしんや》は同じ高校なんだぞ。でもオウム真理教の菊地直子《きくちなおこ》もなんだよなあ」と苦笑していたという。

同級生から見た吉田氏は、面白くてひょうきんだが、人を引っ張っていく力があったという。お坊ちゃんと見られることに反発してバンカラに振る舞い、曲がったことや、逃げるのが嫌いで、大阪環状線でガラの悪い高校生から逃げず、殴られて歯を折られたこともあった。学園祭のファイヤーストームではバケツを叩《たた》いて掛け声をかけて回り、クラス対抗ラグビーでは実行委員として奔走した。

当時は、科学技術時代の幕開けだった。昭和四四年にアポロ11号が月面着陸を果たし、同四五年に大阪で開催された万国博覧会の会場では、関西電力美浜《みはま》原発の電気が原子の灯《とも》を点した。翌昭和四六年には東京電力福島原子力発電所（のちの福島第一原発）一号機が営業運転を開始した。大阪教育大学附属高校では、浅野という地学の教師が「きみたちは（講談社の）ブルーバックスを読まなあかん」と力説し、理系志望の生徒たちは、競うように『物質とはなにか』『相対性理論の世界』といった同シリーズの本を読む

〝ブルーバックス世代〟だった。

東工大ボート部で鍛える

高校時代、学年一八〇人中二〇番くらいの成績だった吉田氏は、現役で東京工業大学に合格し、学部で機械物理学、大学院で原子力工学を専攻した。入学と同時にボート部に入部し、一年の大半を埼玉県戸田市のボートコースそばの合宿所で寝起きした。

〈吉田は目立ちたがり屋て、図々しい奴なんですよ（笑）。ムードメーカーで、関西弁でワーッと盛り上げていく。先輩に対してもずばずば物をいう。後輩に対しても威圧的に出ているという感じではない。だから上下関係がすごく上手くまとまる。彼が入ってきて、合宿所の中の風通しががらっとよくなった。ただ非常に神経の細かい奴だなというのは感じました。周りに気を使いながらやっているなという。〉

――東工大ボート部の先輩の吉田氏評

その頃、二人の東北大学ボート部ＯＢが東工大の指導をするようになった。ローマ五輪のエイト（八人漕《こ》ぎ）代表の佐藤哲夫と、五輪代表となった東北大学チームのサブ・コーチを務めた島田恒夫である。それぞれ石川島播磨《はりま》重工業（現・ＩＨＩ）と東京ガスに勤務する会社員だったが、土日は合宿所に泊まりがけでやって来るなどして献身的に教えた。

この二人の指導を通じ、東工大の選手たちは、ボートに限らず、一流になるには何が必要かを学んだ。吉田氏はエイトの漕手として、大学二年のときに全日本学生選手権に準ずるオックスフォード盾レガッタで活躍した。その後腰を痛め、主に後輩の指導や相手チームの情報収集役を務めながら、四年間の部員生活を全うした。

東工大ボート部はその後も着実に力をつけ、一九八五年に全日本軽量級選手権（漕手の平均体重が七〇キログラム以下かつ最重量者が七二・五キログラム以下）で初の日本一に輝き、翌年は、アジア大会派遣選考会（二〇〇〇メートル）の予選で五分五二秒二九の日本最高記録をマークした。その日、戸田のボートコースに駆け付けた東電入社八年目の吉田氏は、日本最高記録を喜び合うOBたちに、「皆さん、勝って兜《かぶと》の緒を締めよですよ」と戒め、選手たちを激励すべく、大きな背中を見せて合宿所のほうに駆けて行ったという。決勝で東工大は三位に終わったが、後輩たちの躍進は、その年四月に起きたチェルノブイリ原発事故で重苦しかった吉田氏の心をひと時だけでも晴らしたはずだ。

吉田氏にとって東工大ボート部は格別のものだったようで、卒業後もこまめに試合やOB会に顔を出し、二〇一三年七月に亡くなった後のお別れの会や法要にも、ボート部仲間が顔を揃えた。彼らは吉田氏を偲《しの》んで「吉田メモリアル漕艇《そうてい》会」を時おり開いており、直近は去る（二〇一五年）七月一一日に横浜市の鶴見川《つるみがわ》ボートコースで開催された。

現場主義のエリート・サラリーマン

〈背の高い、眼鏡をかけた学生が背をかがめながら、申し訳なさそうな笑みを浮かべて現れた。礼儀正しく、自然体で会話が始まった。訊きづらいことでも嫌味なくさらりと訊く。優秀でありながら、現場に向いていると思った。他にどこを受けているのか訊くと、通産省に内定をもらい、公務員試験も受けるつもりだと正直に話した。この男が監督官庁にいけば、手ごわい相手になると思い、東電に強く勧誘した。〉

——吉田昌郎氏を採用面接した元東電役員の述懐

昭和五四年四月、吉田氏は東京電力に入社した。年初にイラン革命が勃発《ぼっぱつ》し、第二次石油危機が起き、入社直前には米国のスリーマイル島原発事故が起きた。

最初に配属されたのは福島第二原発二号機の建設事務所だった。上司の副長（一番下の管理職）は、3・11の危機の際に官邸から海水注入中止の指示を出し、今般、津波対策を怠った業務上過失致死傷容疑で強制起訴されることになった武黒一郎氏（元副社長）だった。

当時、福島第一原発は六号機まで営業運転を開始していたが、トラブルの連続だった。

GE（ゼネラル・エレクトリック社）は「我々の軽水炉は完全に実証された原子炉」と豪語し、東電がネジ一本換えることも許さなかったが、いざ運転を始めてみると、一号機の起動試験運転中だけで二六〇〇件の修理依頼があり、三号機は臨界事故まで起こした。またGEは竜巻の経験はあるが、津波のことはまったく念頭になく、電源盤や非常用ディーゼル発電機などを、補修がやりやすいよう、建屋の地下にまとめて設置し、これが3・11の大惨事を招いた。

私は今般上梓《じょうし》した故・吉田昌郎氏のモデル小説『ザ・原発所長』を書くに当たって二年間取材したが、東電の政治色の濃さが印象的だった。吉田氏が入社した頃の東電の交際費は年間二〇億円で、政治家のパーティー券購入や原発の地元対策費にあてられていた。自民党の選挙カーが原発の近くに来ると、職員たちが道端に勢揃いして迎え、執行役員以上は自民党の政治資金団体に毎年献金していた（執行役員だった吉田氏は毎年七万円）。また経済産業省からの天下りを二〇一一年まで五〇年間にわたって受け入れ、政治家の元秘書などを子会社で雇っていた。原発の地元では、反対派住民の間に楔《くさび》を打ち込むように、数多くの社員を採用していた。

吉田氏は、福島第一、第二原発と本店勤務を繰り返しながら、順調にサラリーマン人生を歩んでいった。原子力本部の中ではいわゆるインテリ・エリートが多い技術畑（原子炉の設計や燃焼管理に関する技術研究部門）ではなく、現場に近い補修畑が長かった。大学時代に知り合った夫人と二〇代で結婚し、三人の息子をもうけた。

〈吉田は背が高くて、ちょっと猫背で、けっこう目立っていた。ヘビースモーカーで、競馬とカメラが大好きで、東電の社員としてはかなり異色でした。30半ばの本店副長時代は、昼休みをすぎても職場でスポーツ新聞を広げて、明日のレースはどうだこうだと、みんなとやってましたね。上司もあの吉田じゃしょうがないと苦笑いしていた。馬券は新橋のウィンズに誰かに買いに行かせたり、自分で大井の競馬場に行ったり。かといって、仕事をおろそかにするわけじゃない。そのへんのメリハリというのか、それはすごいつけてる奴で、仕事はしっかりするし、部下の面倒見はいいし、上司にもいいたいことは何でもいっていた。〉

――吉田氏と同年輩の元原子力部門の社員の吉田評

平成七年、吉田氏は業界団体である電気事業連合会の原子力部に課長待遇で出向した。このときの上司（原子力部長）が3・11事故の際に「おい、吉田ぁ、ドライウェルベントできるんだったら、すぐやれ、早く！」と怒鳴った早瀬《はやせ》佑一《ゆういち》氏（元副社長）である。

電事連では、「もんじゅ」のナトリウム漏れ事故のビデオ隠しをした動燃（動力炉・核燃料開発事業団）の改革についての業界提案の取りまとめなどをした（動燃が手がけていた新型転換炉「ふげん」の廃炉提案、文部科学省からの一部事業の引取り要請の拒否等）。

四年間の出向が明けると、福島第二原発の発電部長になり、その後、平成一四年七月に本店原子力管理部グループマネージャーとなった。

維持規格がないという大問題

この間、日本に「維持規格」（補修規定）が存在しないことが、東電の原発技術者たちを悩ませていた。米国では一九七一年に、運転開始後の原発に関する維持規格が定められ、傷などは度合いによって、補修をするかそのまま使うかを選択することができた。しかし日本では、設計・製造時の合格基準である製造規格と維持規格の区別がなく、原発の機器は常に新品の状態であることが求められていた。

平成八年に、日本機械学会が七四六ページにわたる詳細な維持規格案を策定したが、通産省（現・経産省）は「これまで原発は絶対安全だと説明してきたのに、今さら傷があるとはいえない」と、法令化に消極的だった。

仕方がないので東電の現場では、機械学会の維持規格案に沿って補修をし、虚偽の報告をしていた。そのことをGE子会社の日系米国人が内部告発し、平成一四年に原発トラブル隠し事件に発展した。歴代の四社長が総退陣し、榎本聰明《えのもととしあき》原子力本部長（副社長）が辞任し、大量の処分者を出した。

吉田氏も社内の事情聴取を受けてげっそりやつれたが、同時に、過去の点検記録の精査など、事態の対処に当たった。慌てた経産省はすぐに原発の維持規格を定めたが、東電の原子力本部は要《かなめ》となる人材と信用を失った。維持規格策定に携わっていた元大学教員は、「維持規格さえあれば、問題になるような補修方法じゃなかった」と残念がる。

なぜ適切な津波対策をとれなかったのか?

吉田氏はその後、福島第一原発のユニット所長を経て、平成一九年四月に本店の原子力設備管理部長に就任した。その三ヵ月後に、新潟県中越沖地震が発生し、柏崎刈羽原発が広範囲かつ深刻な損傷を受け、約三年間をかけて、徹底した改善策を実施する大仕事に取り組んだ。

〈東京電力も規制当局も、何をするにも原発の稼働ありきを前提に動いているように見受けられるが、安全性に疑問が生じた場合は、先ず、運転を停止し、安全が確認されてから稼働することを考えても良いのではないか。〉

——東京第五検察審査会議決書(平成二六年七月二三日)

吉田氏が原子力設備管理部長だった平成二〇年三月、社内の土木調査グループから、国の研究機関である地震調査研究推進本部の長期評価を用いて試算したところ、福島第一原発が一五・七メートルの津波に襲われる可能性があるという報告がなされた。

しかし、吉田氏を含む東京電力の経営陣は、そうした津波の発生確率は一万年から一〇万年に一回程度で、防潮堤建設に数百億円の費用がかかることを主な理由に、対策を打たなかった。

これについて、去る七月一七日に出された東京第五検察審査会の二度目の議決は、「福島第一原発の敷地南側のOP（注・小名浜港工事基準面）＋一五・七メートルという津波の試算結果は、原子力発電に関わる者としては絶対に無視することができないものというべきである」と断じ、勝俣恒久《かつまたつねひさ》（当時社長）、武黒一郎（同副社長）、武藤栄《むとうさかえ》（同常務）の三氏を業務上過失致死容疑で強制起訴されるべきとした。吉田氏も生きていたら、起訴されていた可能性がある。

ただ、当時の社内のやり取りだけを見ていたのでは、彼らがなぜ津波対策を怠ったのか、十分には解明できない。注目すべき点は、東電が永田町《ながたちよう》や霞が関と強い結びつきを有する一方、彼らから恒常的に電力料金の値下げを求められ、社内でコストカットと原発稼働率向上の嵐が吹き荒れていたことだ。

コストカットに関する、吉田氏の入社以降の主な動きは次の通りである。

昭和五七年六月、東電はコストダウン方策推進会議を設置し、一〇〇〇人の社員削減を含むコスト削減に取り組んだ。翌年六月、通産省の私的懇談会は原発のコストを一割程度削減できる方法について報告書をまとめた。昭和五九年九月頃、東電は柏崎刈羽原発の取水口施設を合理化し、工費を一五パーセント削減。同六〇年九月のプラザ合意による円高で、円高差益還元圧力が強まり、電気料金を値下げ。この頃、関西電力が原発比率を向上させて収益力を高めた。同六二年九月、東電はコスト削減策を中心に二五件の改善事例を社長表彰。平成四年、バブル経済崩壊後の電力需要低迷に対処するため社内の合理化を推進。原発の稼働率向上に関しては、平成の初め頃に九〇日間かけていた定期点検の日数を、平成一一年頃には四〇日前後に短縮した。

平成五年に荒木《あらき》浩《ひろし》氏が社長に就任すると「兜町《かぶとちょう》のほうを見て仕事をする」「東京電力を普通の民間企業にする」とコスト削減の大号令を発し、3・11事故当時の社長だった清水正孝《しみずまさたか》氏は、一九九〇年代の電力一部自由化の時代に前任社長の勝俣恒久氏の命を受け、資材調達改革を断行した。

上記のように、コスト削減・原発稼働率向上一色の社風に加え、一五・七メートルの試算が出た当時は、新潟県中越沖地震で損傷を受けた柏崎刈羽原発の修繕費用に約四〇〇〇億円、福島の二つの原発の耐震工事に約一〇〇〇億円がかかって、経営陣がコストに過敏になっていた。これが結果的に、「蓋然性《がいぜん》（確率）と費用の比較衡量」という誤った思考に導き、津波対策を怠った。自然災害は待ったなしなのにである。

より罪が重い旧原子力安全・保安院の「怠慢」

しかし、東電の「判断ミス」より罪が重いと思われるのが、規制庁である原子力安全・保安院の「怠慢」だ。二〇〇九年九月に、東電から、福島第一原発を八・六～八・九メートルの津波が襲う可能性があるという試算結果を説明され、その場合、ポンプの電動機が水没して冷却機能が失われることを認識していたにもかかわらず、「聞き置いた」だけだった。また当時、保安院の耐震安全審査室長を務めていた小林勝氏は、貞《じょう》観《がん》地震（八六九年に三陸地方を襲った津波を伴う大地震）の問題と原子炉の安全性についてはっきりさせておくべきだと野口哲男安全審査課長に進言したところ「その件は、原子力安全委員会と手を握っているから、余計なことをいうな」と叱責《しっせき》され、ノンキャリのトップで実質的な人事権者だった原昭吾広報課長からは「あまり関わるとクビになるよ」と警告されたと、政府事故調の聴取で答えている。

挙句の果てに、3・11事故の際は、福島第一にいた七人の保安院の検査官は大熊町《おおくままち》のオフサイトセンターに移動ないしは逃げ出し、「ラプチャーディスク（ベント配管の途中にある破裂板）をあらかじめ破っておけないか」と的外れな質問などをして吉田昌郎氏を呆《あき》れさせ（同ディスクは中の圧力が一定になったとき壊れる）、国費でハーバード・ロースクールに留学した西山英彦審議官は、現場が事故収束に懸命なときに、経産省の若い女性職員との不倫が発覚して更迭された。

先立つ不孝を詫びて

平成二二年六月、吉田氏は運命の福島第一原発所長として赴任した。

3・11事故の際の奮闘ぶりは数多く報道されており、私も『ザ・原発所長』の中で詳しく描いたので、興味のある向きはご一読頂ければ幸いである。

原発が冷温停止する直前の同年秋、吉田氏はステージⅢの食道がんと診断され、一一月に入院し、手術と抗がん剤治療を受けた。がんの発症は放射線の被曝《ひばく》とは関係ないとされるが、ストレスが影響していたことは間違いない。

翌年七月、吉田氏は銀座で昼食中に脳出血で倒れた。高血圧が持病だったが、降圧剤を飲んでおらず、抗がん剤の副作用で血管が傷んでいたためといわれる。二度の開頭手術を受けたが、体力が落ちて、がんが全身に転移し、平成二五年七月九日に亡くなった。亡くなる直前、慶應義塾大学病院の特別病室に見舞いに来た八〇代の両親に「先立つ不孝をお赦《ゆる》し下さい」と謝ったという。

その両親は、吉田氏が亡くなった七ヵ月後に父親が、一年八ヵ月後に母親が没している。霧島高原にある両親の家は住む人もなくなり、飼っていた犬の餌の皿が裏手に残されたまま、アジサイが青紫色の大きな花をいくつも咲かせている。

「東洋経済オンライン」二〇一五年八月九、一二日

〈おわりに〉

近頃、日本人は、必要以上に閉塞感《へいそく》に陥っているのではないだろうか。これは急激に力を増している中国という国が隣にあるゆえの不幸だろう。中国に比較すれば、どこの国でも圧迫感や敗北感を感じるはずで、ましてや長らく政治・経済やスポーツでアジアの盟主だった日本ならばなおさらだ。

わたしは作品の取材で頻繁に海外に出かける。ここ数年でもドイツ、ベルギー、米国、イタリア、中国、カナダ、アイルランド、フランス、スペイン、マダガスカルなどに行った。外国に行くとよくわかるが、日本は紛れもなく主要先進国の一つで、資源の少ない敗戦国から経済大国になった日本人の勤勉さや技術力に対して、今も高い敬意が払われている。確かにここ一〇年くらいは、他の先進国に比べて凋落《ちょうらく》度合いが多少大きいが、閉塞感にまで陥ったりする必要はないと思う。五年前に不幸にも発生した東日本大震災では、未曾有《みぞう》の困難の中にあっても礼儀や秩序を失わない日本人を、世界中が驚きをもって賞賛した。

これまで七八ヵ国を訪れ、自分なりに各国を観察してきたが、経済規模の大きさやオリンピックでの金メダルの数に関わりなく、自信と誇りを持っている最たる国がフランスだという気がする。そのバックボーンは、文化ではないかと思う。美術や文学、あるいは音楽、科学、食文化といった領域で世界をリードしているフランス人たちは、にわか成金諸国を見下し、いつも悠々と生きているように見える(無論、それには優れた外交力、相当な経済力や軍事力があってのことだが)。かつて日本は経済大国といわれたが、もはや米国、中国、ロシア、あるいはインドのように経済力や武力という「腕力」で競い合う時代は卒業し、フランスのように国家のクオリティ(質)で勝負する時代だと思う。

日本は独自の文化がある国だ。英語で文献が紹介されないハンデがありながら、ノーベル賞受賞者も着実に輩出している。明治維新以来、日本は外国の技術や文化を取り入れるのに熱心なあまり、自国の文化的価値に対する教育や、文化を外国に向けて発信する努力が足りなかったのではないだろうか(第二次大戦後、米国の占領政策によって、日本人が自己否定するよう仕向けられたことも影響している)。外国で翻訳出版されている日本の本も少ない。これからの二〇年、あるいは五〇年といった将来を展望し、日本人が誇りをもって生きていくには、文化を強くすることが一つの鍵《かぎ》ではないだろうか。それが国際的地位の向上、ひいては外交力にも繫《つな》がるはずだ。

文化のほか、日本には世界最高水準のサービスがある。英国のような先進国でも、サービスのひどさには泣かされる。修理業者や配達を頼んでもなかなか来ない、コールセンターに電話してもたらい回し、電車やバスの運行時刻は不正確、店員の客を客とも思わぬ態度など、枚挙にいとまがない。JALや全日空のサービスと米国や英国の航空会社のサービスとでは雲泥の差である。外国で暮らすようになって以来、日本のサービスを輸出できないものかと思ってきたが、セコムが英国で警備保障業務を行ったり、ヤマト運輸が海外展開をするなど、少し兆しが出てきた。閉塞感や敗北感に浸っている暇があるなら、こういう前向きなことを考えるべきではないだろうか。

日本に一時帰国して驚かされるのは、列車のダイヤの正確さだ。東京駅や新大阪駅の新幹線のホームにいると、ありとあらゆる方向から猛スピードで美しく清潔な流線型の車体が次々と入って来て、猛スピードで次々と出て行く。ああいう光景は世界のどこの国にもなく、緻密《ちみつ》で正確な鉄道の運行技術も含め、訪日外国人たちは度肝を抜かれているはずだ。

国民が受けられる医療もまた、日本が世界最高水準にある分野である。海外で暮らさないとなかなか実感できないが、日本ほど安く質の高い医療を受けられる国はない。米国では盲腸の手術を受けて三日間入院しただけで三〇〇万円くらい取られるし、もう少し複雑な手術を受ければ、家が一軒建つくらいの料金を請求される。英国はNHS（ナショナル・ヘルス・サービス）という順番待ちが長く、質も良くない国営医療は無料だが、質の高い民間の医療の費用は日本の数倍である。先進国といえど、金のない人間はまともな医療を受けられないのが世界の現実である。

わたしがロンドンに住むようになったのは二八年前の一九八八年二月である。当時は日本に対する世界のイメージは、得体の知れない東洋のエコノミック・アニマルで、持っている金と工業製品以外には敬意を払われていなかった。ところが、日本文化や日本料理、モノづくり、技術、和の心などに対する関心が年々高まり、今やその神秘性に対する憧憬《しょうけい》のようなものすら感じられる。最近、新聞で英国系のHSBC投信の社長として日本に二度目の赴任をしたフランス人のコメントを読んだが、「二五年前、フランスの友人らに赴任を告げたときは『何て遠いところに』という反応だったが、今回は皆がうらやましがった。日本の生活の快適さや食などの文化が上手に世界に発信された結果だろう」と書いてあった。

海外で暮らしていると、平和の素晴らしさを改めて実感することが多い。サッカーのワールドカップの開催中、ロンドンの繁華街ソーホーを、夜、ほろ酔い気分で日本人の友人と歩いていて、パブにオレンジ色の人だかりがしていたことがあった。ああ今日はオランダ（サポーターはオレンジ色の服装）とアルゼンチンの試合だったなと、そばに近づいて英語で「どっちが勝ってるの？」と訊《き》くと、若いオランダ人女性が屈託なく「ニル・ニル！（〇対〇）」と答えてくれた。七〇年前、オランダと日本が戦争をしていたのが嘘のようだ。米国フィラデルフィアのレストランでテーブルについたときは、学生アルバイトと思《おぼ》しい米国人の青年ウェイターに「わたくしの名前はジミーです！本日はわたくしが担当させて頂きます！宜《よろ》しくお願い致します！」と、おそらくマニュアル通りなのだろうけれど、直立不動で挨拶《あいさつ》され、敗戦国の国民が戦勝国の国民からこんな対応をしてもらっていいのだろうかと苦笑した。こういうとき、世界が平和を取り戻したのは本当に素晴らしいとしみじみ思う。（ちなみに、このウェイターの青年は、チップも含めて勘定を現金で置いて立ち上がると、勘定書きに客が書いたように見せかけて「Thank you Jimmy!」と素早く自分で書いた。）

最近、集団的自衛権の問題で、日本を二分する騒ぎになった。集団的自衛権は長年米国に求められていた政府の悲願で、中国の強引な海洋進出に対抗するため、米比（米国・フィリピン）相互防衛条約、米国・オーストラリア・ニュージーランドの太平洋安全保障条約（現在は実質的に米豪二国間）と連動する太平洋版のＮＡＴＯを作ろうと考えているように見える。いずれ司法の場で判断されるであろう憲法との整合性は別として、発想自体は分からなくはない。

しかし、集団的自衛権があろうとなかろうと武力衝突は絶対に回避すべきであり、そのためには外交が非常に重要だ。しかし、普段からどういう国なのか国際的に認知され、敬意を払われていなければ、外交力も発揮できない。そういう意味では、日本に対する国際的認知がここ三〇年くらいでずいぶん高まったことは、非常に喜ばしいことだと思う。いいところなしの民主党政権だったが、二〇一二年九月に野田佳彦《のだよしひこ》首相が国連総会で、中国や韓国との領土争いに関連して「日本は国際司法裁判所に加盟して間もない時から強制管轄権を受諾し、法の支配が重要との考えを実践してきた」と態度も堂々と述べたのは非常に説得力があり、おそらく世界中に日本の主張の正当性を発信できたと思う。メディアやロビイストを使った宣伝・情報発信を含め、外交が以前にも増して重要な時代である。

国際協調や外交が重要なのは、政治の世界だけに限らない。たとえば『エネルギー』という作品を書いたとき、関係者から「戦前は『石油の一滴は血の一滴』で、海外の石油利権獲得に血道を上げていた。しかし、今や石油やガスはコモディティ化され、市場が正常に機能していれば、いつでも世界中から好きなだけ調達できる。したがって資源の乏しい日本にとって重要なのは、もはや海外の利権獲得ではなく、市場が正常に機能するよう国際協調を行い、世界各国が市場に参加できるよう外交関係を良好に保つ努力をすることだ」と何度も聞かされた。

文化と外交、この二つがこれからの日本にとって重要だと思う。また、できることなら、本書に収録した「日本衰退の原因」というエッセイに書いた西山弥太郎さんや三木行治さんのような、高い志と社会貢献の精神を日本人に今一度取り戻してほしいと思う。

本書は二〇一一年七月に刊行された『リスクは金なり』（講談社文庫）を大幅に加筆・修正し、新たに書籍未収録作品を加えたものです。

新版《しんぱん》 リスクは金《かね》なり

黒木《くろき》 亮《りょう》

平成28年 2月25日　初版発行
令和6年 10月30日　6版発行

発行者●山下直久

発行●株式会社KADOKAWA
〒102-8177　東京都千代田区富士見2-13-3
電話　0570-002-301（ナビダイヤル）

角川文庫 19559

印刷所●株式会社KADOKAWA
製本所●株式会社KADOKAWA

表紙画●和田三造

◎本書の無断複製（コピー、スキャン、デジタル化等）並びに無断複製物の譲渡および配信は、著作権法上での例外を除き禁じられています。また、本書を代行業者等の第三者に依頼して複製する行為は、たとえ個人や家庭内での利用であっても一切認められておりません。
◎定価はカバーに表示してあります。

●お問い合わせ
https://www.kadokawa.co.jp/（「お問い合わせ」へお進みください）
※内容によっては、お答えできない場合があります。
※サポートは日本国内のみとさせていただきます。
※Japanese text only

©Ryo Kuroki 2011, 2016　Printed in Japan
ISBN978-4-04-103875-8　C0195

角川文庫発刊に際して

角川源義

第二次世界大戦の敗北は、軍事力の敗北であった以上に、私たちの若い文化力の敗退であった。私たちの文化が戦争に対して如何に無力であり、単なるあだ花に過ぎなかったかを、私たちは身を以て体験し痛感した。西洋近代文化の摂取にとって、明治以後八十年の歳月は決して短かすぎたとは言えない。にもかかわらず、近代文化の伝統を確立し、自由な批判と柔軟な良識に富む文化層として自らを形成することに私たちは失敗して来た。そしてこれは、各層への文化の普及滲透を任務とする出版人の責任でもあった。

一九四五年以来、私たちは再び振出しに戻り、第一歩から踏み出すことを余儀なくされた。これは大きな不幸ではあるが、反面、これまでの混沌・未熟・歪曲の中にあった我が国の文化に秩序と確たる基礎を齎らすためには絶好の機会でもある。角川書店は、このような祖国の文化的危機にあたり、微力をも顧みず再建の礎石たるべき抱負と決意とをもって出発したが、ここに創立以来の念願を果すべく角川文庫を発刊する。これまで刊行されたあらゆる全集叢書文庫類の長所と短所とを検討し、古今東西の不朽の典籍を、良心的編集のもとに、廉価に、そして書架にふさわしい美本として、多くのひとびとに提供しようとする。しかし私たちは徒らに百科全書的な知識のジレッタントを作ることを目的とせず、あくまで祖国の文化に秩序と再建への道を示し、この文庫を角川書店の栄ある事業として、今後永久に継続発展せしめ、学芸と教養との殿堂として大成せんことを期したい。多くの読書子の愛情ある忠言と支持とによって、この希望と抱負とを完遂せしめられんことを願う。

一九四九年五月三日

トップ・レフト
ウォール街の鷲を撃て

黒木 亮

ISBN 4-04-375502-3

世界を揺るがす米国投資銀行の
実態を余すところなく描いた
衝撃のデビュー作

角川文庫

ISBN 4-04-375501-5

青い蜃気楼

小説エンロン

黒木 亮

世界にエネルギー革命をもたらした
巨大企業エンロン破綻の背後に
何があったのか?

角川文庫

角川文庫ベストセラー

青い蜃気楼
小説エンロン
黒木　亮

規制緩和の流れに乗ってエネルギー先物取引で急成長を果たしたエンロンは、2001年12月、史上最大の倒産劇を演じた。グローバルスタンダードへの信頼を一気に失墜させた、その粉飾決算と債務隠しの全容!!

トップ・レフト
ウォール街の鷲を撃て
黒木　亮

イランで巨大融資案件がもちあがった。融資団主幹事を狙う大手邦銀ロンドン支店の今西の前に、米系投資銀行の龍花が立ちはだかる。弱肉強食の国際金融ビジネスを描ききった衝撃のデビュー作。

巨大投資銀行《バルジブラケット》 (上)(下)
黒木　亮

狂熱の八〇年代なかば、米国の投資銀行は金融技術を駆使し、莫大な利益を稼ぎ出していた。旧態依然とした邦銀を飛び出してウォール街の投資銀行に身を投じた桂木は、変化にとまどいながらも成長を重ねる。

シルクロードの滑走路
黒木　亮

東洋物産モスクワ駐在員・小川智は、キルギス共和国との航空機ファイナンス契約を試みるが、交渉は困難を極める。緊迫の国際ビジネスと、激動のユーラシアをたくましく生きる諸民族への共感を描く。

貸し込み (上)(下)
黒木　亮

バブル最盛期に行った脳梗塞患者への過剰融資で訴えられた大手都銀は、元行員の右近に全責任を負わせようとする。我が身に降りかかった嫌疑を晴らし、巨悪を告発するべく右近は、証言台に立つことを決意する。

角川文庫ベストセラー

排出権商人　黒木　亮

排出権市場開拓のため世界各地に飛んだ大手エンジニアリング会社の松川冴子。そこで彼女が見たものは……。環境保護の美名の下に繰り広げられる排出権ビジネスの実態を描いた傑作！

ザ・コストカッター　黒木　亮

名うてのコストカッター・蛭田が大手スポーツ用品メーカーの新社長に就任。やがて始まる非情のリストラに対抗したのはニューヨークのカラ売り屋だった。熾烈を極めた両者の闘いの行方は……!?

エネルギー（上）（下）　黒木　亮

サハリンの巨大ガス田開発、イランの「日の丸油田」、エネルギー・デリバティブで儲けようとする投資銀行。世界のエネルギー市場で男たちは何を見たのか。壮大な国際ビジネス小説。

人間の運命　五木寛之

敗戦、そして朝鮮からの決死の引き揚げ。あの時、私は少年の自分が意識していなかった、「運命」の手が差し伸べられるのをはっきりと感じ取った。きょうまで、私はずっと人間の運命について考えてきた——。

死を語り生を思う　五木寛之

少年の頃から死に慣れ親しんできた著者。瀬戸内寂聴、小川洋子、横尾忠則、多田富雄という宗教・文学・芸術・免疫学の第一人者と向かい合い、〝人間はどこからきて、どこにいくのか〟を真摯に語り合う。

角川文庫ベストセラー

感傷の街角　大沢在昌

早川法律事務所に所属する失踪人調査のプロ佐久間公がボトル一本の報酬で引き受けた仕事は、かつて横浜で遊んでいた〝元少女〟を捜すことだった。著者23歳のデビューを飾った、青春ハードボイルド。

標的はひとり　大沢在昌

私はかつて暗殺を行う情報機関に所属していたが、組織を離れた今も心に傷は残る。そんな私に断れない依頼が来た。標的は一級のテロリスト。狙う側と狙われる側の息詰まる殺しのゲームが始まる！

シャドウゲーム　大沢在昌

シンガーの優美は、首都高で死亡した恋人の遺品の中から〈シャドウゲーム〉という楽譜を発見した。事故から恋人の足跡を遡りはじめた優美は、彼に楽譜を渡した人物もまた謎の死を遂げていたことを知る。

アルバイト・アイ　王女を守れ　大沢在昌

冴木涼介、隆の親子が今回受けたのは、東南アジアの島国ライールの17歳の王女の護衛。王位を巡り命を狙われる王女を守るべく二人はある作戦を立てるが、王女をさらわれてしまい…隆は王女を救えるのか？

アルバイト・アイ　諜報街に挑め　大沢在昌

冴木探偵事務所のアルバイト探偵、隆。車にはねられ気を失った隆は、気付くと見知らぬ町にいた。そこには会ったこともない母と妹まで…！　謎の殺人鬼が徘徊する不思議の町で、隆の決死の闘いが始まる！

角川文庫ベストセラー

アルバイト・アイ 誇りをとりもどせ　大沢在昌

莫大な価値を持つ「あるもの」を巡り、右翼の大物、ネオナチ、モサドの奪い合いが勃発。争いに巻き込まれた隆は拷問に屈し、仲間を危険にさらしてしまう。死の恐怖を越え、自分を取り戻すことはできるのか？

アルバイト・アイ 最終兵器を追え　大沢在昌

伝説の武器商人モーリスの最後の商品、小型核兵器が行方不明に。都心に隠されたという核爆弾を探すために駆り出された冴木探偵事務所の隆と涼介は、東京に裁きの火を下そうとするテロリストと対決する！

過去　北方謙三

突きささる熱い視線。人波の中に立っていたのは刑事、村尾。四年ぶりの出合いだった……服役中の川口から、会いに来てくれという一通の手紙。だが、急死。川口は何を伝えたかったのか？

二人だけの勲章　北方謙三

三年ぶりの東京。男は死を覚悟で帰ってきた。迎え撃つ親友の刑事。男を待ち続けた女。失ったものの回復に命を張る酒場の経営者。それぞれの決着と信頼を賭けて一発の銃弾が闇を裂く！

さらば、荒野　北方謙三

冬は海からやって来る。静かにそれを見ていたかった。だが、友よ。人生を降りた者にも闘わねばならない時がある。夜、霧雨、酒場。本格ハードボイルド〝ブラディ・ドール〟シリーズ開幕！

角川文庫ベストセラー

碑銘 北方謙三

港町N市市長を巻き込んだ抗争から二年半。生き残った酒場の経営者と支配人、敵側にまわった弁護士の間に、あらたな火種が燃えはじめた。著者会心の〝ブラディ・ドール〟シリーズ第二弾！

肉迫 北方謙三

固い決意を胸に秘め、男は帰ってきた。港町N市――妻を殺された男には、闘うことしか残されていなかった。男の熱い血に引き寄せられていく女、〝ブラディ・ドール〟の男たち。シリーズ第三弾！

秋霜 北方謙三

人生の秋を迎えた画家がめぐり逢った若い女。過去も本名も知らない。何故追われるのかも。だが、男の情熱に女の過去が融けてゆく。〝ブラディ・ドール〟シリーズ第四弾！　再び熱き闘いの幕が開く。

西郷隆盛伝説 佐高　信

戊辰戦争で西郷と敵対しながら、後に『南洲遺訓』を編纂するに至った庄内藩。仇敵をも惹きつける西郷南洲の魅力とは？　史実を丁寧に辿りながら、稀代の傑物の伝説と真実を問う。佐高版・明治維新史の誕生！

福沢諭吉と日本人 佐高　信

近代日本の幕開けに献身した福沢諭吉。その真の姿とは。東洋のルソー・中江兆民、電力の鬼・松永安左衛門ほか、福沢の薫陶を受けた実業界、思想・学術界の傑物の足跡を辿り、混迷の現代を照らす指針を探る。

角川文庫ベストセラー

小説 日本銀行　城山三郎

エリート集団、日本銀行の中でも出世コースを歩む秘書室の津上。保身と出世のことしか考えない日銀マンの虚々実々の中で、先輩の失脚を見ながら津上はあえて困難な道を選んだ。

価格破壊　城山三郎

戦中派の矢口は激しい生命の燃焼を求めてサラリーマンを廃業、安売りの薬局を始めた。メーカーは安売りをやめさせようと執拗に圧力を加えるが……大手スーパー創業者をモデルに話題を呼んだ傑作長編。

危険な椅子　城山三郎

化繊会社社員乗村は、ようやく渉外課長の椅子をつかむ。仕事は外人バイヤーに女を抱かせ、闇ドルを扱うことだ。やがて彼は、外為法違反で逮捕される。ロッキード事件を彷彿させる話題作！

辛酸《しんさん》 田中正造と足尾鉱毒事件　城山三郎

足尾銅山の資本家の言うまま、渡良瀬川流域谷中村を鉱毒の遊水池にする国の計画が強行された！　日本最初の公害問題に激しく抵抗した田中正造の泥まみれの生きざまを描く。

百戦百勝 働き一両・考え五両　城山三郎

春山豆二は生まれついての利発さと大きな福耳から得た耳学問から徐々に財をなしてゆく。株世界に規則性を見出し、新情報を得て百戦百勝。〝相場の神様〟といわれた人物をモデルにした痛快小説。

角川文庫ベストセラー

大義の末　城山三郎

天皇と皇国日本に身をささげる「大義」こそ自分の生きる道と固く信じて死んでいった少年たちへの鎮魂歌。青年の挫折感、絶望感を描き、"この作品を書くために作家を志した"と著者自らが認める最重要作品。

仕事と人生　城山三郎

「仕事を追い、猟犬のように生き、いつかはくたびれた猟犬のように果てる。それが私の人生」。日々の思いをあるがままに綴った著者最晩年、珠玉のエッセイ集。

新選組血風録　新装版　司馬遼太郎

勤王佐幕の血なまぐさい抗争に明け暮れる維新前夜の京洛に、その治安維持を任務として組織された新選組。騒乱の世を、それぞれの夢と野心を抱いて白刃とともに生きた男たちを鮮烈に描く。司馬文学の代表作。

北斗の人　新装版　司馬遼太郎

剣客にふさわしからぬ含羞と繊細さをもった少年は、北斗七星に誓いを立て、剣術を学ぶため江戸に出るが、なお独自の剣の道を究めるべく廻国修行に旅立つ。北辰一刀流を開いた千葉周作の青年期を爽やかに描く。

豊臣家の人々　新装版　司馬遼太郎

貧農の家に生まれ、関白にまで昇りつめた豊臣秀吉の奇蹟は、彼の縁者たちを異常な運命に巻き込んだ。平凡な彼らに与えられた非凡な栄達は、凋落の予兆となる悲劇をもたらす。豊臣衰亡を浮き彫りにする連作長編。

横溝正史 ミステリ＆ホラー大賞

作品募集中!!

「横溝正史ミステリ大賞」と「日本ホラー小説大賞」を統合し、
エンタテインメント性にあふれた、
新たなミステリ小説またはホラー小説を募集します。

大賞 賞金300万円

《大賞》

正賞 金田一耕助像　副賞 賞金300万円

応募作品の中から大賞にふさわしいと選考委員が判断した作品に授与されます。
受賞作品は株式会社KADOKAWAより単行本として刊行されます。

●優秀賞

受賞作品は株式会社KADOKAWAより刊行される可能性があります。

●読者賞

有志の書店員からなるモニター審査員によって、もっとも多く支持された作品に授与されます。
受賞作品は株式会社KADOKAWAより文庫として刊行されます。

●カクヨム賞

web小説サイト『カクヨム』ユーザーの投票結果を踏まえて選出されます。
受賞作品は株式会社KADOKAWAより刊行される可能性があります。

対象

400字詰め原稿用紙換算で300枚以上600枚以内の、
広義のミステリ小説、又は広義のホラー小説。
年齢・プロアマ不問。ただし未発表のオリジナル作品に限ります。
詳しくは、https://awards.kadobun.jp/yokomizo/でご確認ください。

主催：株式会社KADOKAWA